当代中国文学书库

春雨有爱

陈永明 ◎ 著

中国文联出版社

图书在版编目（CIP）数据

春雨有爱 / 陈永明著 . -- 北京：中国文联出版社，
2023. 3

ISBN 978 - 7 - 5190 - 5106 - 8

Ⅰ.①春… Ⅱ.①陈… Ⅲ.①戏剧—剧本—作品集—
中国—当代 Ⅳ.①I230

中国国家版本馆 CIP 数据核字（2023）第 033773 号

著　　者　陈永明
责任编辑　贺　希
责任校对　李　晶
装帧设计　中联华文

出版发行　中国文联出版社有限公司
地　　址　北京市朝阳区农展馆南里 10 号　　　　邮编　100125
电　　话　010 - 85923025（发行部）　　　　85923091（总编室）
经　　销　全国新华书店等
印　　刷　三河市华东印刷有限公司

开　　本　710 毫米×1000 毫米　　　1/16
印　　张　19
字　　数　341 千字
版　　次　2023 年 9 月第 1 版第 1 次印刷
定　　价　89.00 元

为了那份执念

陆伦章

动笔之前,我一直在想,若有人问我,我跟这本书稿,与书稿的作者是什么关系?想来想去,想到了最主要的是我们都是从故乡出发。有相似的经历又同怀梦想的人。我曾是农村的一名业余作者,在文化馆站老师们的悉心辅导下成为了一名专业编剧。没有文化馆老师们的指导和付出,也就没有今天的我。永明从学习沪剧表演开始到1992年先后任新毛文化站站长,城厢镇文化站站长,太仓文化馆馆长至今,已是四十多个春秋。不管在哪个岗位上,永明始终耕耘在群众文化工作第一线。脚踏实地,一步一个脚印。

太仓,一片钟灵毓秀的江海热土。全市六镇二区按照"一镇一品""一镇多品"的发展战略,充分发挥各自特色和优势,形成了各自享誉四方的文化活动品牌。太仓的龙狮滚灯参与上海世博会演出100余场次,并在全国、省市会演中屡屡获奖。作为国家级首批非遗保护项目,太仓的江南丝竹曾多次出访欧洲、新加坡、中国港台等地区,享誉海内外。太仓分别被文化部命名为中国民间文化艺术的"江南丝竹之乡""书画之乡""戏曲之乡""民乐之乡""龙狮之乡"等称号。太仓公共文化服务营造了江海之滨的和谐神韵,构建了文化惠民的共享舞台。

实现文化小康,主要任务在农村,在基层。基层文化建设,重在服务到人,有效有用。要强化有效性,着力推动基层文化服务方式创新,打通公共文化服务最后一公里。

在永明的倡导下有着广泛影响力的免费开放固定栏目——已举办230多期的"娄东戏台",和"舞林会友""太仓乐坛""新太仓人子女免费艺术培训班"等都是太仓文化馆办得欣欣向荣的文化栏目。尤为突出的是文化养老这一块工作卓有成效，不仅每年举办了"文化养老艺术节"，太仓市还获评全国文化养老示范基地。永明在期间还具体策划了"文化养老与公共文化服务全国交流会"，并完成了课题研究。他协调完成了政府惠民实事工程——全市42座露天文艺舞台和21个文化市场建设。策划、完善了政府层面购买公共文化服务产品的制度设计，把优质的文艺产品送到全市的社区、村头。全市业余文艺团队"百团大展演"已连续举办十五届，获评"江苏省五星工程奖"服务项目奖。永明本人也荣获江苏省第十一届"五星工程奖·群文之星"。

提早上班、延迟下班，周末加班……在全市大大小小的群众文化活动中经常能看到永明忙碌的身影。到镇、村、社区策划文化活动开展文艺辅导，为业余文艺团队开办艺术培训讲座……年年计划满满，岁岁忙忙碌碌。"这是群文工作者的责任"，永明如是说。面对使命和责任，永明不断转换站立的位置、探究的视角和观察的方法，他的耕耘园地五彩缤纷。第三到第九届"娄东之春"艺术节，"德中同行"太仓周开幕式文艺演出，郑和航海文化节，上海世博会太仓系列文化活动，"为太仓喝彩"改革开放40周年大型文艺演出，"我爱你，中国"庆祝中华人民共和国成立70周年大型歌咏会，中国长三角滚灯艺术大展演，"幸福娄城·灿烂夕阳"太仓市文化养老艺术节系列活动，"名家与名票同台——娄东戏台200期"戏曲专场等市级层面的大型文化活动中，都是由他担任总导演。

大雪无痕。雪，很神奇。

它可以在纷纷扬扬间，在悄然无声中，将天地变得银装素裹，宛如琼玉世界。貌似冰封，但厚厚的雪层下却孕育着春的消息。

我联想到"润物细无声"，联想到永明作品中的《大雪无痕》，"无痕"包含了对事业的执念和默默奉献，如厚厚的雪层，一切都包涵在它的美丽之中。

读完书稿，掩卷长思，心潮难平。

永明从学戏唱戏到编剧导演，一路摸爬，一路前行，在艰辛中体味着丝丝收获的喜悦。小戏《老赖逃债》《冤家路窄》《签名墙》《风雨过后是阳光》《老板挑担》；戏剧小品《让我送送你》《开心农场》等等，这些作品都在省市的小戏小品比赛中获奖。这一件件作品，在"无痕"的冰雪世界里，又化作一个个跳跃的音符，低语回肠。

由永明担任艺术指导的丝竹与爵士乐《风筝艳》，广场舞《华灯辉映》、《童狮共舞》分获江苏省第十一届"五星工程奖"金奖和银奖；执导的戏剧小品《打针》获"江苏省第八届戏剧奖·小戏小品大赛"金奖。最佳导演奖，并在"第六届全国小戏小品展演"中获优秀剧目奖。

群众文艺创作，只有扎得深才容易出彩。作品获奖只是搞好群众文艺的第一步，群众文艺的落脚点，还是要让更多的人能够经常性地欣赏到这些优秀作品。太仓群众文化惠民之上所以能做出成效，正是做到了创作和演出两手抓，坚持发展共享，文化惠民，正是老百姓有幸福感和获得感的具体体现。文化惠民，也是落实共享理念的一项非常重要的内容。

读永明的作品，有一股天然朴质的清新气息。无论是《老赖逃债》巧以"苦辣酸甜"四道菜生发寓意做人要善良讲道义；《大雪无痕》在年三十的一个公交候车亭里透出的淡淡禅意；《老板挑担》中脱贫致富的菜农巧珍对老书记念念不忘的感恩之情；《开心农场》折射的虚拟世界与现实生活饶有情趣的碰撞和融合……这些作品应该个个都是"接地气，正能量"的倾心之作。他的可贵之处在于不矫饰，每一篇作品皆非率尔操觚，故弄玄虚，他深知群众文艺的演出市场要靠群众的支持来激活，作品的水平也要靠群众的检验来提升，他深知金杯银杯不如群众的口碑。

当然，在阅读中我也看到了一位文化干部在面对若干专业问题时的某些疏漏与游移。但毫无疑问的是，我感受最多的是永明的辛劳、投入和多才多艺，除了创作小戏小品，他还创作了上海说唱《致敬红马甲》、音乐快板《读报知未来》、表演唱《爱满娄城》、音乐小品《改革开放天地宽》、《豪情税月》，歌曲《幸福太仓我的家》《美丽金太仓》《东方之仓》等，其中《梦里家园》获中共太仓市委宣传部"中国梦·太仓梦·我的梦"文艺作品征集评比一等奖。

有些日子，他会在夜深人静时给我谈题材，谈修改，谈退休的老同志，谈招聘的新编导。因为上世纪七八十年代。我在苏州地区文化局创作组工作过，对太仓专业和群文的编导都熟悉。谈来谈去，给我印象最深的也是他可贵的，是他的不忘初心。他始终跟他的师友，跟生养他的这方土地和乡亲，保持零距离，他始终相信，只有生活，能给他的创作提供养分。永明是生活的践行者，也是生活的拾贝者。他热切地爱着长长短短的岁月，诚挚地爱着远远近近的人们。

在永明身上，编导与群文管理者的身份是相融为一体的。他的着力点，是增强为基层服务的贴近性，把群众"要文化"和我们"送文化"、"种文化"匹配起来，以基层为重点，推进综合性文化服务中心建设，着力夯实公共文化阵地。一路走一路探索实践，从血气方刚到龚生花发，每一个足迹都蓄满向往与追求，为着自己也为这份事业，构筑一道不敢自诩灿烂，却也不失靓丽的风景。

群众文艺是一门学问，对永明来说，群文创作也是一种生活方式。我发现，在他眼里，戏剧其实是从世俗、平庸、琐碎中发现文明、愉悦和希望。这些慰藉着他的心田，影响着他的生活，激励着他的追求。于是，孜孜矻矻、执念于无痕的投入，永远不会改变。

2022 年 3 月 12 日

（作者系苏州市戏剧家协会名誉主席、国家一级编剧）

目 录
CONTENTS

01
| 戏 剧 |

老赖逃债

时　间	一个静悄悄的晚上。
人　物	包桂芳,林家兴的妻子。
	赖文才,民营公司老板。
	林家兴,新天地饭庄老板,赖文才的发小、同学。
场　景	新天地饭庄大堂。远处可见高楼林立的城市夜景。

　　[林家兴神情紧张地接电话。

林家兴　老婆不好了,出事了!

包桂芳　出啥事了?

林家兴　赖总马上来我们家,还要向我们借钱。

包桂芳　你答应了?

林家兴　我能不答应吗? 他是我发小,又是我同学。

包桂芳　答应就好!

林家兴　答应就好? 他要借十万块钱呐!

包桂芳　十万块不多!

　　　　(唱)赖总是个热心人,

　　　　　　　他对我家情义深。

　　　　　　　新天地饭庄能红火,

　　　　　　　与他的照应不可分。

　　　　　　　当初饭庄缺资金,

　　　　　　　只要你我说一声,

　　　　　　　滴水之恩涌泉报,

做人不能昧良心。

林家兴　他逃债要跑了,这钱借出去就打水漂了。

包桂芳　不就是钱嘛?我去弄几样可口的菜一起吃顿饭。

林家兴　他说不吃饭,拿了钱就走。

包桂芳　你得留住他,走了我拿你是问!(欲下)

林家兴　你们大家看看,这一把手又耍权威了。

包桂芳　(回过头)你说啥?

林家兴　哦,没啥、没啥。我啊,全听你的。

包桂芳　哼!(扭头下)

　　　　[赖文才戴墨镜悄悄上。

林家兴　(吓了一大跳)是谁?

赖文才　是我!(取下墨镜)

林家兴　赖总,你装神弄鬼干啥?

赖文才　我不是怕撞见熟人吗?你把钱给我,我马上就走。

林家兴　她要留你吃饭。

赖文才　我不是跟你说过不吃饭吗!

　　　　[包桂芳端捧饭菜急上。

包桂芳　人是铁饭是钢,一顿不吃饿的慌。赖总,请!

赖文才　(搛了一筷菜放到嘴里却无法下咽)啊?这菜这么酸呀!

包桂芳　这菜叫"酸里香",当然酸了。

　　　　(唱)"酸里香",不寻常。

　　　　　　它能让你不轻狂。

　　　　　　它能让你良心讲,

　　　　　　它能让你气昂扬。

赖文才　(唱)她开了几年小饭庄,

　　　　　　说话学会耍官腔。

林家兴　(唱)她能会耍啥官腔,

　　　　　　只会拖地擦门窗。

包桂芳　(唱)兄长再把这菜尝,

　　　　　　看看味道香不香。

赖文才　(搛一筷放进嘴里)啊……

（唱）这道叫作什么菜，

从里一直苦到外。

包桂芳 （唱）这道叫作"苦香菜"，

虽苦却能把胃开。

吃它不会去逃债。

跌倒爬起再重来。

赖文才 （旁唱）弟妹说话带着刺，

分明拿桑来比槐。

明里说菜暗讽我，

懊悔刚才不该来。

林家兴 （对妻唱）赖总已经不愉快，

满脸乌云眉不开。

老婆莫要太过分，

让他面子下不来。

包桂芳 （对夫）去去去！赖总，你再来尝尝这道菜。

赖文才 这道菜应该是辣的了吧！（尝了一筷）哎哟哎哟，辣死人了！

包桂芳 你说对了，这道菜就叫"辣死人"！

（唱）这道菜，有学问，

名副其实"辣死人"。

吃它让你能警醒，

吃它让你头不晕。

远走高飞不是事，

赖皮名声最丢人。

一失足成千古恨，

再想回头回不成。

林家兴 （对妻唱）赖总脸色阴沉沉，

你说话咋就不留神。

赖文才 （旁唱）她打张良骂韩信，

指着月亮咒星星。

越思越想越气愤，

赖文才瞎眼看错人！

林家兴　（见状）赖总，吃菜，快吃菜！

赖文才　（怒气，欲摔菜盆）吃什么菜？你们今天摆的是鸿门宴是吧？

林家兴　哎呀，赖总，赖总……

赖文才　（打断）你左一个赖种又一个赖种，你说谁是赖种？

林家兴　赖总，我说的那个赖总，不是你想的那个赖种，你想的那个赖种不是
　　　　我说的那个赖总……

赖文才　（发火）你住口！你们两个今天联起手来耍我是不是？你们的钱我
　　　　不要了！（欲下）

包桂芳　（厉声地）站住！

　　　　（唱）好兄长你慢慢听我把话讲，

　　　　　　　弟妹我不是无情白眼狼。

　　　　　　　小饭庄承蒙照应生意旺，

　　　　　　　我夫妻感恩戴德怎能忘。

　　　　　　　包桂芳逢人夸你人厚道，

　　　　　　　谁知你突然变得少善良。

　　　　　　　亏人钱，不想还，

　　　　　　　东躲西闪捉迷藏。

　　　　　　　人家血汗白流淌，

　　　　　　　你怎能这般欠思量？

　　　　　　　我刚才编这几道菜，

　　　　　　　哪知你却是硬心肠。

　　　　　　　你遮遮掩掩、躲躲藏藏、不顾骂名、不顾影响、一心逃债、远走他
　　　　　　　乡、甘当老赖、令我失望、越思越想、越想越气。赖文才，你思一
　　　　　　　思、想一想、你有儿、你有女、有妻、有家、有爹、有娘，从今后你
　　　　　　　有何面目回家乡！

赖文才　（痛哭流涕）我也不想当老赖呀！

　　　　（唱）都怪我一时太轻狂，

　　　　　　　不识时务把本赔。

　　　　　　　千万资金扔下水，

　　　　　　　还把一身债务背。

　　　　　　　出境坐车都受限制，

我东躲西藏像野鬼。

有心还账还不起,

赖文才实在无力把天回。

包桂芳　你到底欠人家多少钱?

赖文才　要八十多万呀……

包桂芳　八十多万。(思索,在柜台里拿出银行卡)这张卡里有一百万,你先拿去把欠人家的钱还了!

赖文才　不不不,我不能要你们的钱! 不能要你们钱!

包桂芳　又不是给你,以后有了钱再还给我不行吗?

林家兴　对对对,你以后赚了钱再还给我们!

包桂芳　以后生意上需要资金我给你去银行担保。你不是在互联网上跌倒的吗? 那就在互联网上爬起来。

林家兴　对对对,你可以做互联网+农产品;互联网+农家乐……

赖文才　(连连打躬作揖)我怎么感谢你们? 谢谢你们呀!

包桂芳　谢啥? 自己人嘛。

林家兴　(端菜)赖总,你再来尝尝这道菜。

包桂芳　这道菜是甜的。请!

赖文才　哦,弟妹,原来你们用"苦辣酸甜"这四道菜……

包桂芳　做人要厚道,要凭良心,任何时候都不能做老赖!

　　　　[幕后伴唱:四道菜,四道景,

　　　　　　　　　人间真情赛黄金。

　　　　[造型。剧终。

沪剧小戏

老板挑担

时　间　现代

地　点　乡村道上

人　物　巧珍、金生

　　　　[喜鹊声声,知了低鸣,幕在欢快的音乐声中启。

　　　　[巧珍手撑阳伞欢快轻盈地上。

巧珍　　(唱)六月艳阳分外骄,

　　　　　　　农村一派好丰兆。

　　　　　　　今日是,老镇长七十寿庆日,

　　　　　　　夫妻俩,上门送礼情义表。

　　　　(白)金生,(发觉丈夫没跟上,向内喊)金生——,侬快点呀!

金生　　(内应)啊呀,来了——!(金生挑着礼担,无精打采慢悠悠地上。)

　　　　(唱)六月里日头似火烧,

　　　　　　　照得我心烦意乱真难熬。

　　　　　　　巧珍她要我陪送礼,

　　　　　　　心里头无奈好无聊。

巧珍　　(接唱)往日你,肩挑重担脚头轻,

　　　　　　　　今为何,如老牛打水慢道道?

金生　　(接唱)今日我,胸闷气短少精神,

　　　　　　　　你偏要,硬将鸭子赶上轿。

巧珍　　(接唱)说什么,胸闷气短少精神,

　　　　　　　　分明是,还为送礼来计较。

金生　　(歇担)啥格计较勿计较,挑了担子在路上颠发颠发,人力当狗力!

巧珍　　是侬作梗呀,我说开汽车侬说坏脱了,格么只好侬自己挑了呀。

金生　　啥格时代了?城乡一体化,农民变市民,处处讲文明。人家七十岁生日发个伊妹儿祝贺一下么可以了,侬偏偏硬劲要大担小担地送礼!

巧珍　　送礼哪能了?一是规矩,二表心意。喔唷,泥腿子变成总经理了,架子搭足,牢骚满腹!哪能?老板了,挑担子失面子了?告诉侬,今朝给老镇长送礼是头等大事。现在赶快给我挑担,赶路!侬要是再推三托四,今朝夜里侬给我睡沙发,要是侬爬到床上来啊,我一脚踢你到海南岛!

金生　　喔唷,老夫老妻还搬出这一套。好,好!我挑,我挑!

巧珍　　那侬快点呀!

　　　　[金生挑起担子,俩人圆场。

金生　　(唱)挑起担子起步行。

巧珍　　(唱)总算牵住了牛鼻绳。

金生　　(唱)十里荷塘香飘飘。

巧珍　　(唱)蛙鸣蝉唱闹盈盈。

金生　　(唱)拐弯穿过生态园,

　　　　　　烈日当空汗涔涔。

巧珍　　(唱)转眼来到永安桥,

　　　　　　问金生,往事是否印象深?

金生　　(唱)风雨缥渺世变迁,

　　　　　　物是人非难辨分。

巧珍　　(唱)记得当年为铺富裕路,

　　　　　　老镇长带领村民修桥墩。

　　　　　　石头滚动险象生,

　　　　　　为救你,老镇长压断了脚后跟。

金生　　(唱)担子将近半路程,

　　　　　　你思想工作做不停。

巧珍　　上桥了。

　　　　[两人上桥。金生脚下一滑差点摔倒,巧珍拉住担子。

巧珍　　（白）当心礼担!

金生　　（白）哼! 礼担重要,人次要。

巧珍　　惹气!

　　　　（唱）走过古桥往前行。

金生　　（唱）我甩开大步向前奔。

巧珍　　（唱）老镇长家走过非一回,

　　　　　　　为啥你大路不走小路行?

金生　　（唱）条条道路通罗马,

　　　　　　　我就要避开大道走捷径。

巧珍　　（唱）康庄大道你不走,

　　　　　　　莫不是,你脑子进水神经病!

金生　　（接唱）快点走呀——

巧珍　　（接唱）啊呀呀,你慢点奔。

　　　　〔音乐越来越快,金生越跑越快。

巧珍　　（上气不接下气,踉踉跄跄）侬……

　　　　（接唱）你作弄我真是勿作兴!

金生　　（歇担,得意地）勿是侬叫我快点、快点嘛?

巧珍　　（气愤）侬! 侬给我当心点,回去和侬算账!

金生　　（清唱山歌调）嗨哎——

　　　　　　　　雌雄一对比赛跑,

　　　　　　　　哎,哎嗨嗨——

　　　　　　　　雌的成了煨灶猫哎。

巧珍　　（哭笑不得,举起阳伞追打金生）侬这个神经病,神经病!

金生　　（将阳伞抢下扔于地上）好了,我看侬才像神经病! 在路上像猢狲做
　　　　百戏,像啥样子?

巧珍　　是侬和我作对呀! 老镇长对俚有恩,侬却对他有怨。

金生　　打开天窗说亮话,我确实有怨,有气!

巧珍　　有话快讲!

金生　　老实讲,我今朝就是不想送这个礼!

巧珍　　侬,侬现在是财大气粗,车子不肯开,担子不肯挑。我好话讲尽,你
　　　　魂不附体,侬想造反啊?

金生　　哼！我会忘记我吃的亏吗？要不是侬今朝硬劲要我挑担送礼，我也不会翻老皇历。想当初村里动迁的时候，硬说是违章建筑不能计算平方，就是这个老镇长！

巧珍　　不计算侬突击搭建的面积，老镇长是执行政策。侬哪能只记恨不记恩的？

金生　　我哪能了？现在社会就是这样现实，送礼么也要讲究效益的呀！投资给一个过了期没有权的领导，那是瞎子开双眼皮——犯勿着的！

巧珍　　侬竟然讲出这种话，侬真的是变了！

金生　　变了，我变啥？我这叫"与时俱进"！

巧珍　　与时俱进？难道就可以把做人最起码的良心和良知都能丢了吗？

金生　　我……

巧珍　　侬！侬真吭没良心！

　　　　（唱）骂你金生负义人，
　　　　　　　泥腿子翻身忘根本。
　　　　　　　你忘了，昔日穷村变富裕，
　　　　　　　是谁带领乡亲小康奔？
　　　　　　　牵线搭桥红娘做，
　　　　　　　让你光棍风光面貌新。
　　　　　　　你忘了，经纪蔬菜苦支撑，
　　　　　　　是谁帮助脱困境？
　　　　　　　规模经营拓市场，
　　　　　　　走出了公司加农户运作模式新途径。
　　　　　　　你忘了，为打开销路树品牌，
　　　　　　　是谁走南闯北费尽心？
　　　　　　　低息借贷建冷库，
　　　　　　　才使得蔬果四季保时新。
　　　　　　　多少次曲折峰回路转，
　　　　　　　全凭着老镇长周旋来调定。
　　　　　　　自古道，鸟雀尚知反哺义，
　　　　　　　你却为一己私利存怨恨。
　　　　　　　吃肉喝酒忘源头，

　　　　　　　　　丢了良心忘记恩！

巧珍　　老镇长为我们群众服务了一辈子,辛苦了一辈子。今朝这个礼我是
　　　　送定了,侬勿挑我来挑!

　　　[巧珍上前挑担,金生慌忙上前,两人背靠背挑担。

巧珍　　到了这一步,我批准侬走回头路。

金生　　回头路,到啥地方去?

巧珍　　回到侬打光棍的辰光!

金生　　(急,嬉皮笑脸地)我,唉——,巧珍,好了好了,侬噜噜苏苏讲了三里
　　　　路,要是认为我出汗出得不够,格么我再出点血,再加三千元红包,
　　　　哪能?

巧珍　　侬眼睛里只有钞票最重,只有钞票最亲。

金生　　那我再磕三个响头。

巧珍　　金生,其实,侬只要诚心诚意把这副礼担挑到老镇长面前,就比送什
　　　　么都金贵。你看——这就是我为老镇长精心挑选的贺礼。

　　　[夫妻同揭遮布。

金生　　(惊讶)啊,这个不是我们公司生产的高效农业产品吗?

巧珍　　是啊!

　　　　(唱)这都是高效农业新果蔬,

金生　　(唱)各大超市联网销售的抢手货,

巧珍　　(唱)你看那荷兰黄瓜蛹虫草,

金生　　(唱)有机硒米、紫红薯,

巧珍　　(唱)金丝葫芦、红提子,

金生　　(唱)航天番茄、以色列蛇瓜神仙菇。

巧珍　　(唱)晒一晒幸福账单新成果,

金生　　(唱)表一表饮水思源心一颗。

巧珍　　侬讲这个礼好不好?

金生　　好! 真正好!

巧珍　　那应不应该送?

金生　　应该! 应该!

巧珍　　(学金生腔)应该,应该。那快走吧。

　　　[在欢快的乐曲声中夫妻俩打伞、挑担!

金生　　（佯装扭伤）哎唷。

巧珍　　（关切地）金生，哪能了？

金生　　（乘机吻巧珍）

巧珍　　（害羞地）哎唷，侬……

金生　　哈……

　　　　［巧珍追随金生，欢快地下。

　　　　　　　　——剧终

沪剧小戏

奶奶的告白

时间　现代

地点　村口

人物　张壮壮,独臂老人,88 岁,抗美援朝老军人。

　　　杨秀秀,乡村老妪,86 岁,张壮壮昔日之恋人。

　　　吴晓兵,40 岁,秀秀之孙女。

场景　村口古桥边,舞台一侧有一丛浓密的灌木。远处湖光水色,绿树成荫。

　　　[吴晓兵冲冲上,张望。

吴晓兵　(唱)爷爷去世一年整,

　　　　　　奶奶就像变个人。

　　　　　　时常独自村口跑,

　　　　　　约会男老有精神。

　　　　　　奶奶她一生俭朴人本分,

　　　　　　这其中必定有原因。

　　　　　　今日我有心跟踪到古桥边,

　　　　　　定要弄清情况问究竟。

　　　　[吴晓兵张望,躲到树丛后。

　　　　[张壮壮搀扶柱着拐杖的杨秀秀蹒跚上。

张壮壮　秀秀,年纪大了,走路要当心。

杨秀秀　壮壮,你比我年长两岁,又少了一条臂膀,你走好。

吴晓兵　(旁白)早就听说是邻村的独臂老头,真的是他!

张壮壮　我张壮壮独来独往,现在身体还是硬梆梆的。

杨秀秀　唉！68年了，想当初就是在这座古桥边，天下着毛毛细雨，我送你去
　　　　部队……

张壮壮　你还记得这么清晰。

杨秀秀　能忘吗？刻骨铭心啊！也是在这座古桥边，又过了20年，天也是下
　　　　着毛毛细雨，我送援朝他去参军……

吴晓兵　（旁白）提起我英雄的父亲了。

张壮壮　又想你的儿子了？

杨秀秀　我的儿子不就是你的儿子啊！

吴晓兵　（旁白）啥？父亲原来是他的亲生？

杨秀秀　（唱）那一年援朝入伍去当兵，

　　　　　　　　古桥边我依依不舍送儿郎。

　　　　　　　　毛毛细雨吹不断，

　　　　　　　　我左顾右盼将你望……

张壮壮　（唱）壮壮知你把我望，

　　　　　　　　远远望着我暗神伤。

　　　　　　　　明知援朝是我儿，

　　　　　　　　却不能抛头露面把声张。

杨秀秀　（唱）援朝遗传你基因，

　　　　　　　　拼命三郎打胜仗。

　　　　　　　　你朝鲜战场功卓著，

　　　　　　　　他老山前线威名扬。

张壮壮　（唱）援朝他为国捐躯受敬仰，

　　　　　　　　是值得骄傲的好儿郎。

吴晓兵　（唱）父亲热血洒疆场，

　　　　　　　　母亲不幸也早亡。

　　　　　　　　我刚会走路成孤儿，

　　　　　　　　奶奶成了我的娘。

三人合　（唱）触景生情忆往事，

　　　　　　　　永生永世不能忘。

张壮壮　是残酷的战争拆散了我们！

杨秀秀　是啊！是战争毁了我们的幸福……

吴晓兵　爸爸妈妈，你们在那边可好？女儿想你们啊……（哭泣）

杨秀秀　（发现吴晓兵，尴尬地）晓兵，你怎么到这里来了？你在偷听我们
　　　　说话？

吴晓兵　奶奶，这句话应该我问你的！你为啥一个人出来？万一有什么磕磕
　　　　碰碰的，让我怎么对得起死去的爷爷！

张壮壮　有我护着你奶奶，放心。

吴晓兵　放心？你觉得我能放心吗？

杨秀秀　晓兵，来，叫声爷爷吧。

吴晓兵　（不满地）奶奶！

　　　　（唱）刚才的言语我听得清，

　　　　　　　几十年的秘密瞒至今。

　　　　　　　原来父亲是你俩的亲生，

　　　　　　　却从未听你讲分明。

杨秀秀　（唱）特殊年代曲折事，

　　　　　　　埋藏心底难言尽。

　　　　　　　当时你爹才三岁，

　　　　　　　我无奈改嫁求生存。

张壮壮　（唱）是我对不起你奶奶，

　　　　　　　让她风里雨里苦吃尽。

　　　　　　　时常感恩你爷爷，

　　　　　　　不离不弃抚养我亲生。

吴晓兵　（唱）既然知晓是亲生，

　　　　　　　为什么近在咫尺不相认？

张壮壮　唉！一言难尽，难以言衷啊！

吴晓兵　刚才听奶奶说你打仗勇敢，可在生活中为什么就没有勇气面对你的
　　　　妻儿呢？

杨秀秀　晓兵，不要打碎砂锅问到底！

吴晓兵　（追问）有难言之隐？为人父亲你尽到了该尽的义务了吗？

杨秀秀　不能这样没大没小的，他可是你的亲爷爷啊！

吴晓兵　我的亲爷爷已经死了！我的爷爷虽然家里穷，但是却能负起责任，
　　　　供我吃饱，供我读书，和奶奶一起含辛茹苦撑起这个家。可是他呢？

在我们最困难的时候他到哪里去了？在我爸爸老山前线牺牲,奶奶你整天以泪洗面最无助的时候,为什么不见他来安慰？为什么不见他来帮助我们？为什么……

杨秀秀　只有我清楚,他的内心和我是一样的痛。他是为了不损害我的声誉,为了不拆散我们的家呀!

吴晓兵　不! 他就是个不负责任的懦夫!

张壮壮　我……

杨秀秀　(气极)你……(举起拐杖)你怎么能这么说你这个苦命而又坚强的爷爷啊!

张壮壮　秀秀,你别激动,我理解她的心情。

杨秀秀　68 年了,不能这样一直亏了你啊! 没有你一生的帮助,哪有我们家的今朝! 晓兵啊,你知道你父亲为啥叫援朝吗?

吴晓兵　就是抗美援朝那个年代生的呗!

张壮壮　秀秀,你就不要提了,就让往事如烟吧!

杨秀秀　援朝,这个名字的背后记录了多少激情岁月和辛酸往事啊!

　　　　(唱)回忆往事心如绞,

　　　　　　　胸中激荡起波涛。

　　　　　　　记得全国刚解放,

　　　　　　　美帝侵略朝鲜战火烧。

　　　　　　　当时我刚有身孕,

　　　　　　　你爷爷义无反顾保家卫国去援朝。

　　　　　　　到后来连续三年书信断,

　　　　　　　听人说他已牺牲我哭号啕。

　　　　　　　为抚养你父我改嫁,

　　　　　　　为你父亲起名叫援朝。

　　　　　　　多年后他突然转回程,

　　　　　　　原因经过才知晓。

　　　　　　　原来他,为抢夺阵地浴血战,

　　　　　　　活生生手臂让炮弹炸飞掉。

　　　　　　　九死一生被转移后方去治疗,

　　　　　　　才保住了残缺命一条。

他不愿拆散我们搭建的家，

终身未娶到今朝。

一级勋章箱底藏，

从不张扬夸功高。

一生积蓄都交予我，

默默奉养我们到今朝。

你说这样的英雄多崇高，

你有这样的爷爷是不是该骄傲？

吴晓兵　（惊愕）这是真的？那后来为啥中断了联系？不能写信吗？

张壮壮　战争惨烈！当时我头部受了重伤，昏迷了一年多时间。当我醒来知道自己的手臂没了，我想死的念头都有啊！我不想告知家人，不想拖累我日思夜想的亲人……

杨秀秀　（抚摸着壮壮的断臂）可你知道那段日子我是怎么过来的吗？看着我一天天大起来的肚子，我是多么地想你能出现在我的面前。每天站在这古桥边，我望啊，盼啊，可就是等不到你的音信，我的心都碎了呀！这古桥边，我送了你们父子两代人，一个总算回来了，一个再也回不来了……

吴晓兵　奶奶！

（唱）听了奶奶的告白，

感动的泪水脸上挂。

爷爷和父亲两代人，

为保卫祖国热血洒。

舍生忘死赴战场，

真正的英雄令人夸。

是你们舍却小家保国家，

才保出了幸福太平的大中华。

（白）爷爷，你和父亲出生入死，都是真正的英雄！

张壮壮　（摆手）能活着，算是幸运的。那些成千上万永远长眠在朝鲜战场上的烈士，他们才是最值得我们怀念和尊敬的人啊！战友们啊，我为你们敬礼了！（深情地举手敬礼）

杨秀秀　晓兵啊，你爷爷和你父亲都是战斗英雄，每当想起他们是为了人民安宁,为国而战,我啊,觉得骄傲！光荣！

吴晓兵　奶奶你也了不起！

张壮壮　活在当下,生活在这样和平的年代是多么的幸福！所以,我们得百倍地珍惜啊！

吴晓兵　(点头)嗯,我们都应该珍爱和平,崇尚英雄！爷爷、奶奶,现在,我们一起回家,让我以后好好地孝敬孝敬你们吧！

杨秀秀　好,听孙女的安排,我们一起回家！

幕后伴唱:幸福岁月话沧桑,

　　　　英雄精神永传扬。

[吴晓兵搀扶着爷爷奶奶,造型。

　　　　　　　　　——剧终

小戏曲

吃里爬外

时　间　现代。

地　点　江南某地。

人　物　刘小梅——女,四十岁上下,村委会主任。

　　　　郝大成——男,刘小梅丈夫。

　　　　[远景:一望无际的大棚蔬菜基地。

　　　　[近景:村口公交站台下。

　　　　[幕启:郝大成拿一只碗上。

郝大成　(喊着上)喂——,公交车,等一等哎——!

　　　　(唱)老婆她喜欢收藏古钱币,

　　　　　　　多少年小打小闹小玩意。

　　　　　　　谁知她去年弄个喂狗碗,

　　　　　　　三万元慷慨解囊周明义。

　　　　　　　周明义曾经与她是初恋,

　　　　　　　两个人当年差点成夫妻。

　　　　　　　会不会她吃家饭屙野屎,

　　　　　　　郝大成越思越想越起疑。

　　　　　　　她说这碗拍卖能值二十万,骗鬼呀!

　　　　[刘小梅上。与匆匆欲下的丈夫撞了个趔趄。

郝大成　(碗差点掉到地上)老婆,你村里开会这么快就回来了。

刘小梅　我回来拿份资料。(见碗,大惊失色)你把这碗拿到哪里去呀?

郝大成　中央电视台鉴宝栏目今天来我们市,我把它拿去请专家鉴定一下……

刘小梅　（对丈夫）不行,这碗你不能拿出去!

郝大成　让人家看一下怎么就不行了?

刘小梅　大成你脑子进水了是不是?

　　　　（唱）专家现场做鉴定,

　　　　　　　这碗瞬间扬了名。

　　　　　　　电视播,报纸登,

　　　　　　　转眼工夫遍全村。

　　　　　　　五万六万算小事,

　　　　　　　一二十万惊吓人。

　　　　　　　你手摸胸口忖一忖,

　　　　　　　周明义他能不心疼?

郝大成　他心疼? 难道我还怕他要赖皮不成!

刘小梅　不管他要不要赖,这碗你不能拿出去!（上前拦住）

郝大成　小梅你什么意思呀?

刘小梅　我的意思是……要是专家鉴定这碗能值一二十万,就算周明义他不
　　　　要赖,全村人也会把我骂死的!

郝大成　人家凭啥骂你?

刘小梅　大成!

　　　　（唱）周明义老实人又憨,

　　　　　　　他哪知这碗是古玩值大钱。

　　　　　　　我收藏钱币十多年,

　　　　　　　懂行规也有经验。

　　　　　　　这只碗如鉴定是古玩,

　　　　　　　要被人指责贪和骗。

　　　　　　　兔子尚不吃窝边草,

　　　　　　　小梅我定然会臭名添!

郝大成　要不,我私下请专家看一下总可以吧?

刘小梅　私下? 你老几呀认识人家?

郝大成　我不认识,可有人认识!

刘小梅　有人认识? 谁认识?

郝大成　我有个朋友认识！

　　　　（唱）这个专家他姓宋，

　　　　　　　是我朋友远房兄。

　　　　　　　只要他能来应允，

　　　　　　　保证不透一点风。

刘小梅　（唱）瓶口好封嘴难封，

　　　　　　　哪有土墙不透风。

郝大成　（唱）你尽管把心放当中，

　　　　　　　此事由我来沟通。

刘小梅　（唱）你莫要把我来糊弄，

　　　　　　（夹白）假如一旦泄了密——

　　　　　　（唱）岂不是竹篮打水一场空。

　　　　　　　[公交车喇叭声。

郝大成　（欲走）公交车来了，我走了，再会！

刘小梅　（拦住）你不能走！

郝大成　你这也不行那也不行，这碗不就没法鉴定了吗？

刘小梅　大成，鉴定就保不住密了！再说，只要我们知道它是个好东西就行了！（夺下丈夫手中的碗欲进内）

郝大成　刘小梅，站住！

刘小梅　你？你想做啥？

郝大成　我想做啥你明白！我看你心里有鬼！你跟周明义一直藕断丝连！

刘小梅　你胡说什么呀？

郝大成　你还嘴硬？好，我现在就去找专家！（拿碗欲下）

刘小梅　大成大成……（又慌忙拦住）周明义是个自尊心特别强的人，他要是知道了肯定要还给我们钱，他现在哪来这么多钱……

郝大成　这么说来，这只碗果然是假的？

刘小梅　现在我也不想瞒你了，是假的！

郝大成　（暴怒地）你……你为什么要要我？为什么要吃里爬外？你说！你怎么不说了？

刘小梅　我说，我说还不行吗！

　　　　（唱）大成你莫要发火怒气冲，

听小梅坦露心扉言由衷。

郝大成　你必须说清楚,为啥要变着法子给他钱!

刘小梅　(唱)去年春兴建大棚群争锋,

　　　　　有种菜有种瓜果有栽葱。

　　　　　周明义没有本钱难靠拢,

　　　　　整日里心思重重愁满容。

　　　　　小梅我恻隐之心生怜悯,

　　　　　想援助又怕拒绝白费工。

　　　　　偶见他家喂狗碗,

　　　　　眼前闪烁现彩虹。

　　　　　借口古董生一计,

　　　　　曲线救国把钱送。

　　　　　本想与你来沟通,

　　　　　又怕你吃起醋来像发疯。

　　　　　大成啊! 小梅啥人你该懂,

　　　　　这些年你爱我、我爱你、你也诚、我也忠、你情深、我意浓,十里
　　　　　八乡、谁不称颂,与他旧事、早已尘封,如今他、家不幸、遇困难、
　　　　　缺资金,为什么帮他一把就不认同!

郝大成　他缺资金为什么不去扶贫贷款? 偏要你……

刘小梅　你以为我没想过为他贷款吗? 他老婆生病去世不久,两个孩子都在
　　　　读高中,欠了一屁股债,扶贫贷款也只能是杯水车薪啊!

郝大成　全村你帮过多少人我说过你半句吗? 可他……

刘小梅　我是村主任,"2020"全面小康迫在眉睫,一户不能落下,一人不能掉
　　　　队。难道我就不能拉他一把,扶他一下吗?

郝大成　这……

刘小梅　大成,过去你经常对我说,做人要厚道,要善良,能帮人一把就得帮
　　　　人一把。如今周明义遇到了困难,我们能看着不管吗?

郝大成　(唱)听了老婆一番话,

　　　　　我从心底佩服她。

　　　　　她为人善良又厚道,

　　　　　好像一个活菩萨。

我不该,恶语中伤眼睛瞎,

小梅,原谅我刚才脾气发。

老婆对不起,我错了!

刘小梅　其实我也不好,不该瞒你这么久。对了,那三万块钱你放心,等他家
　　　　脱贫致富了,我一定把钱给你要回来……

郝大成　不不不,我们家也不缺这几个钱!(夺下妻手中的碗)

刘小梅　这喂狗碗你还要去鉴定啊?

郝大成　谁说去鉴定了?我是把它拿回去。

刘小梅　你知道它不是古董了还拿回去?我看啊,把它扔进河里算了!

郝大成　不!它虽然不是古董,但是它比古董更珍贵,看到它就像看到了你
　　　　金子般的善良和你这个大主任的担当,我要把它收藏好!

刘小梅　(打断)照这么说你不生我的气了?

郝大成　不但不生气,我还要支持你,脱贫致富路上一个都不落下!

刘小梅　大成谢谢你!(两人相拥)

　　　　[幕后伴唱:手捧无价喂狗碗,

　　　　　　　　　　夫妻同唱大爱歌。

　　　　[造型。切光。

——剧终

小戏曲

冤家路宽

人　物　季素枝,58 岁,绰号"计算机"。

　　　　田春土,60 来岁,人称"铁秤砣"。

时　间　清晨

地　点　苏南某城郊

　　　　[桥头,垂柳依依,醒目处有《休闲田管理办法》公示栏。远处依稀可见一片农田。

　　　　[田春土肩扛锄头从桥上下来。

田春土　(唱)城乡推行一体化,

　　　　　　　　泥腿子社区公寓安了家。

　　　　　　　　田春土我城市居民待遇享,

　　　　　　　　劳碌命闲得骨头散了架。

　　　　　　　　顺民意村里划分休闲田,

　　　　　　　　只可惜一分田只有巴掌大。

　　　　　　　　不称心老对头旁边紧相靠哎……

　　　　[季素枝急急忙忙上。

季素枝　(接唱)"休闲田"分得我心中五味加!

　　　　　　　　都怪我这双"咸猪脚",

　　　　　　　　倒霉瞌冲把阄抓。

　　　　　　　　抓来个田邻"铁秤砣",

　　　　　　　　好似赤脚踩上了玻璃碴。

　　　　　　　　又好似人家听牌我点炮,

　　　　　　　　　杠冲还偏偏抓了花!

　　　　　　　　　只因为一桩心思常牵挂,

　　　　　　　　　没奈何投石问路我访冤家!

　　　　　　（喊）田春土——,田大哥——。

田春土　（唱）忽闻对面"母夜叉",

　　　　　　　　　绕道而行上堤坝。

季素枝　（唱）他那里调头往回走,

　　　　　　　　　我这里紧追截住他!

　　　　　　　［田春土欲遛走,季素枝追赶到前面,堵住了田春土的去路。

田春土　（恼火）哼,好狗不挡道。怎样? 想要老子出买路钱啊?

季素枝　哟,老田……嘻嘻……老邻居哎……

田春土　田春土土包子一个,攀不上你这样的高邻!

季素枝　你看电视没? 习主席访问韩国,发表演讲说:"三个铜板买房屋,千
　　　　两黄金买邻居"……

田春土　我政治水平虽然不高,可你也别想把我绕出什么政治问题来。

季素枝　铁秤砣!

田春土　（扭头不理）喊!

季素枝　嘻嘻……叫错了,田春土,田先生……

田春土　喔哟,肉麻来! 哼! 我没工夫跟你瞎缠。（欲走）

季素枝　哎——,老田,不,田大哥……不用急嘛!

　　　　　　　［季素枝突然抢下田春土的锄头。

田春土　你……你想做啥?

季素枝　（嬉皮笑脸地）我想……嘿嘿,我想和你谈谈。

田春土　我和你没什么好谈的!

　　　　（唱）发誓老死不来往,

　　　　　　　　　请你少来套近乎。

季素枝　（唱）俗话说冤家宜解不宜结,

　　　　　　　　　现如今田靠田又把邻居做。

田春土　（唱）提起邻居心窝火,

　　　　　　　　　"计算机"精明我叫苦。

季素枝　（唱）想当初我也没奈何,

　　　　　都怪你挑刺惹风波。

田春土　（唱）盖新房我家先动土，

　　　　　　　你居后楼高反超我。

季素枝　（唱）你状纸写了一大堆。

田春土　（唱）你撒野耍泼花样多。

季素枝　（唱）老支书调解嘴说破，

田春土　（唱）倒头来两家还是不让步——

合　　　（唱）发毒誓，田埂竖起不同路！

季素枝　铁秤砣哎，时髦话说得好，"时间可以消磨一切"，就说中国和美国那
　　　　　么大的矛盾，不还讲个对话机制的嘛？

田春土　我跟你对个屁呀！

季素枝　喏喏喏，《社区文明公约》第一条，你这个语言就是不文明。你看噢，
　　　　　现在我们全村集中住洋楼，土地合并，原来的宅基地都流转出来扩
　　　　　大种植面积，我们从农民变成了市民，首先就要讲文明。

田春土　你也配和我讲文明？谁人不知你精明胜过计算机，是不占上风不肯
　　　　　歇的！

季素枝　那又有谁不知你是"不撞南墙不回头"的铁秤砣呢？

田春土　哼！

季素枝　嘻嘻……田大哥哎，俗话讲：冤家宜解不宜结。现在时代不同了，一
　　　　　个小区住着，低头不见抬头见嘛。

田春土　老子眼瞎，看不见小人！

季素枝　嘿嘿，真是属秤砣的，你看你看，今朝不还是见面了吗？

田春土　哼，怪我昨天没有烧香，今朝碰见鬼了！

季素枝　（忍不住，高声）铁秤砣！我好言相待，你却蛮横无礼，你当老娘是怕
　　　　　你了！你忘记当初了吗？

田春土　（有点发虚）当初……当初你一板砖，差一点把我的脑袋开天窗。
　　　　　你……你今天还想怎样？

季素枝　不不……不咋样，（嬉笑）我就想跟你商量、商量。

田春土　去！啥事啊？

季素枝　嘿嘿……你能不能……把你这分"休闲田"让给我？

田春土　啥，把这分"休闲田"让给你，凭啥？你是我祖宗？

季素枝	嘿,有你这样不开窍的子孙,做你的祖宗丢人现眼。
田春土	你……你……我说不过你。你也别想打我"休闲田"的主意!
季素枝	说你不开窍就是不开窍。(挨近)我……花钱跟你租。
田春土	我天生是种田的命。自打村里成立了"菜篮子"专业合作社,大棚里全是机械化作业,没有我老田的事了,可我做梦都在田里干活,好不容易有了一分地消遣消遣……
季素枝	消遣的地方多的是,铁秤砣啊!
	(唱)棋牌室三块五块去打牌——
田春土	(唱)我天生是舍命不舍财。
季素枝	(唱)那就去农民广场跳跳舞——
田春土	(唱)男男女女搂搂抱抱玩不来。
季素枝	(唱)还可以玩玩宠物人自在——
田春土	(唱)我倒想猪啊羊啊圈一排!
季素枝	(唱)你真是铁疙瘩生锈化不开——
田春土	(唱)铁秤砣本性难移终不改!
季素枝	算了,算了,这地你租还是不租?
田春土	我们家三代贫农,我决不做地主!
季素枝	要我说,你天生就没有做地主的命。
田春土	那好,我正嫌种一分地不过瘾呢,你来做地主,把你那一分地租给我,怎么样?
季素枝	你要租我这一分地? 好啊,就怕你租不起。
田春土	计算机哎,别看你人前人后开了辆汽车来来去去,我老田现在也不穷。
季素枝	那好,你说年租给多少?
田春土	咳咳,一分地……(盘算)二百元……
季素枝	哈哈……黄鼠狼过泥墙,小手小脚!
田春土	(咬牙)那我……再加五十,二百五,怎么样?
季素枝	二百五? 哈哈……我看你倒真像个二百五了!
田春土	(一跺脚)豁出去了,老子出五百,五百!
季素枝	哈哈……两个二百五啊……真的笑死我了……
田春土	计算机,你算筋算骨,老话说,漫天要价,就地还钱。你到底要多少?

28

季素枝　（正色）年租两千,少一个子儿休想!

田春土　（惊呆）啥?两千?嗨!人家外面大农户租一亩地才两千,你一分地要两千,你这不是租地的,抢钱啊?!

季素枝　咋样,我说你租不起吧?

田春土　你狠,老子不租,不上你个穷当!（欲走）

季素枝　站住,你不租我的地,我倒还要租你的地呢。

田春土　也是年租两千?

季素枝　不还一分!

田春土　疯了疯了,你这个婆娘疯了!

季素枝　疯了傻了,不关你的屁事。

田春土　我就是偏偏不租!

季素枝　铁秤砣!

　　　　（唱）你要租地我应允,

　　　　　　　　出不起租金硬逞能。

　　　　　　　　同样的条件我愿租,

　　　　　　　　你却又乌龟缩头哑了声。

　　　　　　　　大丈夫一口唾沫砸个坑,

　　　　　　　　要不然枉披人皮不算人!

田春土　你凭啥骂我?

季素枝　骂你还算是轻的,堂堂一个男人还不如我个女人有胆魄,传扬出去啊,你铁秤砣又要走我计算机的下风了,哈哈哈哈……

田春土　这个……（旁白）哎呀,这婆娘的嘴,澡堂里的水。想来想去,倒像是个圈套……

季素枝　爽快点,有钱不拿,不呆也傻。

田春土　好、好,就算我服了你了,不过我有个条件。

季素枝　响屁不臭,臭屁不响,你就放个响的呗!

田春土　咳咳。

　　　　（唱）你可否让我看看清……

季素枝　嘁!

　　　　（唱）老娘的身条多风姿!

田春土　哎哟!

田春土　（唱）莫把自个儿天鹅比，

　　　　　　　冬日的芦苇剩枯枝。

季素枝　（唱）吃不到葡萄讲葡萄酸，

　　　　　　　撒泡尿你且照自己！

田春土　（唱）风筝越扯越高飞，

　　　　　　　你想错了老田会错了意！

季素枝　那啥意思啊？

田春土　（唱）我是想看清你底细——

　　　　　　　出水才现两腿泥。

　　　　　　　"计算机"从来不亏己，

　　　　　　　你为何明知赔本还犯痴？

季素枝　（笑）呵呵。

　　　　　（唱）有钱难买我愿意，

　　　　　　　你只管袖手得红利。

田春土　（唱）君子爱财当在理，

　　　　　　　弄不清我绝不做交易！

季素枝　（无可奈何地）铁秤砣哎，要不是我这一分田左边紧靠大河，右边和你相邻，我犯得着和你费这么多口舌吗？你这么一根筋，有意思吗？

田春土　有意思，没意思……我就是这个意思！（指公示牌）你看看清爽，不是我老田要反悔，这"休闲田"管理须知第6条写得清清楚楚，"休闲田"不得私自转让。你这不是要逼我老田犯错误吗？走，我和你到村部去评评理……（拉扯季素枝欲下）

季素枝　（攥住不走）哎……老田，老田……（撒手）老田哥哥哎……俗话讲的好，杀人不过头点地嘛，我……唉！我就实话实说了吧。

田春土　哈哈……今天我也要让你计算机走一回下风了。（得意洋洋地）快讲！

季素枝　（发自内心）铁秤砣啊——

　　　　　（唱）想当初你我两家闹矛盾，

　　　　　　　直闹得鸡飞狗跳不安宁。

　　　　　　　客商考察绕道走，

　　　　　　　三年评不上文明村。

那一日我操扁担你拿棍，

直打得鼻青脸肿鲜血淋。

老支书闻讯来赶到，

劝不住他气血冲脑门，

脑溢血迸发瘫在地，

半身不遂至今还留后遗症。

季素枝回顾往事常悔恨，

好似心结未解气难伸。

如今支书他随女儿城里住，

却未料胃切除成天薄粥吞。

我曾今春去探望，

他还牵肠挂肚我二人。

临别送我一句话，

和气生财都安宁。

退回我送的营养品，

我感动的泪水一路淋。

听说富硒稻米养胃又防癌，

可地少难栽心不宁。

如若能加你一分"休闲田"，

种上那生态食品表寸心。

送给支书养养胃——

聊补以往愧疚情。

田春土　哎呀，这样的好事你为啥不早说呢？

季素枝　这些天，我三番五次到你门口，你眼皮不抬，不理不睬！

田春土　咄，这个富硒米现在花钱也买得到，何必要自己种呢？

季素枝　金钱有价情无价，自己种出来的送给老支书心里才更觉得心安、踏实！

田春土　(震惊)季素枝哎，你……你这个境界真叫我脸红啊！当年的矛盾都是因我而起。你看这样好不好？这一分地我分文不要，只要你带着我一起栽种富硒稻米，怎么样？

季素枝　好啊！要是老支书知道是我们俩一起种出来送给他的，那他一定会很高兴的!

田春土　对、对、对! 他一定会从心底里笑出声来的。

季素枝　哎,但这件事,只能你知我知——

田春土　不对,还有天知地知了。

季素枝　那就这样说定了。现在我们就去把隔开两块地的田埂给平整了。

田春土　好,走!

季素枝　走! (欲下)

田春土　哎——,慢!

季素枝　怎么,你又想变卦了?

田春土　你么人称计算机,我在想,到头来种出来的富硒稻米,你会不会"猪
　　　　八戒吃西瓜——独吞"啊?

季素枝　(佯怒,举拳)铁秤砣!

田春土　(抱头)哎哟……

季素枝　嘻嘻,现在我们俩是今非昔比,冤家路宽。

田春土　对,冤家路宽! 哈哈哈……

　　　　[两人会意开心大笑。欢快地下。

　　　　[伴唱　城乡推行一体化,

　　　　　　　　看得眼睛发了花。

　　　　　　　　不是冤家不聚首,

　　　　　　　　抬头又见冰雪化!

　　　　[剧终——

小戏曲

签名墙

时　间　现代

地　点　苏南农村集约化居住小区

人　物　刘春芳——村主任

　　　　张大生——村民,爱捡垃圾

　　　　张晓玲——张大生侄女,垃圾分类志愿者

场　景　舞台中央竖有偌大的"垃圾分类签名墙"牌子。

　　　　[张大生拿着捡破烂的夹子和破布袋,东张西望上。

张大生　(唱)乡村振兴如变脸,

　　　　　　　旧貌换新像闪电。

　　　　　　　可谁想出垃圾分类馊主意,

　　　　　　　弄得我多年的货源断了链。

　　　　　　　村主任号召墙上把名签,

　　　　　　(白)我呸! 我呸呸!

　　　　　　　断我财路还要牌坊立。

　　　　　　　眼看垃圾桶还未出现,

　　　　　　　我只得边上转悠等到点。

　　　　　　[张大生看签名墙,无聊地在边上转悠。

　　　　　　[刘春芳和张晓玲推垃圾分类桶上。

刘春芳　(唱)垃圾分类来推行,

　　　　　　　小区环境日日新。

张晓玲　(唱)变废为宝产业兴,

分类指导来值勤。

刘春芳　（唱）自从推出签名墙，

　　　　　　　村民们都感荣光更热情。

张晓玲　（唱）可就是我叔太顽固，

　　　　　　　拖了后腿我鸣不平。

张大生　（在墙后打喷嚏，嘻皮笑脸上）主任，你们来上岗了。

刘春芳　起早碰着隔夜人。张大生，你又等在这里了？

张大生　是啊，等开张呢！（欲揭垃圾桶盖）

张晓玲　（制止）叔叔，不是早对你说了，现在这垃圾桶里不能捡了！

张大生　凭啥？我捡了十多年了！

刘春芳　道理和你讲了几十遍了，这是上面的规定，要集中回收！

张大生　哼！上面提倡再就业，我自谋职业有什么错？

张晓玲　垃圾桶刚推出来还没投放，就是有，你也不能捡！

张大生　嗨，我说你个丫头，你胳膊往外拐是吧？方圆几十里哪个不知，谁人

　　　　不晓，我是出了名的——"垃圾专家"！

张晓玲　垃圾分类不配合，到处乱翻，你也不害臊！

张大生　嘻嘻，主任，我对这个垃圾深有研究，帮你们做垃圾分类的志愿者，

　　　　你看怎么样？

刘春芳　你也想做志愿者？

张大生　是啊！

刘春芳　哈……我看你呀——

　　　　（唱）是项庄舞剑意沛公，

　　　　　　　算盘打着这垃圾桶。

张大生　（唱）我毛遂自荐讲主动，

　　　　　　　你门缝里看人太不公。

张晓玲　（唱）你的心思我读懂，

　　　　　　　顺手牵羊想变通。

张大生　（唱）发挥特长正对路，

　　　　　　　我就想出力来光荣。

刘春芳　我说张大生，你果真想光荣一回？

张大生　一个字：想！两个字：真想！三个字：非常想！

刘春芳　那好！你先把你张大生的大名在这签名墙签上，让全村人都看到你的光荣。

张大生　这个么……（思忖，旁白）要是这个名签上去，我再捡的话不是被人抓住话柄了吗？

刘春芳　我看你根本就不想签，你是扔不掉这只破袋袋！

张晓玲　叔叔，全小区的住户都签了，你签呀！

张大生　（坚决地）我不签！

　　　　（唱）好人岂能让狗骟，

　　　　　　　我怎会张天师画符被人骗。

张晓玲　（唱）主任和我是好意，

　　　　　　　你怎可好心当作驴肝肺？

刘春芳　（唱）泥水匠拜佛知底细，

　　　　　　　我劝你认清形势把名签。

张大生　（唱）不签不签就不签，

　　　　　　　我岂能房门前挖井害自己。

　　　　　　　你们饱汉不知饿汉饥，

　　　　　　　凭啥不让我破烂捡？

刘春芳　不是和你说了，现在垃圾分类要集中回收。

张大生　集中回收？我看你们才想顺手牵羊，鹅食盆不许鸭插嘴——吃独食吧！

张晓玲　叔叔，你瞎说什么呀！

张大生　被我说中了吧？假公济私，我……我要去纪委告你们！

刘春芳　好啊，你去告啊！去啊！

张大生　（睾住）我今朝不去，我……我明朝去。

张晓玲　关云长放屁你也不怕脸红！

张大生　我怎么了？我不偷不抢，劳动所得，光荣！

张晓玲　哼！

张大生　签签签，签什么签？你们就是在应付上面，是在作秀！

刘春芳　作秀？那你去上面反映呀！

张晓玲　都像你这样，垃圾分类还能推行吗？（夺过布袋）这只破袋袋早该扔进垃圾桶了！（欲踩）

张大生　（大喊）你敢！（上前争抢）

张晓玲　（躲闪）我就是要踩，踩掉它！

张大生　（追赶）我打断你的腿！

刘春芳　（拦住，厉声地）张大生！

　　　　（唱）莫怪晓玲对你轻狂，

　　　　　　　良苦用心你细思量。

　　　　　　　想一想以前垃圾填埋场，

　　　　　　　忖一忖臭气熏天啥模样？

　　　　　　　如今垃圾分类来推广，

　　　　　　　减少占地优土壤。

　　　　　　　集中回收废变宝，

　　　　　　　无害化处理减排放。

　　　　　　　村民们积极配合明道理，

　　　　　　　签名墙体现自觉红满堂。

　　　　　　　众人拾柴火焰旺，

　　　　　　　大家栽花花才香。

　　　　　　　可是你，我行我素老调唱，

　　　　　　　家中破烂堆满房。

　　　　　　　害得邻里也遭殃，

　　　　　　　文明乡村受影响。

　　　　　　　好言相劝不变样，

　　　　　　　难道你真是茅坑里石头臭又硬！

张大生　我……唉！

张晓玲　叔叔，我们都知道，婶娘她常年身体不好需要花钱吃药，可赚钱的门路有千百条，你为啥就这么死心眼？非要每天背着这个破袋袋到处乱翻，家里堆满破烂，害得哥哥快四十岁了介绍的对象一直泡汤！

张大生　那你们觉得我是贱骨头吗？

　　　　（唱）并非我贱愿遭人骂，

　　　　　　　也曾想改行做买卖。

　　　　　　　可眼前老婆卧床常吃药，

　　　　　　　儿子老实又被人诈。

　　　　　　　　　我和尚摸头是没法，

　　　　　　　　　捡破烂只为贴补家。

张晓玲　你说哥哥被人家骗了钱？我们怎么都不知道啊？

张大生　唉！急病乱投医。他在网上谈对象，结果被骗子骗走了五万多元，
　　　　那可是我全部的血汗钱啊！

张晓玲　那你怎么从来没说起过啊？

张大生　要是让人家知道了，就更没有哪个姑娘肯上门了！现在他又失业在
　　　　家，你们说叫我怎么办啊……

刘春芳　张大生，你的情况我会向村委会反映的。请相信，只要你扔掉这只
　　　　破袋袋，我会提议发挥你们父子俩的特长，安排你做这个垃圾分类
　　　　的指导员，你儿子就让他负责农产品的电商销售，拿固定工资，业绩
　　　　好还有分红奖励。

张大生　（惊讶）你说的是真的？

张晓玲　主任都这么说了，还能有假吗？

张大生　这……这可是玉帝下请帖——天大的好事哩！

张晓玲　那你还不谢谢主任！

张大生　（感动地）谢谢主任！

刘春芳　谢啥！在乡村振兴的路上，我们不但要发展经济，还要注重乡风文
　　　　明！为了你的家庭，你是不是该改变改变自己啊？

张大生　要改要改，马上就改。（欲走）

张晓玲　（拦住）哎，你怎么走了？

张大生　我回去告诉你婶娘，让她也高兴高兴。

张晓玲　那你这只破袋袋还想拿回家啊？

张大生　嘻嘻，应该扔进这个其他垃圾桶。

刘春芳　（指签名墙）还有你的大名……

张大生　哦，我签，我签！（拿笔，欲签）

张晓玲　哎，等一等！（拿出手机拍）我们来个抖音现场直播。

张大生　（摆造型）这一回，我也可光荣光荣了！（示意靠拢）来来来，我们一
　　　　起光荣光荣！

幕后伴唱：垃圾分类故事多，

　　　　　　签名墙上心声吐。

乡村振兴讲文明，

改变旧习唱赞歌。

[三人造型。切光。

——剧终

小戏曲

妈妈，我回来了

时　间　现代

地　点　苏南某城市住宅小区

人　物　垃圾婆、唇妹

场　景　繁花似锦、鳞次栉比的高楼大厦。舞台的中间置有垃圾筒、长椅。

〔鸟儿轻唱，幕在音乐声中启。

〔垃圾婆骑着小三轮车上。

垃圾婆　(唱)沾春露，披秋霜，寒来暑往，

年复年，奔波忙，走街串巷。

拾破烂，聚财路，变废为宝，

垃圾婆，守平常，心存理想。

为只为，了夙愿，聚沙成塔，

盼女儿，早日归，如愿以偿。

〔幕后音：断命的垃圾婆又来了，天天在垃圾筒里翻来翻去，寻你的魂啊？

垃圾婆　(内)大路向前，各走一边，关你屁事！

〔幕后音：龌龌龊龊，影响市容！

垃圾婆　什么影响市容？老娘我是为城市美容！狗捉老鼠多管闲事。呸！(自言自语)哼！你知道啥，这个垃圾筒可是万花筒、百宝箱。(哼小调)生活百态知多少？社会万象在其中。(在垃圾筒内翻找，拎出一条大鱼来)哇，大家看看，这么大一条鱼都扔了。唉，看不懂！

〔垃圾婆继续在垃圾筒内翻找。

[唇妹衣着时尚,上。

唇　妹　(唱)阔别养育之地三十秋,

故城巨变多靓丽,

想不到,儿时记忆的老街坊,

已荡然无存非昔日比。

自从负气离家断音信,

多少年,魂牵梦绕生悔意。

波涛里打滚浪尖上行,

今日里,终于荣耀回故里。

却不知,如今你住在何方地?

身体是否还康健?

不知相见怎相认?

是否会让你烦恼添?

不知,不知,都不知,

一路走来费猜疑。

见前面有位老大妈,

待我上前问仔细。

(白)大妈,请问原来住在这里一条街的人都搬到什么地方去了?

垃圾婆　(专心致志在垃圾筒里翻找)……

唇　妹　请问……

垃圾婆　(突然转身,大声)哇,真皮的皮鞋。我来试试,(穿上来回踱步)嘻嘻,正合脚喏,哈……

唇　妹　(疑惑地打量垃圾婆)你是……

垃圾婆　我么,坐不改名,立不改姓,方圆十里人称我是垃圾婆。

唇　妹　垃圾婆——

(唱)闻听一声垃圾婆,

熟悉的称呼使我心震荡。

眼见得,霜雪已染白她青丝,

岁月的年轮已刻上了她脸庞,

一定是生活重负仍压肩上,

不由我,阵阵酸楚涌心房。

急切上前相认来忏悔,

(白)不!

(唱)不知她现在对我啥思想?

我不能冒冒失再伤她的心,

暂且克制先问端详。

(白)大妈,都什么年代了,你怎么还捡破烂呀?

垃圾婆　捡破烂怎么了? 你们都看不起捡破烂的!

唇　妹　哦,不是的,你误解了。我是说现在都老有所养了,难道你还缺钱
花吗?

垃圾婆　(继续捡)现在政府拆迁给我分了新房,又有社保、医保,我是不缺钱
花的。唉——,可我就是还有个心愿未了……(闪了一下腰)喔
唷……

唇　妹　(上前扶住)你怎么了?

垃圾婆　唉,年纪大了,不中用了。

唇　妹　(扶垃圾婆在长椅上坐下)大妈,你别这么辛苦了,你歇一歇,我来帮
你捡。

垃圾婆　不、不、不! 你穿得这么漂漂亮亮的,怎么可以帮我捡破烂呢?

唇　妹　(在垃圾筒里捡出塑料瓶、易拉罐等)没关系的,小时候我也经常帮
我妈捡的。

垃圾婆　你妈妈也捡破烂?

唇　妹　是啊,那时家里穷,孩子又多,拾破烂变卖了好补贴家用。

垃圾婆　你说你小时候也帮你妈妈捡破烂?

唇　妹　是啊。

垃圾婆　(唱)一句话勾起以往事,

唇　妹　(接唱)往事历历呈眼前。

垃圾婆　(唱)见她一举一动来帮衬,

好似唇妹回到我身边。

唇　妹　(接唱)见她一举一动拾破烂,

又现妈妈当年慈母颜。

垃圾婆　(唱)曾记得,寒风中帮我拾破烂,

唇妹她冻伤了小手暗流泪。

唇　妹　(接唱)曾记得,烈日炎炎下拾破烂,

　　　　　　　　妈妈她晒得中暑脱了皮。

垃圾婆　(唱)别人家孩子放学回家中,

　　　　　　唇妹她还漂泊在大街。

唇　妹　(接唱)别人家母亲睡梦中,

　　　　　　　　妈妈她分拣破烂到三更天。

垃圾婆　　　　　为生计,吃尽苦,风雨颠沛,

　　　　　(合唱)

唇　妹　　　　　思往事,暗神伤,苦涩难咽。

唇　妹　(抽泣)……

垃圾婆　咦,姑娘,你怎么哭了?

唇　妹　哦,没什么。想到小时候的苦,想到妈妈为我的付出,我心里……

垃圾婆　看得出你是个善良的人,你妈妈有你这样的女儿真幸福。

唇　妹　大妈,我……

垃圾婆　好了,好了,让我们都忘掉不愉快吧。人活着还是要向前看,开心点!

唇　妹　你真的能忘掉不愉快吗? 大妈,你真开朗。

垃圾婆　不忘记又哪能呢? 现在生活条件好了,像我吧,老二、老三都成家了,老四也工作了,老五……

唇　妹　这些都是你收养的弃婴。

垃圾婆　(疑惑地)你怎么知道的?

唇　妹　我……我是猜的,没有听你说起老大,那老大呢?

垃圾婆　老大……(沮丧)老大她飞了,飞到很远、很远的地方去了。(叹气)唉——! 是我没有照顾好她呀!(从内衣中拿出一层层包裹着的发黄的照片)这张照片是她十岁的时候拍的,别看她是天生的兔唇,可你看她的脸蛋、她的眼神是世界上最好看、最漂亮的,她也是这么多孩子中最懂事、最孝顺的孩子啊!

唇　妹　这么多年了,你还珍藏着? 还没有忘记她?

垃圾婆　珍藏,我会一辈子珍藏! 她是我的心头肉啊!

　　　　(唱)手抚玉照心里沉,

　　　　　　　刻骨往事仿佛昨日景。

　　　　　　　想当年我初涉社会正妙龄,

像花蕾吐絮水灵灵。

父亲育人是园丁，

孕育了我慈悲的同情心。

在那月牙高挂的初春夜，

我下班匆匆转回程，

突然间，传来了微弱的啼哭声，

循声寻，原来是垃圾筒旁一弃婴。

我抱起婴儿仔细看，

只见面黄肌瘦又是豁嘴唇，

眼看气息奄奄要命呜呼，

我怜悯之心油然生，

咬紧牙关抱回家，

不嫌其貌多爱怜。

谁料想，从此人生起波澜，

引来了流言蜚语是非生。

男友狠心离我去，

爹爹是含恨命归阴。

我咬定青山不放松，

孑然一身也要将孩儿养成人。

世事让人多难料，

到后来阴差阳错我又收养了三弃婴。

当时斗私批修风潮急，

常常是有了上顿无下顿，

没奈何，我只得偷偷去捡破烂，

举步维艰度光阴。

与弃婴萍聚共命运，

虽苦犹甜一家亲。

斗转星移十六春，

伲唇妹亭亭玉立初长成，

声声娘亲我暗自喜，

好比亲生骨肉胜三分。

> 忽一日她留下一纸条，
>
> 说朝夕不要将她等，
>
> 我以为她和同学外出游，
>
> 谁知这一等就是三十春。
>
> 三十载冬夏我苦寻觅，
>
> 可惜天南海北无踪影。
>
> 知女莫若为娘心，
>
> 我知道，她跟我受尽屈辱苦吃尽。
>
> 我欠唇妹一笔账，
>
> 无能抚慰她苦涩的心。
>
> 立誓言，风霜雪雨无阻挡，
>
> 拾破烂，积少成多把钱存，
>
> 盼唇妹有朝一日回家门，
>
> 有生之年能送她去把容整，
>
> 了夙愿，不被人歧视，
>
> 让她像花一样绽放出灿烂生命。

唇　妹　（泣不成声，跪下，呼唤）妈——妈——！

垃圾婆　（惊讶，不解）你，你在叫谁？

唇　妹　妈妈，我就是唇妹啊！

垃圾婆　不、不、不！我家唇妹是兔唇，你这么漂亮，不是的，不是的！

唇　妹　（哭诉）是的，妈妈，我是唇妹呀，刚上初中的时候，人家骂我是野种、是天落种，讲我是妖孽投胎。每天放学回家的路上，他们每天围着我吐唾沫，向我扔垃圾，没有一个同学愿意靠近我。我痛苦，我想寻死，想离开这个世界。可是想到妈妈你为我吃的苦、受的罪，我不忍心啊！……我知道这个城市我是待不下去了，所以我决定出去闯荡，我要混出个人样，风风光光地回来。在外面，我受尽了欺凌，后来，我到了深圳，在好心人的帮助下，我摸爬滚打，多少次起死回生，现在我有了自己的公司。嘴唇经过了两次整容手术，已基本看不出了。妈妈，你仔细看看，我就是唇妹，你的女儿啊！

垃圾婆　（颤巍巍地抚摸，端详着唇妹的脸庞）唇妹，你真的是我的唇妹？

唇　妹　是我，妈妈，我就是唇妹呀！

垃圾婆　(压制不住激动)唇妹,我可怜的女儿!

唇　妹　妈——妈——

　　　　　[两人相拥而泣。

垃圾婆　是妈妈没有能力,让你吃苦了。

唇　妹　妈妈——

　　　　(唱)妈妈你切莫如此言,

　　　　　　是你菩萨化身收养我于天地间。

　　　　　　你节衣缩食养育我,

　　　　　　为了我,让你受尽磨难命运变。

　　　　　　这等母爱世少有,

　　　　　　大恩大德铭记在心间。

　　　　　　当初我离家不辞别,

　　　　　　求妈妈,原谅我幼稚少礼节。

　　　　　　从今后女儿与你长相守,

　　　　　　团团圆圆为你颐养天年。

垃圾婆　你讲的是真的吗?

唇　妹　真的!(扶垃圾婆上三轮)妈妈,现在我们回家。

垃圾婆　(激动地)我们回家。

　　　　　[幕后伴唱:十六年养育恩,

　　　　　　　　　　　三十载倍思念。

　　　　　　　　　　　悠悠慈母心,

　　　　　　　　　　　博爱映人间。

　　　　　[唇妹骑三轮圆场,定格。

遂　愿

时　间　现代

地　点　医院过道

人　物　老张,78 岁,参试退伍老兵;

张震州,52 岁,老张之子;

刘阿姨,58 岁,医院临时陪护。

[幕在音乐声中启。张震州手拿医疗付款单匆匆上。

张震州　唉—!

(唱)人到中年累成狗,

琐事缠身不停休。

儿子结婚在年后,

借债购房忙装修。

偏偏老爸热闹凑,

志愿服务摔断手。

现在缺钱缺帮手,

弄得我团团转来好像苍蝇压扁头。

(掏出医保卡)哼!明明有医保,偏偏不给报,你们说气恼不气恼!接下来,住院费、手术费外加陪护费拿什么付啊!

[老张左手挂着绷带,坐着轮椅,由刘阿姨推着上。

张震州　咦,刘阿姨,你推我老爸到哪里去啊?

刘阿姨　医生催得急,先拍片再手术,你拍片费交了吗?

张震州　喏,交了。(递单子给刘阿姨)

刘阿姨　那陪护费预交了吗?

张震州　还没有,不要急嘛! 不会少你的!

刘阿姨　不是急不急的问题,按规矩应先交费我才能来上岗的。

张震州　嗬! 这是什么规矩? 哦,刚接手,还没有付出,就要钱啊?

刘阿姨　嗨,我说你这位同志啊!

　　　　(唱)凡事都得讲规矩,

　　　　　　　陪护同样有条例。

　　　　　　　持证上岗有组织,

　　　　　　　明码标价来收费。

　　　　　　　是你登记先预约,

　　　　　　　却为何推三托四不交费?

张震州　(唱)区区一点陪护费,

　　　　　　　何必牵挂放心里。

　　　　　　　只要我愿意出声口,

　　　　　　　政府会抢着来付费。

刘阿姨　(上下打量张震州)啥? 政府会抢着来付费。你当你是谁啊? 是英
　　　　雄? 国家功臣? 哈……

张震州　你笑啥? 牛皮不是吹的,火车不是推的。

老　张　你别听他瞎说!

　　　　(接唱)他是胡言乱语说梦话,

　　　　　　　　信口开河耍嘴皮。

张震州　哎呀,老爷子哎! 谁叫你七老八十的人了,还要去社区做什么核酸
　　　　检测秩序维护志愿者!

老　张　志愿者分年龄了吗? 全民抗疫,人人有责,多个人手多份力!

张震州　你就是瞎逞能! 你孙子结婚买房装修借了一屁股债,缺钱缺人,你
　　　　这不是瞎子背瞎子——忙上加忙嘛!

老　张　反正和你说清楚了,再困难也不能向政府开口!

张震州　你思想好! 现在撞你的肇事者逃逸找不到,按规定,医疗不能列入
　　　　医保报销范围,不向政府开口,你说拿什么付啊?

老　张　(取出信封)喏,这是退役军人事务局领导刚才送来的慰问金,你先
　　　　拿去用吧。(缩手)是你打电话去的吧?

张震州　你被别人撞断了手,总得让他们知道一下吧。(接信封,点钱)啥?

才一千元,这点钱能上手术台吗?

老　张　（不满地）震州,你怎么这样说话的啊!

　　　　（唱）做人应该讲道义。

　　　　　　　分清原委和事非。

　　　　　　　都向国家去伸手,

　　　　　　　活在世上啥意义?

张震州　（唱）半夜上茅房不得已,

　　　　　　硬道理还需人民币。

刘阿姨　（唱）鸟惜羽毛虎惜皮,

　　　　　　不得已也不能失志气。

张震州　（唱）你是走过路人好种田,

　　　　　　刚才还向我讨护理费。

刘阿姨　（唱）桥归桥来路归路,

　　　　　　吃了油盐讲情和理。

老　张　自己不小心被人家撞的,能赖政府吗?

刘阿姨　就是嘛!做了志愿者就向政府开口啊?

张震州　你知道什么?不讲做志愿者,就讲他当兵时要是没患上这双"老寒腿",会躲闪不及被人家撞了摔断手吗?

老　张　"老寒腿"怎么了?我为这双"老寒腿"而感到光荣!

张震州　光荣?光荣能当饭吃吗?不行,我要去和他们理论理论,我就不信他们不出这个钱!（欲下）

老　张　（厉声地）站住!这手术我不做了,回家!（欲走,摔倒）

刘阿姨　（扶起老张）老爷子,你别激动,手术总是要做的。这位阿弟,不是我说你,论为人处世你真该向你父亲学学啊!

张震州　你学到了?你高尚,那你就不要向我要这个陪护费!

老　张　（火气,提高嗓门）你住口!你不要脸我还要脸呢!（感慨地）六十年了,这双"老寒腿"的经历,也该对你说了!

　　　　（唱）手抚这双"老寒腿",

　　　　　　激情岁月犹似眼前呈。

　　　　　　想当年雪域高原去入伍,

　　　　　　成了保卫核试的防空兵。

在那荒芜人烟的高原地，

爬冰卧雪担使命。

经受了高原缺氧彻骨寒，

遭遇了敌特破坏势严峻。

可战士们只有一信念，

誓保核试成功早日升起蘑菇云。

"老寒腿"记录了艰辛与奋斗，

岂容你，为了私利去蒙尘！

刘阿姨　（惊讶）啊！原来你也是核弹参试老兵啊！

张震州　那你怎么从来没说起过呢？

老　张　不说，是因为有铁的保密纪律！

刘阿姨　忠于职守，你是真正的无名英雄！

老　张　能为国家的强大做点奉献，我觉得这辈子也值了！

刘阿姨　（翘大拇指）钦佩，钦佩！这位阿弟，让你说中了，你父亲的陪护费我还真不要了！

张震州　（惊呆）你说什么？

刘阿姨　我做义工！

张震州　你……你在开玩笑吧？

刘阿姨　（拿出银行卡）这张卡里有一万二千元，老爷子的手术费应该够了吧？

张震州　（语无伦次）他是我爹！非亲非故的，你凭啥……

刘阿姨　凭啥？就凭你爹是共和国的功臣！老英雄——

　　　　（唱）我父亲当年也是参试兵，

风餐露宿在戈壁。

他多次冲入核爆区，

采集取样冒风险。

守口如瓶几十年，

弥留之际才吐真言。

父亲他一生无私善帮困，

滋润他人如甘泉。

临终前还捐党费两万元，

　　　　　　叮嘱家人讲奉献。

　　　　　　今日得遇你老英雄，

　　　　　　勾起我思父情绵绵。

　　　　　　情绵绵呀泪涟涟，

　　　　　　父爱如山高万千。

　　　　　　请收下这份儿女心，

　　　　　　遂心愿，聊表我崇敬情一片。

老　张　不、不，你的心意我领了，这钱万万不能收！

刘阿姨　老英雄，你和我父亲都是参试老兵，都是共和国的功臣，和你们的付出、奉献相比，我这点心意算得了什么。人活着不能光想着自己，能为你尽一份力，是缘分，这就叫天遂人愿！

张震州　（唱）她涤荡心灵一席话，

　　　　　　顿使我脸红热辣辣。

　　　　　　她说遂愿有情怀，

　　　　　　我为私利格局差。

　　　　　　同为老兵的后代，

　　　　　　我岂能失了觉悟差距大。

　　　　（白）爸，我想好了，不找政府麻烦，尽快为你做手术！

刘阿姨　那我这份心意就收下吧。（将银行卡塞给张震州）

张震州　不！你的钱就更不能收了！大不了新房慢点装修就是了。

刘阿姨　那就当是借的吧。不能耽搁了你儿子结婚，手术、装修两不误，等你们有了钱再慢慢还给我，怎么样？

张震州　（迟疑地看着父亲）这……

老　张　小刘同志，你心底善良，真是热心肠啊！

张震州　（感动地）刘阿姨，真心谢谢你了！

刘阿姨　谢啥？生活在世界上，谁没有个难字，但再难，也不能在共和国功臣的脸上抹灰。我们应该向我们父辈这样的英雄致敬！

张震州　（深情地）爸……

幕后伴唱：两弹轰鸣震神州，

　　　　　　不忘前辈写春秋。

　　　　　　萍水相逢施援手，

天遂人愿真情留。

[刘阿姨推轮椅,三人造型。切光。

　　　　　　——剧终

锡剧小戏

醋是甜的

时　间　当代

地　点　苏南某集约化居住小区

人　物　友德,憨厚之人,怕老婆;

　　　　婷珍,友德之妻,性格直爽;

　　　　彩芳,精明能干,有理不让。

　　　　[小区广场边,围栏上挂有"防控疫情,共献爱心"的宣传标语。

彩芳　(内喊)"绿色田园",董浜蔬菜基地的新鲜蔬菜到了。

　　　　[友德推着"董浜蔬菜,预约配送"的蔬菜配送车兴冲冲上。

友德　(唱)疫情来袭人心惶,

　　　　　　家家蜗居病毒防。

　　　　　　你头雁先飞送菜忙,

　　　　　　我笨鸟相随紧跟上。

彩芳　(接唱)你雪中送炭来相帮,

　　　　　　　出钱出力出主张。

　　　　　　　善举联接互联网,

　　　　　　　预约配送订满仓。

　　　　(白)友德,真的谢谢你了!

友德　谢啥,你为困难家庭排忧解难,我总不能让你一个人单干喽!

　　　　你看看订单,还有哪几家需要我送的。

　　　　[彩芳和友德查看订单,清点蔬菜。

　　　　[婷珍装扮成老太太戴着口罩墨镜颤巍巍地上。

婷珍　（数板）放屁扭腰叫真不顺，

　　　　　　　心里酸溜溜直翻腾。

　　　　　　　流言传到我耳朵根，

　　　　　　　说友德和彩芳不安分。

　　　　　　　今朝我扮回侦察兵，

　　　　　　　定叫白骨精现原形，

　　　　　　　现原形！

彩芳　友德,你辛苦了！

友德　不辛苦,心里是甜滋滋的！

彩芳　忙了一早上了,这几个馒头快趁热吃了吧。

友德　我不饿,你吃。

　　　〔两人推让。

婷珍　（观察,旁白）哼！这么亲热,魂不附体了。哎,我说你们俩这么情调也不找个隐蔽点的地方？

友德　奶奶,做这种事还需要隐蔽？

婷珍　脸皮厚的！

友德　咦,你这个声音和背影怎么这么熟,像我老婆……

婷珍　（怒气）你吃我豆腐！

友德　不、不、不,我是说你像我老婆的外婆。

彩芳　奶奶,疫情期间,我们是为困难家庭义务送菜的。

婷珍　义务送菜？这些菜颜色都变黑了还送给谁啊？

友德　你戴了墨镜看什么都是黑的,把它摘下来吧。

婷珍　（躲开友德）我不摘！眼不见为净！

彩芳　奶奶,你放心,这些都是董浜蔬菜基地的新鲜无公害蔬菜。你喜欢啥？我们帮你挑。

友德　奶奶,你看这个怎么样？

　　　（唱）碧绿的丝瓜颜如玉。

婷珍　（唱）就喜欢爬藤出墙门。

彩芳　（唱）鲜红的菜椒惹人爱。

婷珍　（唱）招摇过市太花心。

友德　（唱）雪白的萝卜脆又嫩。

婷珍　（唱）形如长腿更不行。

友德　腿长又怎么了？

婷珍　（唱）生来腿长易劈叉，

　　　　　　插足他人招人恨。

彩芳　这奶奶这么挑剔，语中带刺究竟是什么意思啊？

婷珍　（围着看）你们俩站一起，倒是乌龟配王八——蛮般配的。

彩芳　奶奶，你搞错了，他是来义务相帮的。

婷珍　恐怕是纸糊眼镜——遮人耳目吧？我看他呀——

　　　　（唱）是醉翁之意不在酒，

　　　　　　黄鼠狼来给鸡送礼。

彩芳　（唱）他热心助人不为己，

　　　　　　胸怀坦荡有男子气。

友德　（唱）这大妈唱的是哪出戏？

　　　　　　似曾相识又想不起。

婷珍　那你出来做这种事，你丈夫可知道？

彩芳　知道啊，他支持！

婷珍　嘿，我也真服了。（对友德）那你老婆也知道支持你？

友德　唉！我老婆那人啊，良心是好的，可就是麦柴管吹火气量小。

　　　　暂时不对她说了，免得遭罪！

婷珍　（厉声地）什么？你个杀千刀的！

友德　（惊得跌坐在地）啊……

彩芳　友德，你怎么了？

友德　这……这奶奶的阵势怎么和我老婆一样的。

彩芳　哈……看把你吓的。

友德　彩芳，不怕你笑话，我那个老婆，吃起醋来就像母夜叉……

婷珍　（摘下口罩墨镜）杀千刀的！竟然在外面说坏话！

友德　啊！老婆，你怎么打扮成这个样子啊？

婷珍　（拧耳朵）会捉老鼠猫不叫，竟敢到外面来偷腥是吗？

友德　喔唷，轻点，轻点！我哪敢，有贼心也没有那个贼胆啊！

彩芳　（尴尬）婷珍姐，你误会了……

婷珍　误会？哼！

    （唱）秃头上虱子明摆着，

还狐狸戴帽假正经。

彩芳   （接唱）友德是志愿服务来帮衬，

你萝卜青菜要分清。

婷珍   （接唱）谁不知你俩当初是情人，

现在又缠在一起藤绕藤。

友德   （哭笑不得）啊呀老婆哎——

    （接唱）当初是媒婆乱点鸳鸯谱，

手指也未沾不当真。

    （白）老婆你息息火，凤体要紧，有啥话我们回去再说。

婷珍   我呸！我问你，这几个月的工钱都到哪去了？

友德   我……

婷珍   （厉声地）快说呀！

彩芳   友德为我垫付了蔬菜配送的部分资金。改天我会还给你们的！

婷珍   啥？你真的是吃家饭屙野屎了！什么志愿服务？分明是借着烧香望

和尚！看我今天怎么收拾你！

    〔婷珍脱下鞋追打，友德绕着配送车逃窜。

友德   （边逃边说）老婆，不是你想的那样的，你听我说呀，老婆……

彩芳   （拦住婷珍）好了！有事说事嘛，大庭广众像什么样子！

婷珍   （对彩芳怒吼）你给我滚开！

友德   （忍无可忍，上前抢掉鞋扔地上）你发什么疯啊！

婷珍   （气得脸色铁青）好啊！你们俩合起来欺负我是不是？今天我和你拼

了，我和你离婚！

友德   （发火）你住口！你闹够了没有？你能不能先问清原因啊！

    （唱）两年前小区建设施工忙，

未曾想构件坠楼猝不防。

就在千钧一发时，

有人推我到一旁。

救命人就是彩芳她老公，

感激情我始终心底藏。

这次疫情他运送蔬菜灾区闯，

却不料突发车祸险些把命丧。

如今他身受重伤卧在床，

彩芳还义务送菜两头忙。

夫妻俩仁厚之心令人敬，

记恩情我尽义务帮彩芳。

本想提前对你讲，

又怕你吃起醋来难抵挡。

扪心自问，磊落坦荡，救命之恩，应当报偿。面对疫情，协力担当，

独善其身，苟活世上！话吐尽，心敞亮，但愿对得起良心比啥

都强！

友德　老婆，当看到彩芳和她老公这样的义举，我们真的不能无动于衷、袖手

　　　旁观的！行善积德，做人应该有善心、讲良心啊！

婷珍　(同唱)听了 老公/友德 一番话，
彩芳

　　　恍然大悟才明白。

　　　他为人善良又厚道，

　　　明理助人 不该怪/该崇拜

　　　有义有德有情怀，

　　　这样的男人 真不傻/值得夸

婷珍　老公，是我错怪你了！

友德　老婆，我也不对，我不该瞒你的。

彩芳　友德，其实我们也没做什么，倒是你困难的时候伸出了援手。

婷珍　彩芳，请原谅我刚才的冒失！老公，你总不会记我仇吧？

友德　放心，你永远是我的绝对领导！

婷珍　油嘴滑舌。今后我也加入到你们的行列，一起义务送菜。

彩芳　那太好了。谢谢婷珍姐！

友德　老婆，你不吃醋了？

婷珍　(慎怒)去！回去和你算账！

友德　(紧张)我已坦白了，你还要揪住我不放啊？

婷珍　（撒娇,捶友德）我就是要揪住你,揪住你!

友德　（捏作婷珍的手,顺势亲了一口）那你就揪一辈子吧!

婷珍　（嘻笑追逐）哎哟,你这个杀千刀的……

　　　〔三人造型,定格。

——剧终

沪剧小戏

风雨过后是阳光

时　间　现代

地　点　城市街道一角

人　物　小琳,女,12岁

　　　　彩玉,女,30多岁

　　　　阿生,男,40多岁

[幕启。雷声、雨声、刺耳的紧急刹车声,传出妇女凄惨的叫声:

"啊——"雷声大作,画外音:小女孩悲惨的呼喊声:"妈妈——"

幕后伴唱:晴天霹雳当头打,

　　　　　　可怜啊,小琳她是凄凄惨惨成孤儿。

[灯亮。呈现出影影绰绰的城市一角,舞台的一侧设有路牌标记,一

　角设有石凳。

[小琳蓬头垢面、神情沮丧,手持"还我妈妈"歪歪扭扭字样的牌

　子上。

小琳　(唱)雷声惊魂心悲愤,

　　　　　　恨只恨肇事司机撞死我母亲。

　　　　　　求你们见到那一幕的告诉我,

　　　　　　让逃逸的司机受严惩!

　　　　(白)妈妈,我要妈妈,还我妈妈呀!

[小琳举着牌子,声泪俱下注视着过往的行人。

[彩玉忧心忡忡,心神不定地上。

彩玉　(唱)天闷地热步履重,

神思恍惚寝难安。

想起雷雨之夜的情形心颤惊，

我一时大意酿祸端。

撞人丧命未报警，

懊恼的心啊充彻着犯罪感。

越思越想越害怕，

无意间，辗转到此我心更寒。

小琳　阿姨，你有没有看见……

彩玉　（惊恐地）没有，我什么都没看见。

小琳　我妈妈被车撞了，我要寻找看见那一幕的人。

彩玉　找到了你想怎样？

小琳　找到了，我要让他赔我妈妈，让他蹲监狱！

彩玉　（心惊，踉跄）噢……

小琳　（见状）阿姨，你怎么啦？

彩玉　我头晕，可能是老毛病又犯了。

小琳　阿姨，我来扶你。

彩玉　不用，我能行。（彩玉在石凳上坐下）小妹妹，你叫什么名字？

小琳　我叫小琳。

彩玉　喔，小琳，你也坐下歇歇吧。

小琳　不，还是你坐吧，我要到那边人多的地方再去问问。各位叔叔、阿姨，
　　　有谁看见撞我妈妈那一幕的请告诉我……（手举牌子，下。）

　　　〔阿生左顾右盼，急匆匆上。

阿生　咦，彩玉，我到处找你，你怎么又在这儿？这几天你出租车不开，连手
　　　机都关了，到底是怎么回事啊？

彩玉　没什么？

阿生　（见状，摸彩玉的额头）是不是身体不舒服？

彩玉　没有，就是心里有点不舒服。

阿生　心里不舒服，心里有啥不舒服的？

彩玉　阿生，看你啰哩啰唆的，你就不能让我静一静吗？

阿生　好好，我不跟你啰唆，那我们走吧。

彩玉　到哪里啊？

阿生　咦,半月前不是跟人家约好,今天我俩去拍结婚照,难道你忘了?

彩玉　噢,我真的忘了。不过,今天我没心情,下次再说吧。

阿生　啥?下次再说,彩玉——

　　　(唱)想我俩相识相知已三载,

　　　　　约定年终完婚渡鹊桥。

　　　　　以前你活泼开朗容貌好,

　　　　　近为何,面容憔悴少欢笑。

　　　　　莫不是,我俩婚姻有变卦,

　　　　　你另有打算筑爱巢。

彩玉　(接唱)阿生你不要胡乱想,

　　　　　　彩玉我岂是水性杨花人,

　　　　　　想当初,我家庭不幸遭离异,

　　　　　　是你用爱抚平了我内心的伤痕。

　　　　　　霜打的花朵重绽放,

　　　　　　干枯的心田又有了爱的滋润。

　　　　　　阿生啊,是你不嫌我们孤儿寡母俩,

　　　　　　我怎会,另求新欢杂念生。

阿生　彩玉,是我错怪你了。不过,你一定有什么心事瞒着我。

彩玉　阿生,我……(欲言又止)你别问了,以后我会告诉你的。

阿生　彩玉,难道你连我都不相信了吗?

彩玉　(吞吞吐吐地)我……

阿生　(欲追问)彩玉……

　　　[小琳手举牌子,复上。

阿生　(见牌子,好奇,念)还我妈妈。咦,小妹妹,你妈妈怎么啦?

小琳　上个星期的雷雨之夜,妈妈送我上医院,就在这里遭遇了车祸,妈妈为了救我,将我推到一旁,我得救了,妈妈却被车撞死了,可开车的溜了,我要寻找看见那一幕的人。

阿生　是这么回事。那你当时就在事发现场,怎么就没看清那辆车呢?

小琳　当时,我看见妈妈倒在地上,就吓晕了,只顾哭着呼唤妈妈,再加上那天晚上天黑雨大,我只记得那是一辆蓝颜色的出租车。

阿生　也是蓝颜色的出租车。

彩玉　（尴尬、惊恐）哦……是吗？

阿生　开车的是男的还是女的？

小琳　（摇头）没看清。

阿生　哦，小妹妹，那你怎么一个人在找啊？你爸爸呢？

小琳　我生下来就不知道爸爸长的是啥模样。

阿生　那家里其他亲人呢？

小琳　都不记得了，我只知道一生下来就是妈妈把我养大的。现在连妈妈都没了。（哭泣）妈妈，我年纪还小，你怎么扔下我不管了？妈妈，我要妈妈……

阿生　（气愤地）这司机也太缺德了，撞了人不送医院还逃走，这种司机如果找到了一定要让他坐监牢！彩玉，你说是吗？

彩玉　（支支吾吾地）是……是应该……

　　　［雷声起。

阿生　喔唷，这天气说变就变，又要下雨了。

彩玉　小琳，现在你无依无靠的，如果目击者找不到，今后就由我们来供你读书，让你上大学，我们一定会好好待你的。阿生，你说好吗？

阿生　好啊，人活着应该做一点善事的。小琳，你以后就跟我们一起过吧。

小琳　（感激地，鞠躬）阿姨，你们真是大好人，谢谢阿姨，谢谢伯伯！

彩玉　小琳，现在下雨了，我看今天你就到我们家住吧。

小琳　（坚定地）不，找不到目击者我不走！

彩玉　（震动，犹豫。从包内取出雨伞）那你把雨伞撑好，当心淋坏身体。

小琳　（欲接，猛然想起）不，我不撑雨伞！

阿生
　　　　（不解）为啥？
彩玉

小琳　撑了雨伞会挡住这块牌子的，目击者就找不到了。我不能让妈妈死得不明不白！

　　　［彩玉内心震撼，发呆。

彩玉　（唱）猛听得小琳一番话，
　　　　　惭愧的心肺似油煎。

阿生　（接唱）见彩玉，呆如木鸡神失常，
　　　　　一反常态费猜疑。

小琳　（接唱）妈妈你，死得太冤屈，

　　　　　　丢下女儿两分离，

　　　　　　骨肉之情情绵绵啊，

　　　　　　今后起再见妈妈只能在梦里。

彩玉　（唱）小琳她，失去了亲人多可怜。

阿生　（唱）见情景，不禁让人泪涟涟。

彩玉　　　　难道说，彩玉我还要心有顾忌失理智？
　　　（重唱）
阿生　　　　难道说，彩玉她真是肇事逃逸失理智？

小琳　（接唱）难道说，妈妈你就不明不白离我去？

彩玉　　　　我要坦坦荡荡将责任掮。
　　　（重唱）
阿生　　　　我要寻根问底将是非辨。

小琳　（接唱）我要讨回公道为妈妈祭奠。

阿生　小琳，你放心，目击者我会想办法帮你一起找的。

彩玉　阿生、小琳，你们不用再找了。

阿生　为啥？

彩玉　（鼓足勇气）我……我就是撞死小琳妈妈的小车司机。

　　　[强烈的音乐起。

阿生　啥？原来真是你啊？

小琳　（惊疑）不，不会的，阿姨你人这么好，撞死我妈妈的不会是你的。

彩玉　是我，真的是我啊。

小琳　（压抑在内心的悲愤迸发，冲向彩玉，撕扯）你！你是个坏女人，你还我
　　　妈妈，你赔我妈妈……

彩玉　（跪倒在地）小琳，对不起，我对不起你妈妈，对不起你啊。如果这样能
　　　对你宽慰一点的话，你就骂吧、打吧。

小琳　（号啕大哭）妈妈，我要妈妈……

阿生　彩玉，这到底是怎么回事啊？

彩玉　（唱）提灾殃，心沮丧，

　　　　　　似惊弓之鸟起恐慌。

　　　　　　雷电交加的风雨夜，

　　　　　　女儿病发我心急如焚往回闯，

　　　　　　就在这，突然蹿出横穿马路人，

撞在车前倒路旁。

本想下车问究竟，

可瞬间的欲望让我欠思量。

不忍心让女儿思念湿衣襟，

不忍心让阿生你独守空房梦一场，

不忍心甜蜜的爱情成烟云，

不忍心即来的幸福付汪洋。

不忍心，心不宁，

心存侥幸离现场。

获知车祸已丧命，

我提心吊胆难安详，

几次打算去告白，

可思前想后又愁断肠。

今日里，面对小琳心震撼，

我要负起责任来抚养。

不再犹豫，不再彷徨，

坦坦荡荡，说清端详，

迷途知返去自首，

承担一切决不再迷茫。

阿生　（叹息）唉——！小琳妈妈也太大意了，过马路是应该走人行道的。彩玉，你当时为啥要走呢？如果你及时报警，或许还有救。不过，事情到了这一步，你就去吧，去自首吧。

彩玉　（点头）嗯。不过，现在我最放心不下的就是两个可怜的孩子了。

阿生　彩玉，你就放心地去吧，你女儿和小琳我会照顾好的。

彩玉　阿生，你真好！小琳，阿姨走了以后，你要好好学习，听这位伯伯的话啊。现在，阿姨去自首了。

　　　〔彩玉恋恋不舍地下。

小琳　（望着彩玉的背影，突然喊）阿姨，你等一等。

　　　〔阿生、彩玉迷茫看着小琳。

小琳　我跟你一起去！

阿生　好，我们一起去。

彩玉　（爱怜地抱住小琳）小琳。

　　　　［天幕逐渐转红光。

　　　　幕后伴唱:风雨过后是阳光,

　　　　　　　　　　人间真爱见和谐。

　　　　［幕在伴唱声中渐闭。

沪剧小戏

大爱有光

时　间　当代

地　点　苏南农村家庭

人　物　王耀宏,男,60多岁,农民;母亲,80多岁;芳芳,王耀宏之女儿。

场　景　舞台上置有简单的桌凳,远处是碧绿的农田。

　　　　〔幕启。母亲在拣菜。

　　　　〔画外音。女声:你别拦着我,让我死吧!

　　　　　　　　　男声:培珍,和你说过多少次了,好死不如赖活。

　　　　　　　　　　　　三十年都熬过来了,你就别多想了!

　　　　　　　　　女声:我不想一直这样拖累你,拖累这个家啊!

　　　　　　　　　男声:有你在,我们才算是一个完整的家啊!

母　亲　唉——!

　　　　(唱)自从媳妇瘫在床,

　　　　　　　平地生波遭灾殃。

　　　　　　　老俩口旧病未愈新病添,

　　　　　　　正如寒冬里雪上又加霜。

　　　　　　　这些年难为了耀宏儿,

　　　　　　　三十载吃苦奔波忙。

　　　　　　　问老天,灾星为啥跟牢伲苦命人?

　　　　　　　苦难的阴影罩住我们不肯放。

王耀宏　(匆匆上)娘,你刚出院,身体还没有完全恢复怎么起来了?

　　　　这些活我来做。

母　亲　唉！看你一个人每天天刚蒙蒙亮一刻不停忙到深夜,种田种菜,菜
　　　　市场设摊卖菜,家里还要养鸡养鸭 ,烧饭洗衣,还要每天为培珍擦
　　　　身。三十多年天天如此,娘看着心疼啊!

王耀宏　娘,我是这个家的主心骨,再辛苦也应该负起责任。(取药)
　　　　娘,你该吃药了。

母　亲　(服药)刚才,培珍又怎么了?

王耀宏　有点想不开,我劝慰她了,你放心吧。

母　亲　这么多年都过来了,怎么又要寻短见啊?

王耀宏　也难怪她,得了这个脊髓外膜脓肿病,高位截瘫在床上三十多年了,
　　　　她是度日如年啊!

母　亲　得了这种病常年瘫在床上,你对她从来是不离不弃,照顾有加,真的
　　　　苦了你啊!
　　　　(唱)你日夜操劳多辛勤,
　　　　　　　为娘我看在眼里痛在心。
　　　　　　　每日里端屎端尿勤擦身,
　　　　　　　培珍她从来未曾褥疮生。
　　　　　　　你父亲常年患病需照料,
　　　　　　　到头来还是撒手人寰离世尘。
　　　　　　　支离破碎的苦家庭,
　　　　　　　我又生病添烦闷。
　　　　　　　甲状腺手术心脏又装支架,
　　　　　　　连开两刀才死里得逃生。
　　　　　　　真是屋漏偏遭连夜雨,
　　　　　　　全靠你顶梁柱苦苦来支撑。
　　　　　　　怨为娘,力不从心难帮衬,
　　　　　　　添麻烦,拖累我儿苦吃尽。

王耀宏　(唱)母亲你千万不要如此讲,
　　　　　　　服侍娘天经地义理该应。
　　　　　　　怎能忘父母一生养育恩,
　　　　　　　风雨里劳作多艰辛。
　　　　　　　含辛茹苦为儿成了家,

到头来反让你生愁闷。

拖累娘为儿常担心,

耀宏我惭愧万分心不宁。

母　亲　耀宏啊,你是尽心尽力了。你父亲在世的时候,体弱多病,每年住院三四次,你医院家里两头跑,都是靠你啊!没有你,我也早就去见阎王了。

王耀宏　娘,养儿防老,这些都是小辈应该做的。

母　亲　为了这个家,你把"泥水匠"的手艺都丢了,以前还是工地上的"筑头"师傅呢,吃的是"百家饭",拿的是"活络钱"。可是看看你现在……(伤心)

王耀宏　为了这个家,我愿意!虽然苦一点累一点,但是我能自由支配时间,方便照顾家人,不像做"泥水匠",一出门就捆住了手脚。

母　亲　就是太苦了你呀!

王耀宏　娘,别多想了,你去床上躺着,我要去给鸡鸭猪羊喂食了。

　　　　(欲下)

　　　　[芳芳拖着行李箱上。

王耀宏　咦,芳芳,单位里不是派你去业务培训吗?怎么回来了?

芳　芳　爸,我不想去了。

王耀宏　不去了,为什么?

母　亲　是呀,为啥刚出门就回来了?

芳　芳　思来想去,这次我还是不去参加培训了。

王耀宏　芳芳,你好糊涂啊!

　　　　(唱)单位推荐去培训,

　　　　　　　是一次学习的好机会。

　　　　　　　年轻人应该求上进,

　　　　　　　错失机遇要后悔。

芳　芳　(唱)学习能提升自我增智慧,

　　　　　　　女儿我心知肚明能理会。

　　　　　　　可眼下妈妈卧床要照料,

　　　　　　　奶奶是刚出医院需抚慰。

　　　　　　　我岂能让你忙里忙外独自累,

留在身边可多分担。

王耀宏　芳芳,我知道你有孝心,你是怜惜我,可是,学习机会怎么可以白白浪费呢?

母　亲　是啊,现在我能照顾好自己,机会难得,芳芳,你就去吧。

芳　芳　奶奶,爸爸,我知道,我会把握好的。(从箱内拿出衣服)

天气转凉了,今天正好星期天,经过工厂店,我顺便替你们买了几件衣服。来,试试吧。

母　亲　孙女就是想得周到。

[芳芳帮奶奶试衣服。

芳　芳　爸爸,来,你也穿了试试。

王耀宏　(坚决地)我不要!

母　亲　耀宏啊,你来试试吧。

王耀宏　又不是没有穿的,买什么新衣服?去退了!

母　亲　耀宏……

王耀宏　说好了去学习培训,也不商量半途回来了。从小对你说,钱要用在刀刃上,自作主张,浪费钱财!

芳　芳　(欲辩)爸爸,我知道,我……

王耀宏　你啥也不要讲了,两桩事:一是退货;二是去参加培训!

芳　芳　(坚决地)我不去!

王耀宏　(生气)你……你竟然不听我的话!

母　亲　耀宏,芳芳是一片孝心,体惜你啊!

王耀宏　娘,我怎么会不知呢!可是,你看看,她现在翅膀硬了,不听话了!

芳　芳　爸爸!

(唱)爸爸你莫要生气听我讲,

　　　容女儿表露心语吐衷肠。

　　　自从妈妈得病瘫在床,

　　　你是既当爹来又做娘。

　　　窗前为我把头梳,

　　　井边替我洗衣裳。

　　　三十年你从未一觉睡天亮,

　　　三十年你披星戴月奔波忙,

　　　　三十年你不离不弃我亲娘，

　　　　三十年你从未添过新衣裳，

　　　　三十年你风雨兼程吃尽苦，

　　　　三十年你无怨无悔历沧桑。

　　　　你是飘摇家庭的守护神，

　　　　大爱有光情义长。

　　　　从小我看在眼里记心上，

　　　　养育之恩当报偿。

　　　　爸爸啊，错过学习可再争取，

　　　　我不能再让你受苦受累一人扛。

母　亲　（喜极而泣）乖孙女，你真懂事啊！

王耀宏　（激动）芳芳，我的好女儿！

　　　　（唱）女儿的用心我能体量，

　　　　家庭责任应该由我来承当。

　　　　为人子，养育之恩不能忘，

　　　　报效父母理应当。

　　　　为人夫，妻子犹如同林鸟，

　　　　危难之中风雨挡。

　　　　为人父，抚育后代尽义务，

　　　　接续桑梓成栋梁。

　　　　女儿啊，世事祸福本无常，

　　　　笃信明天要坚强。

　　　　困难终将成烟云，

　　　　走过黑夜见曙光。

母亲、芳芳　（合唱）困难终将成烟云，

　　　　　　　　走过黑夜见曙光。

芳　芳　爸爸，从你身上我看到了真正男子汉的品格和担当！

母　亲　对！做人就是要做你爸爸这样的好人！

王耀宏　你们就别夸了。这些年要是没有各级政府的关心帮助，我们家不知
　　　　还会有多少艰难！现在女儿已长大成家，我们的好日子还在后
　　　　头呢！

母亲、芳芳　（合）对！好日子还在后头呢！

王耀宏　芳芳，为了你的事业和将来，你就放心地去参加学习培训吧。

芳　芳　听爸爸的，我马上就去。那这个衣服……

王耀宏　好，我领情收下了。

三人合　哈……

幕后伴唱：大爱有光映无涯，

　　　　　人间真情传佳话。

　　　　［三人造型，定格。

　　　　　　　　　　——剧终

小戏曲

微信支付

时　间　现代

地　点　江南小镇

人　物　伟刚,40多岁,公司经理。

年逾古稀的父亲,母亲。

场　景　江南人家小园,花木葱郁。

[伟刚母亲正专心拨弄着手机。

母亲　（对着纸条操作）点击,进入,验证码……又要什么验证码? 唉,真麻烦!

（唱）都说微信支付真便捷,

手机在手隔空点。

足不出户购物件,

应有尽有宝贝添。

可人老珠黄不值钱,

琢磨不透点啥键。

（向内喊）老头子,老头子——

父亲　（上）又怎么了?

母亲　按人家说的步骤,怎么又点不出来了呢?

父亲　唉,你啊!

（唱）榆木脑袋玩导弹,

省点心思别扯淡。

昨晚我电话撒了谎,

说你微信转错二万三。

伟刚听了很惊呆,

说今天一定赶回来。

(白)别点了,等会儿就让儿子教你吧!

母亲　老头子,撒谎骗儿子回来,拆穿了怎么办?

父亲　船到桥头自会直。再说,就算拆穿了又怎么样?

母亲　可儿子公司、家里两头忙……

父亲　忙忙忙,再忙也总得回来看看吧!

母亲　大年夜不是回来过了吗?

父亲　大年夜? 现在是十月份,重阳节了!

母亲　唉! 倒的确是很长时间了。

父亲　那我们先到厨房里去准备准备吧。

[老夫妻下。传出汽车喇叭声,伟刚急匆匆上。

伟刚　唉——

(唱)真叫六十出头学吹鼓手,

老妈她微信支付玩网购。

昨夜里老爸电话催我归,

说转错五位数字还出头。

老俩退休工资就几千元,

急得捶胸顿足是直流泪。

真是打架地方借拳头,

没奈何再忙我也得走一回。

(向内喊)老爸,老妈,我回来了。

[母亲、父亲复上。

母亲　伟刚,你这么早就回来了? 媳妇和小孙子没和你一起回来?

伟刚　他们哪有时间呀? 又要家庭作业,又要兴趣班,忙着呢。

父亲　知道你今天回来,你妈昨天晚上半夜就醒了。

伟刚　就为了微信支付吗? 你们现在怎么也玩起这个来了?

(唱)手机购物花样多,

眼花缭乱易出错。

你们玩啥新鲜瞎折腾,

咋不等我回来弄清楚?

（白）现在网络诈骗层出不穷,一不小心就会上当受骗。

父亲　受骗又怎么了? 我们是周瑜打黄盖——自愿的!

伟刚　既然你愿意受骗,那非要我回来做啥?

母亲　（拿出手机）帮老妈看看,想买个电动脚盆,怎么点进去?

伟刚　这个等会儿再说。先说说你们转错二万三是怎么回事?

父亲　二万三……哦,是你妈想买个电动脚盆舒服舒服,点击支付的时候二
　　　百三后面多点了两个零,结果就转出去二万三了。

伟刚　又怎么回事? 你们绑定了银行卡?

母亲　什么银行卡? 我们哪懂啊!

伟刚　不绑定银行卡怎么可能转出去这么多呢!

父亲　（尴尬）这个……

伟刚　（接过母亲手机查看）这个支付记录里没有啊!

父亲　不会吧? 你再查查。

母亲　对,再查查。

伟刚　昨晚在电话里大呼小叫的我倒让你们蒙了,原来是在骗我啊?

母亲　（对老头子）我就知道是瞒不过儿子的。

伟刚　好了,我公司事务一大堆,没有其他事,我就走了!（欲走）

父亲　既然回来了,那就再帮我们研究研究这个微信支付……

母亲　对对对,伟刚啊,你就再帮看看这个微信支付怎么搜寻商品、怎么砍
　　　价、怎么……

伟刚　妈,下次回来我再教你们吧。今天我很忙,得走了。（欲下）

父亲　再忙,总不差这半天时间吧?

伟刚　（不耐烦地）我说爸、妈!

　　　（唱）不反对你们玩新潮,

　　　　　　不主张你们找烦恼。

　　　　　　职场家庭我忙如燕,

　　　　　　就为这小事来回跑。

母亲　（拉老头子到一旁）老头子啊!

　　　（唱）伟刚脸色变了颜,

　　　　　　埋怨布满眉宇间。

我说没事别电话，

你却非要故事编。

父亲　你怎么怨起我了呢？别忘了——

（唱）是谁唠叨挂嘴边？

天天念着要见面。

眼见风起要变天，

倒打一耙想卸肩。

母亲　谁倒打一耙了？你说说清楚你！

父亲　吃了狗屎问香臭——明知故问！你就会嘴上讨好！

伟刚　好了！你们也别争了。没什么其他事我走了。（欲走）

父亲　你真的就这么走了？

伟刚　（不耐烦）你们编个谎言让我来回奔波，你们觉得这样有趣吗？

父亲　那没有理由你就不能回来了？

伟刚　你们缺啥都是我快递寄回来的,你们还玩什么微信支付？我在外面,
不管公司大小也是个经理。忙里忙外,你说我容易吗？

父亲　小小一个经理就了不起了？

伟刚　你……

父亲　你什么你？你当我们请你回来是想和你吵架的吗？

母亲　（上前拉住）伟刚,你就吃了饭再走吧!

父亲　（厉声高喊）让他走,以后再也不要回来!

母亲　（哭泣）老头子,你就不能好好说吗？

父亲　（伤感地）我忍了好多年了呀!

（唱）你妻儿事业两头跑,

双亲冷暖你可知晓?

只道是微信支付玩新潮,

你哪知我们是为解烦恼。

逐条自学看条款,

朋友圈里夸儿教。

不愁穿着不愁吃,

愁的是儿女面难照。

多少次生病住医院,

　　　　　　老夫妻相依自照料。

　　　　　　今日周末又逢重阳,

　　　　　　盼你回家安慰图热闹。

　　　　　　谁知你,板凳未热就想走,

　　　　　　冷血无情令人恼。

　　　　　　俗话说,生儿育女为防老,

　　　　　　子孙满堂绕膝孝。

　　　　　　可如今,父母有恙,脚趾不到,

　　　　　　踪影不见,何谈尽孝?

　　　　　　你的行为,不怕下效?

　　　　　　难道你们将来就不会老?

伟刚　　爸……

父亲　　(淡定地)我的话说完了,你可以走了!

母亲　　唉!儿女大了,我们老了,活了今天就不知道明天了!就在昨天,我们
　　　　一条街上的老张夫妻俩刚刚火化,说是死了一个多月发臭了才被人家
　　　　发现。我和你爸以后会不会也……

伟刚　　(难过地)妈,不会的,不会的!

父亲　　我和你妈说好了,要是哪天谁先走,另一个就跟着一起走,免得在世上
　　　　孤零零的活受罪!(老夫妻相拥而泣)

伟刚　　(盈满泪水)爸,妈!

　　　　(唱)听爸妈,振聋发馈一席言,

　　　　　　犹如钢针戳心间。

　　　　　　养育儿,一生奔波鬓发添,

　　　　　　还时刻将儿孙来挂牵。

　　　　　　记事本,我光记工作和小家,

　　　　　　却从未把父母心中惦。

　　　　　　惭愧万分良心欠,

　　　　　　从今后定要亡羊补牢孝心献。

　　　　(跪下)爸,妈!以前都怪我忙于事务,把你们疏忽了。你们就原谅儿
　　　　子吧!

父亲　　你觉得我和你妈玩这个微信支付真的是为了显摆吗?我们物质上不

缺啥,缺的是亲情和安慰啊!

母亲　(扶起伟刚)想想我们也不对,你这么忙,还编了谎言让你回来。作为长辈,也应该考虑到你为了工作、儿女是多么不容易!

伟刚　爸妈,我理解你们!上次进养老院你们不愿意。那以后你们就搬到城里和我们一起住,如果你们嫌烦的话,就在边上租套房子,这样,我们就可以天天见面了。你们说怎么样?

母亲　两全其美。我看这个办法好!老头子,你看怎么样?

父亲　我啊,人老喽,就听你们摆布吧。

伟刚　(迫不及待)那好,我们现在就走吧!

父亲　怎么又要说走就走了?

伟刚　(想起)哦,今天啊,我不去公司了。接下来我们继续再研究研究这个微信支付吧。

父母　(会意一笑,同声)好!继续研究!

　　　幕后伴唱:微信支付连万家,

　　　　　　　　骨肉亲情总牵挂。

　　　　　　　　家有父母才是福,

　　　　　　　　再忙不忘爹和妈。

　　　[三人兴致浓浓地在手机上比画。

　　　[切光。

　　　　　　　　　　　　——剧终

小戏曲

神秘的电话

陈永明　鞠　石

地　点　某城市。

人　物　叶家男——男,40 岁。

　　　　倩倩——女,30 岁,叶家男妻。

　　　　[场景:他们的家。

　　　　[幕启:叶家男系围裙在拖地。手机铃声响起。

叶家男　喂,喂! 你为啥不说话? 你到底想做啥?

　　　　(唱)这电话到底啥原因,

　　　　　　接听它就没声音。

　　　　　　天天晚上难安宁,

　　　　　　莫不是故意跟我寻开心。

　　　　[倩倩内上。

倩　倩　刚才这个电话又是谁打的?

叶家男　我不知道,又没开口说话。

　　　　[叶家男手机铃声又响起。

倩　倩　(忙夺过)还是这个固定电话。(接听)喂! 你是谁? 你说话呀!

叶家男　会不会是电信诈骗电话?

倩　倩　连口都没开,会是电信诈骗吗? 拿什么骗?

叶家男　那会不会是骚扰电话?

倩　倩　骚扰电话?

叶家男　要不要报警?

倩　倩　报什么警啊？肯定是你前妻！

叶家男　自从跟她离了婚，就再没联系过，不可能！

倩　倩　（打断）你编，你继续编吧！

叶家男　你怎么不讲道理！

倩　倩　我不讲道理？那你当初为啥要追我？为啥要娶我？你后悔，我才后悔呢！

叶家男　你后悔？你后悔可以……

倩　倩　你！你是想赶我走？走就走！（匆匆进内）

叶家男　倩倩，倩倩。唉！

　　　　（唱）一个电话怨气生，

　　　　　　　有口莫辩难说清。

　　　　　　　想当初倩倩待我恭敬又温顺，

　　　　　　　处处小鸟依着人。

　　　　　　　谁知晓自从跟她结了婚，

　　　　　　　她强词夺理是非生。

　　　　　　　多少回吵吵闹闹方寸乱，

　　　　　　　都因为失去信任酿祸根。

　　　　［倩倩拖拉杆箱气呼呼地上。

叶家男　你要到哪里去？

倩　倩　你不是要赶我走吗！（欲下）

叶家男　（拦住）倩倩，我们都老大不小了，你冷静一点好不好？

倩　倩　我能冷静得了吗？

　　　　（唱）我俩结婚才几时？

　　　　　　　经常吵架受你气。

　　　　　　　婚前你嘴巴甜如蜜，

　　　　　　　转眼我凤凰变成鸡。

　　　　　　　有事无事你要生气，

　　　　　　　难道说你的诺言就是一年期！

　　　　［倩倩赌气出门。

叶家男　你真的要走了？

倩　倩　我走了，不是正好让你可以接前妻的电话了嘛！

叶家男　你左一个前妻右一个前妻,那电话肯定不是她打的!

倩　倩　到现在你还护着她。

叶家男　我不是护她,我相信她不会打我电话的。

倩　倩　那你说这个电话到底是谁打的? 你说呀!

叶家男　我要是知道,还要你问嘛!

倩　倩　喔,是不是你在外面又有小情人了?

叶家男　倩倩,你就这样不信任我?

倩　倩　信任? 还讲什么信任!

　　　　(唱)讲啥信任太幼稚,

　　　　　　社会现实谁不为自己?

　　　　　　近来你下班经常不及时,

　　　　　　准是又有外遇生情丝。

　　　　　　今天你给我亮个底,

　　　　　　打算何时再换妻?

叶家男　倩倩你别闹了好不好?

倩　倩　我闹? 你在外面有了女人还有理了!

叶家男　好,我服了你了。我现在就去电信局,查一查这倒霉的电话到底是
　　　　谁打来的! (出门)

倩　倩　那你以后就再也别回来了! (关门,上锁保险)

叶家男　(敲门)你什么意思?

倩　倩　你是想避开我,乘机溜出去。

叶家男　你讲点理好不好?

倩　倩　这涉及个人隐私问题,电信局会让你查吗?

叶家男　这……

倩　倩　好了,谁的电话你心知肚明,别做戏了!

叶家男　我做什么戏? 这电话搞得我没法生活了! 等会儿电话来,你接听不
　　　　就清楚了吗?

倩　倩　嘁! 人家听到我声音,还会开口说话吗?

叶家男　你怎么就想得这么复杂? 如果我有外遇,不会偷偷地打我手机、发
　　　　我微信吗?

倩　倩　(急开门)你回来! 今天你必须跟我说清楚!

（唱）你换一个老婆满一回洒，

做一回新郎采一朵花。

人心不足蛇吞象，

你家外到底还有几个家？

叶家男　（气急）我……我有十七八个家，你该满意了吧！

倩　倩　啊！你有十七八个家？

叶家男　我有十七八个家！（赌气，欲出门）

倩　倩　（拦住）你站住！你真有十七八个家啊？（哭泣）

叶家男　倩倩，你能不能信任我一回啊？

（唱）年初局里会议多，

新发展理念正开启。

我是单位一支笔，

大小文稿难推辞。

经常加班要熬夜，

所以回家有点迟。

当初前妻也如此，

三天两头有微词。

对我抱怨不信任，

家男委屈埋心里。

老婆啊！如今社会，信任危机，

你不信我，我不信你。

姐妹兄弟，缺少真言

同事之间，相互猜忌。

我们两个，走到一起，

没有信任，叫啥夫妻？

遇到问题，有商有议，

千万不能，节外生枝。

要包容、要理解、要支持、要信任，

没有信任再好的夫妻也会各奔东西！

倩　倩　我也想信任你，可是你让我怎么信任你啊？

叶家男　这样吧，我带上身份证，去派出所托熟人帮我查一下，一定给你个交

代。我就不信查不了这个座机号码!(掏出身份证,欲下)

[叶家男手机又骤然响起,吓了一大跳。

倩 倩 (看了看手机)还是这个号码。

叶家男 (心惊胆颤地接听手机)喂,你是谁?

[一个男孩的声音。

小男孩 爸爸,我是佳佳……

叶家男 佳佳,原来是你啊!(男孩声音)"爸爸,我想你,你为什么不给佳佳打电话?"

叶家男 爸爸不知道电话号码呀……(男孩声音)"妈妈不让我给你打电话,我就半夜偷偷起来打,我就想听听爸爸的声音……"

叶家男 佳佳,那你为啥不讲话呢?(男孩声音)"我不敢说话,怕惹妈妈生气。刚才她去洗手间,所以我才……爸爸,你不会把佳佳忘了吧?"

叶家男 爸爸怎么会忘记佳佳呢……(男孩声音)"爸爸,妈妈又回来了,我不能跟你说话了。爸爸再见。"

叶家男 (难过地)佳佳,我的佳佳……

倩 倩 对不起,我不知道这电话是你儿子打来的……

叶家男 倩倩,是我对不起你啊!

倩 倩 不!是我对不起你,我不该把你儿子都忘记了……今后你想佳佳尽管给他打电话好了,啊?

叶家男 倩倩,谢谢!谢谢你的信任……(二人紧紧拥抱)

[幕后伴唱:夫妻如若无信任,

同床异梦成路人。

人间如若无信任,

社会和谐成空文。

[造型。

[灯暗。

小戏曲

农家军歌

人　物　母,八十岁。

　　　　子,五十六岁。

时　间　农历岁末。

地　点　北方,农家小院。

　　　　[不远处传来零星的爆竹声。

母　(唱)爆竹声声新年到,

　　　　　家家喜盈映门楣,

　　　　　姥姥我心里惆怅空荡荡,

　　　　　倚门翘首盼儿归,

　　　　　盼儿归,怕儿归,

　　　　　两地奔波受连累。

　　　　[凝视、抚摸着墙上挂着的两张一老一少的照片。

母　双林,我的儿……(伤感,流泪)你知道娘这么多年是怎么过来的吗?
　　娘的眼泪已经流干了……(面对另一张照片)老头子,你也走了,你也
　　不管我了是吗?(苦笑)嘿,你怎么忍心丢下我一个人就走了呢?你真
　　狠心…

　　　　[母忧伤地收拾东西,下。

子　(幕内唱)乘高铁,穿夜雾,离开水乡,

　　　　[子手提大包小包,兴冲冲上。

　　(接唱)新年到,牵挂娘,重回潍坊。

82

只因为,工作忙,难以脱身,

平日里,少机会,伴娘身旁。

数月未见亲人面,

心泛热浪先喊娘。

(向内喊)娘——,娘——,我回来了。

母　(内上)孟凯,你回来了。

子　回来了。娘,让儿子看看,你身体怎么样?(察看母容)

母　娘的身体好着呢!你放心。(擦眼泪)

子　娘,你又哭了?想开点,噢。

母　(点头)……

子　娘,你坐好,儿子为你敲敲背。

母　不用、不用,你一路辛苦了,先歇会儿吧。

子　娘——(将母按在凳上,敲背)

母　你呀!就想着让娘开心。

子　只怪我平时太忙,不能一直陪在你的身边。娘,我知道你有家乡情结,
　　但我还是想请娘搬到太仓和我们一起住,这样也好照顾你。

母　娘知道你是一片孝心,等过段时间再说吧。

子　娘……

母　孟凯啊,上次电话里不是早已说好今年过年你不要过来了吗?

子　娘,这也是我的家呀!

母　可你自己家里也有一大堆事情啊。

子　爸爸走了三年了,家里只有娘一个人,过年了,做儿子的哪有不回家的
　　道理呀!

母　你不用瞒我,你岳父母今年八十同庚,女婿不到场,媳妇要不高
　　兴的。

子　我也没有忘记,娘今年也是八十大寿,我先回来打前站。过了初二,媳
　　妇带着孙子一起回来!

母　(百感交集)你呀!

子　你看,这些都是媳妇准备好的。

(唱)家家户户过年忙,

　　　儿在外乡惦记娘,

八斤重的青鱼晒成干，

腊肉风鸡火腿肠，

香菇木耳金针菜，

还有太仓肉松苏州松子糖，

一双寿星保暖鞋，

羊绒衫来自恒源祥，

一盒花旗西洋参，

祝妈妈寿比南山日月长。

[面对一堆年货，老人忍不住掩面啜泣……

子　（惶恐）娘，你怎么啦？

[短暂的停顿。

母　……三十五年了，孟凯，你每年都回家过年，娘心里不好受啊！

子　天经地义的事啊，回家陪娘过年，这是我自己立下的规矩。

母　为了这个规矩……

（唱）你太仓潍坊两头跑，

两副担子一肩挑，

逢年过节来得勤，

丢下家小一边抛，

平时电话天天有，

问长问短问周到，

爸爸临终含笑去，

你是尽心尽力尽孝道。

三十五年如一日，

天知晓来地知晓，

三十五年如一日，

今朝为娘要画句号。

你不该抛开妻儿来潍坊，

不拜寿堂来陪孤老，

为娘生来爱面子，

我怕亲家会把我看小，

农家小院容不下你这个大孝子，

你赶紧回去莫唠叨。

子　娘,你要赶我走?

母　我早已有话在先,今年过年你不要回来。

子　那边没有意见,我都安排好了。

母　今朝非走不可!

子　娘!

母　儿啊,三十五年啦,娘已经知足了。从今天起,我要废了这条规矩!

子　娘!

母　大港乡方圆十里,谁不知道,你不是我的亲生儿子!

子　("扑通"跪地)娘——!

　　[母跌坐于椅,抽泣,泪流满面。

　　[幕后唱:

　　　　忘不了,自卫反击战事开,

　　　　战友牺牲魂不归,

　　　　待到铁军凯旋时,

　　　　代友尽孝双膝跪。

子　(唱)忘不了,我和双林去排雷,

　　　　战友鲜血洒边陲,

　　　　未留的遗言我心知,

　　　　染红的家书藏胸怀。

　　　　我知战友系独子,

　　　　老家尚有双亲在,

　　　　儿忧爹娘无依靠,

　　　　未寄出的家书交孟凯。

　　　　孟凯从此立规矩,

　　　　把战友的父母当长辈。

　　　　喊声爸来喊声妈,

　　　　今生今世永不改,

　　　　喊声爸来喊声妈,

　　　　养老送终儿奉待。

　　　　冬去春来年复年,

三十五载志不悔,

不求名来不为利,

只图个战友回眸应笑慰。

母　我的儿啊!（扶起孟凯）

（唱）双手扶起好儿郎,

叫一声儿啊娘心碎。

当年复员正青春,

如今已是两鬓衰,

风霜雨雪两地走,

三十五载情似海。

部队练兵又育人,

有情有义更有爱,

谢一声部队夸一声儿,

强国强军的新一代。

（白）儿啊!双林牺牲这么多年,地方上给予烈属的优抚一样不少,左邻右舍的照应也无处不在。可你非得守着我这个老婆子不离不弃。我几次三番将你赶,你却死心塌地不肯走,既然如此,做娘的也不能太自私。我想……

子　你想怎样?

母　妈答应你了,随你一起去太仓。

子　（欣喜）太好啦,娘身边不但有儿子,还有媳妇、孙子。什么时候娘想回村里看看,我再陪你老人家回来。

母　娘听你的,不过我有一个条件。

子　你说!

母　（取出一枚军功章）双林的这枚军功章你留着。

子　军功章?

母　不管是上战场还是做儿子,在娘的心里,你和双林都是功臣!

子　（接过）娘——!

　　［欢快地音乐起。

　　［幕后唱:

一声妈妈似春风,

86

吹入心田暖融融。
老兵一曲战友情，
农家军歌傲苍穹。

沪剧小戏

梦醒时分

地　点　看守所接待室。

人　物　奶奶、根宝、敏敏(根宝的女儿,十三岁)。

　　　　[舞台上设有长台和凳。

　　　　[幕在深沉的音乐声中启。

　　　　[奶奶携着孙女敏敏上。

敏敏　奶奶,今天我们能不能见到爸爸呀?

奶奶　能,警察叔叔要我们在这会见室等,他已经去叫了。

　　　　[敏敏往里面张望,传出警车的呼啸声,抱头回到奶奶身边。

敏敏　奶奶我怕,我怕!

奶奶　(搂住敏敏)孩子,别怕,别怕!

　　　　[两人坐立不安地等待,敏敏不时翘首张望。

敏敏　奶奶,爸爸怎么还不出来?

奶奶　是啊,这么久了,怎么还不见人影?

　　　　[传出"哗啦哗啦"的脚镣声,然后是关铁门的声音。

　　　　[两人睁大眼睛静静地注视着。

　　　　[根宝手铐脚镣蹒蹒跚跚地上。

　　　　[祖孙三人一时相对无言,敏敏见情形缩至奶奶一旁。

根宝　(见情形,急忙向前,因镣铐牵制而跪倒在地)妈妈!

奶奶　根宝!

　　　　[音乐起。

　　　　[母子俩相拥,泣不成声。

〔幕后伴唱:

盼相见,相见如同隔千秋,

为什么,骨肉相聚在此间?

根宝　（唱）面对亲人我倍伤感,

未开言,酸楚的泪水已眶盈满。

敏敏　（接唱）眼前人,似曾相识又陌生,

敏敏我,想叫无声心里乱。

奶奶　（接唱）根宝啊,娘为你茶饭不思青丝白,

牵挂你,每日里以泪洗面寝难安。

根宝　（愧疚地）妈妈,儿子不孝,让你操心,为了我,你又增添了很多白发。

奶奶　（端详着儿子）根宝,你瘦多了。

根宝　妈妈,想不到你和敏敏会来看我,我以为今生再也见不到你们了。

奶奶　（擦干眼泪,突然想起）敏敏,快叫爸爸。

根宝　敏敏,来,让爸爸好好看看你。

敏敏　（胆怯地）爸爸。

根宝　敏敏,我的好女儿。你要听奶奶的话,认真学习,将来做一个对社会有用的人。

敏敏　嗯。城里没有家了,我已不在贵族学校读书了,转到乡村小学去了。

根宝　（抱着敏敏）敏敏,是爸爸害了你啊!

奶奶　自从你入狱后,你城里的家全部被查抄。根宝啊,乡下才是我们该去的地方,现在我们只求太太平平过日子,平安是福啊!

根宝　（伤感,深有感触地）平安是福,平安是福! 姆妈,是我对不起你啊!

奶奶　你对不起的不光是我! 根宝啊——

（唱）想当初家道中落虽清贫,

可穷人的日子亦平静。

后来你父亲患绝症,

欠下了外债难还清。

多亏了党和政府来救济,

你学业有成有名声,

想不到你利令智昏不自重,

触犯法律昧良心,

贤惠的妻子你抛弃，

害敏敏心受创伤孤零零。

扪心自问你多愧疚，

怎对得起关心你的人们和你死去的老父亲。

根宝　妈妈——

　　（唱）娘亲你暂息心头怒，

　　　　听根宝，对你从头说分明。

　　　　自从那，父亲过早离人世，

　　　　娘亲你，一人独自撑门庭。

　　　　一腔热血世少有，

　　　　儿子我刻骨铭心记忆新。

　　　　我也曾发奋求上进，

　　　　似鼓足的风帆浪尖里拼。

　　　　几露锋芒造辉煌，

　　　　三十而立踌躇满志挑重任。

　　　　当初是暗暗下决心，

　　　　定要踏实工作为人民。

　　　　可后来，遇上了红颜知己难自拔，

　　　　威逼利诱难脱身。

　　　　为保住地位和名声，

　　　　我只得冒险把手伸。

　　　　权钱交易索重贿，

　　　　透支鲸吞储户存款头发昏。

　　　　纸醉金迷迷茫茫。

　　　　绝不顾仕途的浮与沉。

　　　　云里散步雾里欢，

　　　　穷奢极欲似脱缰的野马难以驯。

　　　　也曾想，收手不干重塑人，

　　　　到头来却似脚踏污泥越陷深。

　　　　原以为，掩耳盗铃无人晓，

　　　　哪曾想，法网恢恢不容情。

到如今,懊悔莫及未遵娘亲言,

身陷囹圄将要命归阴。

根宝　姆妈,我好悔恨啊!(捶胸顿足)

奶奶　根宝,你老实告诉妈妈,你到底挪用了多少公款?

根宝　贪污加受贿要八千多万了。

奶奶　(惊得目瞪口呆)啥?八千多万?你、你真昏头了!造孽,造孽啊!

　　　[母亲号啕哽咽,昏厥跌倒。

敏敏　(哭喊)奶奶。

根宝　(欲扶)姆妈。

敏敏　不要碰我奶奶,奶奶………(大哭)你逼走了我妈妈,又气昏奶奶,(回过头来)你不孝,你没有良心!

根宝　妈妈。(再欲伸手去扶)

敏敏　不要你碰奶奶。

根宝　敏敏。

敏敏　不要你叫,我不是你的女儿,你不是我的好爸爸,奶奶……

奶奶　(慢慢地苏醒)敏敏不要对你爸爸这样,他终究是你爸爸。

敏敏　(自言自语)爸爸,爸爸。记得在我很小的时候,爸爸、妈妈带着我常常去公园散步,晚上睡觉的时候爸爸给我讲故事,妈妈教我唱儿歌,那个时候我是多么的开心快乐呀!可是自从你当上了银行行长,你变了,你变得不回家了。你在外面吃喝玩乐,寻欢作乐的时候,你想到过我,想到过奶奶,想到过这个家吗?(哭泣)多少次我看到妈妈半夜里还在偷偷地哭,妈妈,妈——妈——!

根宝　敏敏。

敏敏　你知道这些日子我和奶奶是怎么过来的吗?在学校里,同学们都在背后指指戳戳,他们都议论我,看不起我。我可怜奶奶,她为了你天天哭,眼泪都哭干了呀。你晓得吗?晓得吗?我恨你,我恨你!

根宝　敏敏,不要再讲下去了,我不是人!

　　　[内,警察喊:十三号,规定时间到了,该回监室了!

根宝　姆妈,是我不好,我害了你们。

奶奶　(擦干眼泪)来不及了,来不及了。(含泪抚摸着)敏敏,来,叫一声爸爸。

敏敏　(不理睬)……

奶奶　敏敏,听话,你就叫你爸爸最后一声吧!

根宝　算了,妈妈,不要为难孩子了,我不配做他的爸爸。

奶奶　根宝。

根宝　姆妈,敏敏交给你了(哽咽,转身欲下)

敏敏　(讷讷地)爸爸。

　　　〔根宝怔住,步履颤抖地下

敏敏　爸——爸——(声音回绕)

　　　　〔幕后伴唱

　　　　　　金钱的奴隶呀真可悲,

　　　　　　劝世人廉洁清正莫贪婪。

　　　　　　　　　　　　　　——剧终

沪剧小戏

买菜与卖菜

时　间　早晨

地　点　菜市场

人　物　大嫂,退休教师

　　　　甲,卖南北杂货者

　　　　乙,卖鲜肉者

　　　　丙,卖水产者

　　　　[舞台上设有三张桌子意示摊位,上面分别摆着三块牌子——"南北杂货""优质猪肉""新鲜水产"。

　　　　[传出市场播音员的宣传声:遵守市场规则,不准出售假冒伪劣商品,不准短斤缺两,对于损害消费者利益的行为将予以严肃处理……

甲　断命格广播里天天迭能唠唠叨叨。

乙　听得(来)耳朵里老茧起还要吵吵闹闹。

丙　噜里噜苏,心里实在烦躁!

齐　呀呀呸! 都像你讲格侬哪能去赚钞票?

　　　　[甲、乙、丙三名经营者不停地吆喊叫卖。

　　　　[大嫂手提竹篮兴致浓浓地上。

嫂　(唱)三月春风拂大地,

　　　　　百花开放添媚娇。

　　　　　改革开放年华好,

　　　　　收入年年有提高。

93

今日里,我提起小竹篮,

空闲晨光菜场跑。

(白)从来勿涉足菜场,想勿到如今菜篮子丰富(来)难以言表。

[甲、乙、丙发觉嫂的到来。

甲　阿姨侬早。

乙　婶婶侬好。

丙　老师侬俏。

嫂　(开心地)大家好,大家好,后生家真是有礼貌。

甲乙　(问丙)侬哪能把伊老师叫?

丙　憨勿啦? 伊戴了眼镜我一轧苗头就知晓。

甲乙　有道理,伲也跟伊迭能叫。

丙　跟我叫? 我看还是靠边勿噜嘈。

嫂　(疑惑)你们哪能晓得我是老师本姓曹。

丙　咦,侬真健忘,我是侬教过的学生叫小刁。

甲　我格名字叫宝宝。

乙　我格雅号叫巧巧。

嫂　哦,人老珠黄,看我格记性,当初格宝宝如今都已年纪勿小。

齐　侬今朝哪能有雅兴来菜场跑跑。

嫂　(唱)辛勤耕耘数十载,

培育新苗忙执教。

如今退休离学校,

照顾家庭做起买汰嫂(烧)。

今朝第一回到菜场来,

眼花缭乱东西真不少。

甲乙丙　(合唱)原来是刚刚退休格老阿姨,

初来菜场没头脑。

让我上前献殷勤,

向伊介绍商品赚钞票。

齐　(白)曹老师……(各人争先恐后)曹老师,我来……

甲　喂……到底啥人先介绍?

乙　还是由我先轮到。

丙　我看还是老办法,倷来猜叮隆咚最公道。

齐　好、好、好!

　　〔三人划拳比赛。

嫂　(一旁笑)迭帮年轻人真是有趣惹人笑。

甲　看来还是我格运道好,曹老师——

　　(唱)老师你听我来介绍,

　　　　我这里品种多来勿勿少,

　　　　有蘑菇、香菇、金针菇,

　　　　香肠、粉丝、豆腐脑,

　　　　海蜇皮、笋干、肉松大蒜苗,

　　　　五香牛肉配调料,

　　　　绿色食品味道好,

　　　　价廉物美任你挑,任你挑。

乙丙　(接唱)价廉物美任你挑。(各指自己的摊位)

嫂　你们真是热情周到,格么我来一斤香菇、两盒豆腐、三斤笋干、四斤大蒜苗。

甲　(边称边说)这桩生意勿大还勿小。

嫂　咦,迭格笋干哪能白得(来)我从来勿曾看到?

甲　迭个是经过杀菌消毒,老师倷吃了才知味道好。

乙丙　(对白)老师、老师嘴上叫,讲啥杀菌消毒,当人家都是傻帽。

甲　老师,总共是五十三元,找头倷拿好。

乙　曹老师,接下来倷该到我这边来报到。

　　(唱)我的猪肉本自产,

　　　　家中圈养质量高,

　　　　勿吃泔脚勿吃荤。

众　(夹白)格么吃啥?

乙　(接唱)只吃粗粮和野草。

甲丙　(旁白)嘘——,吹牛!

乙　(接唱)故所以只长瘦肉不长膘,

　　　　肉质鲜嫩味道好,

　　　　清蒸蒸红烧烧,

　　　　老师侬吃了定会掉眉毛。

　　（白）哪能,要勿要来半只猪身外加一副肚里嘈。

嫂　（笑）喔唷,半只是要吃到年末梢,难得侬一片热情,格么我来称格三斤精
　　　肉还有两只猪脚爪。

乙　好,请侬稍等我马上就好。（用电子秤）精肉三斤二两秤头还勒翘,外加
　　　两只猪脚爪,八十五元五角,零头去脱我也勿计较。

嫂　（付钱）好、好、好!

乙　欢迎下次光临,老师侬走好。

丙　噜哩八苏等得我好心焦。老师请侬到这里看看买点啥格好?

嫂　好、好、好,今朝我第一趟来菜场心情好,多买点回去好烹调。

丙　曹老师——

　　（唱）老师啊,如今你是年事高,

　　　　　要注意身体保健康。

　　　　　高蛋白、低脂肪,

　　　　　通筋活血营养讲。

　　　　　水产对你最合适,

　　　　　清蒸赛过人参汤。

　　　　　血脂血压不再高,

　　　　　保你一生幸福乐安康。

嫂　（激动地）送个闺女,体贴关怀讲得我心里甜来赛过吃了水蜜桃。

丙　曹老师,阿要来点活蹦乱跳格基围虾,再弄只甲鱼汤熬熬。

嫂　好、好、好!

　　［丙迅速装袋、交货。嫂端详刚买的肉。

丙　老师,侬翻来覆去看,阿是迭块肉上长出疤?

嫂　刚才买格迭块肉是勿是侬帮我称称看看叫?

丙　（称肉）二斤八两勿多还勿少。

嫂　（惊讶）啥,二斤八两?怪勿得迭能眼生,刚才伊还讲三斤二两秤头还勒
　　　翘。（转向乙）后生家,侬迭个电子秤我看勿牢靠!

乙　我做生意循规蹈矩,侬勿要瞎胡闹。

丙　实事求是侬分量不曾到。

乙　狗捉老鼠多管闲事,还是自己管管好。

嫂　勿管怎样,做生意总要讲公道!

乙　去、去、去! 吭没工夫跟侬吵,侬还是搭我边上靠!

甲　刚才还老师、老师嘴上叫……

乙　算了吧,啥人是伊学生啦? 你们是啊? 大家都是招揽生意嘴上叫。

甲丙　反正侬一点不讲礼貌。

乙　(反问)你们讲礼貌? (指丙)用黑袋袋装水产掺杂水分难道大家勿知
　　晓? (指甲)还有侬,过期食品,"双氧水"发泡迷惑顾客,也不是省油
　　的料。

嫂　(拿出豆腐,念)生产日期三月二十号,今朝才三月十五号……"双氧水"
　　发泡,就是甲醛……(惊呆)太可怕了,经常食用要命送掉。(气愤地)原
　　来你们,假冒伪劣、短斤缺两坑害顾客都有绝招。(指甲乙丙)侬、侬,还
　　有侬,我要到"消费者协会""打假办"将你们告!

　　〔欲下。

　　〔三人面面相觑,丙急中生智上前拦住。

丙　等等,侬要走来慢慢叫!

嫂　哪能,难道你们还要拦住去路对我来叫嚣?

丙　(作揖)勿是格,老师,勿……阿姨啊——
　　(唱)叫声阿姨侬息息火(来)慢慢跑,
　　　　且听伲来说端详。

甲乙　(接唱)息息火(来)慢慢跑,
　　　　　　且听伲来说端详。

丙　(接唱)伲本是小本生意人,
　　　　　起早摸黑来奔忙。
　　　　　偷图小利坑害你,
　　　　　损人利己勿像样。
　　　　　千错万错是伲错,
　　　　　万望你,大人大量多体谅,
　　　　　不忘你的好心肠。

甲乙　(接唱)千错万错是伲错,
　　　　　　万望你,大人大量多体谅,
　　　　　　不忘你的好心肠。

甲乙丙　阿姨,倷愿退货赔侬钞票。

嫂　　年轻人啊——

　　　　(唱)你们辛苦我体谅,

　　　　　　但利欲熏心不应当。

　　　　　　坑害顾客骗取黑心钱,

　　　　　　重重处罚吊销执照理应当。

　　　　　　想一想,如果多为自己想,

　　　　　　职业道德还要勿要讲?

　　　　　　如果多为自己想,

　　　　　　到头来损害了他人自己也要受遭殃。

　　　　　　还望你们亡羊补牢来觉悟,

　　　　　　诚实经商信誉讲!

甲　　(表)阿姨,望侬勿要计较。

乙　　阿姨,请侬多多指教。

丙　　今后倷一定记牢。

嫂　　你们好自为之吧!(下)

甲乙丙　阿姨侬真好,阿姨侬走好。(目送)唉——!偷鸡勿着蚀把米,想想
　　　　真懊恼。(醒悟)阿姨,等一等,倷要退侬钞票。

　　　　[甲乙丙追,下。

　　　　　　　　　　　　　　　　——剧终

戏剧小品

我要回家

时　间　现代

地　点　某城市"市民卫生中心"隔离区

人　物　护士、隔离人、保安

场　景　舞台中央安置着一张单人床和方台、凳,后面是虚拟的窗口。

　　　　[隔离人手拿电视机遥控器不停地调频,继而在床上焦躁地翻滚。关电视。

隔离人　唉——! 现在这社会真离奇,五花八门样样有,就连生病也有新名堂,什么口蹄疫、疯牛病、红斑狼疮、艾滋病,最近又流行什么"新型冠状病毒感染",说是以前"非典萨斯"的弟弟。你说我好不容易春节前上武汉谈成一笔业务,一回来就被强制隔离了,成了一个不回家的人。享受特殊待遇,吃喝拉撒一单间,护士、保安日夜守候。唉——!(烦躁地来回踱步。拿出手机打电话)喂,老婆唉,我蹲在这里像个活死人,快要憋死了! ……还疗养院呢,你来试试! 让你送的老酒怎么还不送过来? ……哦,就那个矿泉水瓶里装的? 你怎么不早说呢! ……好,就知道你最关心我了。

　　　　[在床底下包内拿出装酒的矿泉水瓶,咪起来。

　　　　[护士戴着口罩,手托医疗盘上。

护　士　说了多少遍了,现在是非常时期,快把口罩戴好,避免交叉感染!

隔离人　哦,好,好。(戴口罩)

护　士　咦,怎么有酒味?(上前观察,发觉瓶子有异样,闻)还是高度的。说,这是怎么回事?

隔离人　（尴尬地）嘻嘻，这是……这是我老婆给我送来的慰问品。

护　士　我们早就宣布了纪律，这里是隔离区，不是在家里，隔离人员是不能喝酒的，这会……

隔离人　（接护士的言语）影响体温测量！

护　士　知道了你还喝？

隔离人　这手机微信上不是说了吗？高度酒能杀菌，能预防感染。

护　士　这是谣言，没有科学根据的！这酒绝对不能喝！这是规定！

隔离人　（焦躁地）什么规定？在这儿蹲了这么多天，一日三餐是盒饭，门又不让出半步，枯燥乏味像蹲班房。除了这酒，谁来安抚我这颗寂寞、躁动的心。没想到第一次就让你给逮着了。

护　士　谁让你到了"新型病毒"重点传染区，回来就得进行隔离观察。

隔离人　进了传染区又怎么啦？我又没被传染。当初，你们让我来测一下体温，想不到你们竟对我实施软禁。

护　士　谁软禁你啦？这是对你、对大家的关心和爱护。你想想，现在病毒已在全国传播，如果某个人传染上了而不加以控制，那么一传十、十传百，那还了得？

隔离人　你说是传染上了，可我没被传染，你们为什么非要隔离我？

护　士　是不是被传染要经过十四天的隔离观察才能确定。你进来了六天，还得有八天的观察……

隔离人　等等，你说什么？还有八天？（掰手指头）四八三十二……也就是说还有一百九十二个小时。见鬼，我真受不了了。（狂叫）我要回家！

护　士　（耐心地安慰）八天时间在人的一生中只是一眨眼的。我说同志哥，你还是忍耐一下吧。

隔离人　忍耐？我能忍耐吗？进来时我是活蹦乱跳的，可现在，让你们折腾得天天睡不着觉，弄得我像霜打的茄子——软绵绵的。你们得赔我精神损失费，还有营养费！

护　士　我看还不至于吧？像你这样的我们这里有好几十号人。这是作为一个公民应尽的义务。现在你唯一的选择就是忍耐和配合，懂了吗？

隔离人　（蛮横地）我不懂！我抗议！你们这是非法拘禁！

护　士　（又好气又好笑地）好了，好了，别耍性子了，刚才让测量的体温表呢?

隔离人 （没好气地）不是在台上搁着吗?

护 士 （仔细再三地看体温表,怀疑地）四十五度?

　　　　［护士转身反复观察隔离人,继而用手摸隔离人的额头。

隔离人 （惊恐地）你怎么这么看我,我这人生来就胆小,你别吓我!

护 士 （盯着隔离人）我说你没事吧?

隔离人 我怎么啦?（做健美动作）你看,我身体特好。当初要不是村里的小芳拖我后腿,我早就成了飞行员了。

护 士 不会吧?刚才你还说软绵绵的。我看你是真传染上"新型冠状病毒"了,得送进重症监护室,然后插管子,再不行还要切开你的肺管。别看你现在身体像水发香菇胖乎乎的,到时会变成焦盐排条,晒干的辣椒。

隔离人 （吓得瘫倒在地）不、不、不!我没病,我没被传染,我……

护 士 （向内喊）来人啊——!

保 安 （戴口罩上）怎么啦?护士小姐。

护 士 这里有个新型冠状病毒传染疑似病人,得马上送入重症病房。

隔离人 （胆怯地）别、别、别!我说护士小姐、保安大哥,我真的没病,求你们别把我送进去。

护 士 那你说,这体温表上四十五度是怎么回事?

隔离人 （喘气、醒悟,不在乎地）原来是为了这个。我是逗你们玩的,我把体温表放进热水杯里了。

护 士 （厉声地）什么?你……,你真无聊!

隔离人 无聊?是啊,我是无聊,我看你们也是没事找事,吃饱了撑的!

保 安 （气愤地）你怎么蛮不讲理啊!

隔离人 我是没你们那么在理,我是蛮不讲理行了吧?现在我得马上回去!

　　　　［隔离人欲走,保安上前拦住。

保 安 （厉声地）站住!

隔离人 （满不在乎地）哎嗨,你这么大声吓唬谁呀?我又没犯法,你又能把我怎么的?

保 安 你是没犯法,但是如果你现在迈出这个门槛,你就违反了《传染病防治法》,我们就可以报公安机关对你实行拘留!

隔离人　（疑惑）拘留？哼！吓唬谁呀！

保　安　没人跟你开玩笑！所以你还是规规矩矩地在这儿耽着,配合我们的
　　　　工作!

隔离人　（泄气）这下可真是和尚的脑壳——没发（法）了。唉——（躺倒在
　　　　床上）

护　士　我说同志啊,请你不要再胡思乱想了。说实话,我们也不情愿耽在
　　　　这里,可是……

隔离人　你们不情愿？你们这是工作,更何况你们可以常回家看看,可我呢?

保　安　你说什么？常回家看看？我们也是很长时间没有回家了！就拿这
　　　　位护士小姐来说吧,母亲卧病在床也没能回家照料,在这里连续奋
　　　　战了半个多月了,你说她图的是什么!?

护　士　（在一旁默默地流泪）……

隔离人　（不解地）真有这么回事?

保　安　（对护士）你说给他听听。

护　士　（平静而深情地）这是我自愿的。当初我主动请愿上这儿就已经做
　　　　好了思想准备。说实在的,我也多次想回家看看,看看生我养我的
　　　　慈母,看看我那牙牙学语的可爱的儿子,想起他们真有一种说不出
　　　　的负疚感。但是,我不能离开这个岗位,这是纪律,是职责！我们没
　　　　有什么奢望,企盼的就是让病毒快快远离我们,让世界充满阳光,让
　　　　天下人都能舒心安逸地生活在同一片蓝天下!

保　安　同志,你还是深刻地反省反省吧!

隔离人　不用反省了。

保　安　（气愤地）你就这么顽固不化?

隔离人　你们是最美"逆行者"！想想你们这段时间冒着风险耐心周到地服
　　　　务,我却处处刁难你们,我……我真不是个东西!

护　士　（逗趣地）你本来就不是东西。

隔离人　不是,我是说我是不是东西的东西。（发觉不妥）唉——还真把我给
　　　　搞糊涂了。不过,请你们放心,在以后的几天里,我一定积极配合好
　　　　你们的工作。

　　　　［护士和保安会意地笑了。

隔离人　现在我要求……

护士、保安　又怎么啦!

隔离人　给我重新测量体温!

　　　[隔离人端坐床沿上,护士将体温表塞进隔离人的嘴里。

　　　[定格。

　　　　　　　　　　——剧终

·小品·

大雪无痕

时　间　现代,大年三十。

地　点　经济开发区公交车候车点。

人　物　张大三,大妈,打工妹。

[银装素裹,雪压草木。候车亭立于舞台中央。

[北风呼啸,雪片飞舞,传出庙宇"当——当——"的钟声和敲木鱼的声音。

[大妈身背烧香袋(袋上印着一个大大的"佛"字),冒着风雪蹒跚地上。

大　妈　大年三十起得早,拜了观音又走庙,阿弥陀佛平安保,风雪路滑吓不倒!唉,刚刚来烧香的时候(呀)天气蛮好,一进了庙堂就大雪飘飘,没想到一下就下了几个小时,我活这么大岁数还从来没见过下这么大的雪,俗话说:瑞雪兆丰年,明年肯定收成好。这公交车不来,打的车也没有,哎呀,这车没有我怎么回去呀?(口中念念有词)阿弥陀佛,菩萨保佑……

[嘟——嘟——,传出汽车喇叭声。张大三上。

大　妈　(喜出望外)哎,车来了。(急急忙忙,滑倒)哎唷……

张大三　哎,大妈,你摔伤了吗?

大　妈　摔是没摔伤,就是屁股摔出一条缝了。

张大三　哈……大妈,你还挺幽默的,看你这身打扮,是去烧香拜佛吧?

大　妈　是呀,今天年三十烧还愿香,明天大年初一烧开门祈福香,保佑全家人顺顺当当,平平安安。

张大三　大妈,你看雪下得这么大,这么厚,那边出交通事故了,路堵了,那边车也不过来,绕道走了,今天没车了。

大　妈　什么? 今天没车了? (急)啊呀,那我今天不是回不去了吗?

张大三　没问题,我有车,喏,就停在那边,我来送你吧。

大　妈　真的,那太谢谢你了!

张大三　大妈,你家住哪儿呀?

大　妈　江南村。

张大三　好,大妈,走吧。

大　妈　(迟疑)你送我要多少钱?

张大三　不要钱,走吧。(拉大妈)

大　妈　不要钱? 我在电视里看到过,生活中还没碰到过呢。

张大三　这有啥稀奇的,远在天边,近在眼前,我就是!

大　妈　你就是? 哎唷,那可不一定的,说不准我一上你的车,你把车门"啪"一关,门一锁,我就下不来了。你就斩、斩、斩,我那烧香的钱不都全归你了?

张大三　大妈,你怎么这么说话呀?

大　妈　我知道,你们这号人呀,连我们老太婆也不会放过的!

张大三　啊呀,大妈! 你想的是多余的,我的确是来做好事的。相信我,走吧! (拉大妈)

大　妈　不要碰我,动手动脚的干吗? (欲走,差一点滑倒)

张大三　大妈,你当心! (上前欲扶大妈)

大　妈　不要碰我! 你不要以为我是老太婆好欺负,我告诉你,我可是有功夫的。不信,你试试! 嗨嗨嗨! (做打拳状)

张大三　好、好、好,我真佩服了你了。嘿! 今天我还真碰到双枪老太婆了。

大　妈　(走到旁边按手机,念)1—1—0。

张大三　哎、哎、哎,我说大妈,你可不要打110,真要警察来了,没事也搞出事情来了。

大　妈　你怕了吧?

张大三　我怕什么呀? 行、行、行,我不送你总行了吧? 你请便,请便吧!

大　妈　这是什么人啊? 哼! (急下,滑倒,手机掉在地上。)

张大三　大妈,你当心点。唉! 这叫什么事啊? 想做好事,怎么就这么难呀?

好人难做,难做啊!(看见地上的手机)哎,这不是大妈的手机吗?(喊,追大妈,下)大妈,大妈。

[打工妹手提旅行包匆匆上。

打工妹 改革春风吹进门,南下打工把钱挣,年关时节雪纷纷,回家过年抖精神。出门挣钱不容易哩,一年365天天天盼着过年,回去看看俺老爹,看看俺老妈,还有电话里"嗨那、嗨那"总也亲不够的,我俩说好了,今年回家马上成亲,还要开花结果哩(嬉笑)。你说回去一次咋就这么难呢?好不容易从黄牛手里倒了一张火车票,已是大年三十了,离火车发车的时间已不到一个小时了,公交车咋还不来呢?

[张大三拿着手机,复上。

张大三 嗨,这大妈,看她上了年纪,腿脚倒是利索,这七转八拐的一会儿不见人影了,这手机咋办呀?估计她待会儿一定会回来的,我还是在这里等吧。(看见打工妹)哎,这位妹子,你等车吧?

打工妹 是呀,俺要上火车站,下午三点半的火车。

张大三 妹子,你看,今天下了这么大的雪,没车了。

打工妹 什么?没车了?(焦急)那俺不是不能回家过年了吗?

张大三 你别急呀,我有车,我送你。

打工妹 什么?你送俺去火车站?好呀,那太谢谢你了!(迟疑,停留)哎唷,大哥,你送俺去火车站,要多少钱呀?

张大三 不要钱,走吧。

打工妹 (惊讶)不要钱,你是说送俺去火车站不要钱?

张大三 是呀!

打工妹 哎唷,啧、啧、啧,看不出来,(翘大拇指,嘲讽)你是当代的活雷锋哦。

张大三 活雷锋(么)谈不上,就学了那么一点点。

打工妹 哎唷,俺说大哥,你真当俺是外来打工没见过世面啊?你别蒙俺了!

张大三 啥?我蒙你?

打工妹 前几天电视里还在播呢,说一个坏司机在一个伸手不见五指的晚上,把个姑娘骗到举目无人的地方给"唔、唔、唔"(做奸污挣扎状)。莫非你是想模仿吧?

张大三 嗨,你看,你看,又来一个,什么伸手不见五指?(模仿)还"唔、唔、唔"。不要把世界上的人想得都那么坏,应当说还是好人多。还是

让我送你吧,走吧。(拖箱子)

　　　　[大妈寻找状,上。见状,在一旁观察。

打工妹　(抢行李箱)哎……你拿俺行李干吗?

张大三　我送你走呀。

打工妹　俺不要你送,你干吗抢俺的行李呀?

张大三　我不是抢你行李,你看,快三点了,时间来不及了,快走吧,我送你去
　　　　火车站。如果你非要给钱的话,就给个十元八元的。

　　　　[传出远处礼花鞭炮声。打工妹迟疑心急,欲跟着张大三。下。

大　妈　(厉声)慢! 我在后面看了好半天了。我说闺女,千万不能跟他走
　　　　呀! (对着张三)好呀,刚才追我老太婆,现在又想追小姑娘了是吧?

张大三　大妈,我刚才追你是想还你手机呀!

大　妈　哎,闺女呀,你看你看,这手机好好地在我口袋里,怎么会到他那儿
　　　　的? 小子哎,你刚才对我想劫财,现在又想骗色了吧?

张大三　什么劫财、骗色? (急中生智)你看,我开的那是什么车? 宝马、宝
　　　　马吧!

大　妈　什么宝马、宝驴的?

打工妹　大妈,俺听说那个宝马要值 100 多万哩。

大　妈　哎呀,闺女呀,你不要相信他,说不准那宝马也是偷来的,他利用这
　　　　个宝马去偷人抢钱,乘着大年三十想大捞一把。

张大三　哎,我说大妈,我是和你有仇还是前世欠你的? 你怎么老这样咒我
　　　　呀? 你看,这上方是什么? 是治安探头!

大　妈　什么探头探脑的?

打工妹　大妈,那叫电子警察,是专门协助警察来抓坏人的。

张大三　大妈,你想有哪个傻瓜会把车停在电子警察下面干坏事的? 大妈,
　　　　你要再不相信,喏,我把这身份证押在你这儿,等我把这大妹子送到
　　　　火车站! 回头我再来找你,怎么样?

大　妈　(看身份证)张……

打工妹　(接过身份证,念)张——大——三? (思索)噢,莫非你就是开发区
　　　　振兴集团的董事长张大三?

大　妈　你是张大三啊? 你就是去年给福利院捐了 500 万的?

张大三　一点小心意。

大　妈　你是大好人啊!

打工妹　听说你家里还收养了十个孤儿?

张大三　现在已经十二个了。

打工妹　啧……大哥你太了不起了,太伟大了,俺特佩服你!平时报纸上看你西装革履的,今天穿成这样,俺真认不出来了。

大　妈　你福利院捐了钱,又做了那么多好事,干吗大年三十还要冒着风雪开了车来接送人呀?

张大三　大妈,你信佛,我也信佛,你拜的是庙里的观音菩萨,我拜的是大妈你、大妹子,还有所有的老百姓。我不但捐钱做善事,还要身体力行。大年三十了,天又下着大雪,正是大家最需要帮忙的时候,我开车出来就想给大家行个方便,现在你相信我了吧?

大　妈　相信、相信!(把身份证还给张大三)

打工妹　俺相信你!

张大三　那我们快走吧!

打工妹　好来,走!

大　妈　哎,我也跟你们一起走!

张大三　好,我们一起走!

　　　　[钟声悠悠,平地朔风徒起,三人相扶前行。

·小品·

人命关天

地　　点　某乡医院

时　　间　傍晚

人　　物　胡医生、老贾、老者

　　　　　［舞台上设有急救床、办公桌和电话机等。

　　　　　［幕启。胡医生身穿白大褂正和酒意浓浓的老贾对弈象棋。胡医生哼着小曲；老贾不时地打着饱嗝。

老　贾　（喜形于色）炮翻打车，将军！哈……胡医生，这下你完了。

胡医生　哎唷，完了、完了！（发觉不对）哎，我说老贾，看看清楚这车是谁的？自己吃自己，真是邪门！

老　贾　啊，这车是我的？看来今天我酒真的喝多了。

　　　　　［电话铃声响起。

胡医生　（接电话）喂……我就是……什么，不知去向。……要我到街上进行地毯式搜索。哎呀！我说老婆，这黑咕隆咚的，你让我上哪找啊？……别、别、别！（下意识地摸耳朵）我去不就得了么。（搁电话）老贾，这棋等会再下，我出去一下。

老　贾　急什么？不就是老婆一个电话么，"气管炎"。来，我俩再来！

胡医生　妻命难违，这事可不能捣浆糊。（欲走）

老　贾　慢着，今天是你值班，你一走，万一来个急病的，咋办？

胡医生　（脱下白大褂，塞给老贾）那你替我应付应付不就得了。

老　贾　（尴尬地）你知道，我是烧烧开水、拖拖地板的，又不是医生……

胡医生　哎，老贾，你就别谦虚了，你以前在村里不是做过几个月兽医吗？大

109

小也是个医生，万一来了病人，你和他们捣捣浆糊不就过去了。

老　贾　（欲将白大褂推给胡医生）不行，不行，对人体医学我是一窍不通，这种浆糊我不会捣！

胡医生　怎么不会？喏，我来教你，到我们这里来的一般都是常见病，如果来了你就先问问是什么病，伤风咳嗽你就配一点感冒通、止咳糖浆什么的；发高烧呢配一点阿司匹林什么的。这种药即使吃不好也不会吃死人的。

老　贾　那万一来了个急病、重病的咋办？

胡医生　我说老贾你怎么就转不过弯来呢？急病、重病的肯定有家属陪同，你就问几句让他们直接送市医院不就过去了吗？

老　贾　（为难地）不行、不行！

胡医生　老贾，帮帮忙了，我马上就回来。喏，我给你留呼机号码，万一你顶不住就呼我。（急下。）

老　贾　唉——，（望着胡医生的背影，啼笑皆非）让我顶着，这不是难为人吗？唉……（电话铃响）喂……不是，我是贾医生……不认识，哦，我是刚调来的……对，什么？你家孩子发高烧昏迷不醒，马上送来。（为难地）别别别！我们这里病人已经住满了，连加铺也没有了。……这样吧，你们就直接送市医院吧……对，直接、直接，对，再见。（拍额头）乖乖，总算让我给蒙过去了。

　　　［老者手拎农药瓶踉踉跄跄地上。

老　者　（含糊其辞地）喝……喝得痛快，喝足了，百……百事无忧。你老张头也……也配和我决……决高低，半……半斤就趴下了，我喝了一斤照……照样没事，还……还能喝。嘿嘿，好喝、好喝。（模模糊糊地认出医院）就……就是这……这里。（老者跌跌撞撞地和老贾撞了个满怀。）

老　者　你……

老　贾　哎唷，你老哥咋的啦？

老　者　什……什么老哥？没……没礼貌，应该叫……叫爹。

老　贾　（不解）叫爹？

老　者　女婿不叫丈人爹，叫……叔啊？

老　贾　（无奈地）噢，爹，您老请坐，请坐。（旁白）这酒鬼不是来看病的吧？

老　者　（举起农药瓶）来，你陪我再……再喝。

老　贾　（见瓶标签）敌敌畏！（惊，推让）不、不！你喝、你喝。噢，不对、不
　　　　对，大家都别喝、都别喝。

老　者　（强横地）喝！就是要喝！

　　　　〔老贾推辞，老者滑倒，农药瓶摔地，老者昏迷状。

老　贾　（紧张地）哎唷，这回真是该我倒霉！（闻到农药味，拣起打破的农药
　　　　瓶，似醒悟）啊呀！这老哥神志不清，莫非他喝了敌敌畏？（近前闻
　　　　老者，嗅）怎么是酒味？（略思）不对，酒味是我的，是我多喝了酒。
　　　　看他刚才哭笑不得的样子。肯定是打着灯笼拾粪——找屎（死），我
　　　　得救他。

　　　　〔老贾卷起袖管猛按老者的肚子，每按一下，老者似做仰卧起坐式。

老　贾　我说老哥哎，好死不如懒活，你快吐出来吧，（见无动静）这……怎么
　　　　办呢？（手足无措，急得团团转。突然想起）哦，差点忘了，胡医生不
　　　　是给我留了呼机号码吗？（拨电话，围着电话焦躁地等待）这电话真
　　　　像六月里的田鸡——该嚷嚷不嚷嚷，怎么还不响呢？（转向老者）我
　　　　说你也不挑个时辰，早不来晚不来，偏偏这时候来……（电话铃响，
　　　　老贾急接）哎唷，胡医生，紧急情况，这里有个老头喝了敌敌畏……
　　　　什么？你一时赶不来，哎唷，我说胡医生，这事可不能捣浆糊，有道
　　　　是人命关天啊！什么，直接送市医院，啊呀，他可是一个人来的，没
　　　　家属陪同……要我马上急救，怎么个救法……你问我有没有为牲口
　　　　急救过？……那倒有过一次，上回有只牛吃了带有农药的草，我给
　　　　它灌肠，结果还真让我给救活了。……一样的，也给他灌肠……哦，
　　　　哦，那你也得快点过来。（搁电话，嘟哝）急急风碰到慢郎中。（老贾
　　　　下而复上，手提洗衣机落水管和脸盆）皮管没找着，就用这凑合、凑
　　　　合吧，反正是死马当作活马医了，醒不醒就看你的造化了。（略思）
　　　　为了操作方便，还得委屈你一下。

　　　　〔老贾用绳子将老者之双手反扣在床下，然后颤抖着手用力将落水
　　　　管作插入老者口腔状。

老　者　（不住地蹬脚）嗥……

老　贾　你也不要再垂死挣扎了。难受一下总比死了的好。忍着点我为你
　　　　清洗肠胃。

[老贾作灌肥皂水状。胡医生匆匆上。

胡医生　老贾,是谁,敌敌畏当五粮液,活得不耐烦了?

老　贾　(喜出望外地)你终于来了,我可是慌了阵脚了,现在好了,还是你来吧。

胡医生　(边穿白大褂边瞟一眼老者)你不是做得蛮好吗? 不过,管子好像太粗了点。

老　贾　心急慌忙,一时哪儿找合适的? 不过,我为牛灌肠那管子还要粗。

胡医生　那倒是,哎,他醒过来没有?

老　贾　醒倒好像醒了,刚才他还嗥嗥叫呢。

胡医生　(拍老贾肩)老贾,干得不差啊!

老　贾　(得意)过奖、过奖。

胡医生　(近前、惊呆)啊,是岳父! 我找了半天,你竟然在这里。

老　贾　他是你岳父?

胡医生　(生气地)他喝的不是敌敌畏,是酒! 你怎么就……唉!

老　贾　你怎么知道?

胡医生　他下午出来买农药,在饭馆里喝了半天的酒,刚才我出去就是找他的!

老　贾　那我怎么横看他是自寻短见,竖看他是喝了敌敌畏呢?

胡医生　看你个头,捣啥浆糊! (伸手拔出管子)

老　者　(惨叫)啊……

胡医生　(为老者揉胸捶背)我说爹啊,我们到处找你,你怎么上这儿来了?

老　者　找……找你陪……陪我喝……(作呕吐状)

胡医生　(惊)啊,血! 这回糟了,肠胃出血了。(转向老贾)用这么粗的管子,有没有消毒?

老　贾　上次我为牛灌肠也没有消毒啊。

胡医生　人能跟牛比吗? 人命关天,连这事你也敢捣浆糊?

老　者　(痛苦地,喘气)我快要被整……整死了。

胡医生　告诉你,我岳父有什么三长两短的,你要负全部责任!

老　贾　咳,我说胡医生,这话你可得说清楚了,是你让我替你应付、应付捣捣浆糊的。

胡医生　(语塞)你……

老　者　（怒视胡医生）闹了半天原来是你……你在捣……捣浆糊……（昏死
　　　　过去）

胡医生　（急）爹，爹你怎么啦？（沮丧地）唉——！

·小品·

开心农场

陈永明　夏国强

时　间　当代

地　点　某城市家庭

人　物　爸爸——农村退休教师

　　　　女儿——企业白领

　　　　[幕启。舞台一侧有书桌、电脑、衣架，另一侧是沙发、茶几。女儿坐着玩电脑，先聚精会神，然后起身狂舞，唱起偷菜歌……]

女儿　哇！成功啦！偷菜成功啦！今天收获可真大，总共偷了10棵青菜、10个萝卜，外加10个大西瓜。我还要继续偷……（开心突然转伤心）唉！我有什么好开心的，人家在公司升职当科长了，我却在家偷菜、偷西瓜，我无奈，太、太、太惨了！（一屁股坐下）

　　　　[爸爸身背装满蔬菜的蛇皮袋，手提装满蔬菜的篮子上。

爸爸　城乡推行一体化，乡里乡亲成了楼上楼下，看人家热热闹闹笑哈哈，（苦笑）我们家，女儿一上班是冷冷清清，话也没人拉。幸亏我乡下老宅基还没开发，我种菜、收菜忙忙碌碌倒也潇洒。（举菜篮子）你们看，满载而归。喔，今天女儿放假，这事可千万不能让她知道，她呀，最反对我常跑乡下。（进门，放下菜篮，见女儿在玩电脑，偷偷上去）

女儿　（全神贯注地）唷，有灵芝、冬虫夏草，还有孔雀蛋。

爸爸　啊哼！（装咳嗽）

女儿　（吓了一跳）唷，老爸，你回来了。

爸爸　怎么，大清早又在玩你的偷菜游戏了？

女儿　（尴尬）哪儿呀，我是在网上和人家谈……

爸爸　（喜形于色）谈恋爱？嗯，好！就不知毛脚女婿什么时候上门啊？

女儿　打住！你说话总是八九不离十的，是不是自己想找老伴了？

爸爸　老伴？我找什么老伴？（苦涩地摇头。走到电脑旁，看出破绽，点击鼠标）唷，这上面有各种蔬菜、西瓜，一块块的菜地，不是你的开心农场是什么？

女儿　（尴尬地）我这是放松放松心情。（觉察）哎，我说老爸，你行啊，会操作电脑啦？哎，是不是找个网友聊聊，你是退休教师，有文化，说不定到时一带劲还能放电呢！哈……

爸爸　（故作生气）去、去、去，又来了不是？没大没小的！言归正传，你违反约定，应该受罚！

女儿　罚什么呀？

爸爸　罚你在家里，做一个月的洗刷刷。

女儿　刷就刷，不就是洗刷刷、洗刷刷嘛。不过,爸,我现在肚子里在唱空城计了。

爸爸　你也知道肚子饿呀？早为你准备好了,喏,菜篮里有豆浆,还有你最喜欢吃的小笼包。

女儿　谢谢爸,还是爸对我最好。（给爸一个吻）

爸爸　老大不小了,还这么调皮。哈……

女儿　（发觉有很多新鲜蔬菜）咦,今天怎么买这么多蔬菜呀？

爸爸　（支吾）哦……你不是喜欢吃素菜吗？我见这些菜新鲜,所以多买了点回来。

女儿　那也不用买这么多啊？说！是不是又到乡下去了？

爸爸　（嬉皮笑脸地）没、没、没有！

女儿　（发现爸脚上有泥,盯着看,爸欲回避,被女儿逮住）六十出头了,也老大不小了,出门怎么还像孩子似地弄得鞋上、裤腿上都是泥巴？老实交代,是不是偷偷地又到乡下种菜、收菜去了？

爸爸　好,好,我交代。是这样的,我不是每天要早锻炼吗？我跑啊跑,跑啊跑,哎,不知不觉就跑到我的菜地里去了。

女儿　还想狡辩？好,你违反约定,罚！

爸爸　罚什么呀？

女儿　罚你做一个月的洗刷刷。

爸爸　好，刷就刷。

女儿　（开心地）好哩，你刷我就不刷了。

爸爸　不！你刷，我刷，大家一起洗刷刷！

女儿　（生气地）爸，我对你说过多少次了，你骑着个小三轮来回乡下十几里，不安全！万一有个三长两短，你叫我怎么办？再说，这些蔬菜也不值几个钱，你这么来来回回地折腾，难道不觉得无聊吗？

爸爸　无聊？（苦笑）我种菜、收菜，既可锻炼身体，又可吃上无公害的新鲜蔬菜，这怎么能说是无聊呢？

女儿　爸爸，你就别瞒我了，醉翁之意不在酒，你这是在解除寂寞，摆脱孤独。

爸爸　（苦涩地）有你在我身边，我不孤独，不孤独！

女儿　爸爸你真当女儿看不出来吗？自从妈妈走了以后，你总是闷闷不乐，暗自神伤，多少回你一个人望着窗外发呆。记得妈妈在世的时候，最喜欢坐在你对面津津有味地听你唱评弹了，八年了，原来响当当的评弹票友竟然没有唱过一句弹词。（从衣架上取下布袋里的三弦。一拍，灰尘飞扬）你看，这三弦也孤独了八年，布满了灰尘。爸，你不能光用种菜来排除你的寂寞，你得有自己的幸福晚年啊！

爸爸　我又何尝不想啊！可是……

女儿　爸，我知道你很爱妈，想念妈妈，可人死不能复生，你得豁达、坚强，心大一点，没有过不去的坎！今天当着女儿的面唱上一曲，怎么样？（把三弦塞给爸，爸不接。撒娇似的）爸——

爸爸　（接过三弦，抚摸，凝视三弦）唉——！人老了，弦也调不准了，还是不唱了吧。

女儿　哎唷，爸——，你就唱一个嘛，唱顺了，以后有机会，你给我找个新妈，我给你找个女婿，然后你唱给大家听。想想，到那时，我们一家人是多么的其乐融融……

爸爸　你这鬼丫头，我都让你说得心动了。

女儿　那心动不如行动喔。

爸爸　好！那今天我算是开戒了，唱上一个，唱什么呢？（调音）

女儿　随便，老爸唱的我都喜欢。

爸爸　（清嗓）咳，咳，（开腔唱《杜十娘》唱段）窈窕风流……

女儿　（拍手）好——！爸,想不到这么多年没听见你弹唱,你唱得还是这么糯笃笃,甜津津的韵味十足。

爸爸　嘿,也真怪,不知怎的,弹起这三弦心里就感觉得痒齐齐,舒坦多了。

女儿　（动情地）爸,（偎依在父亲身上）就算为了女儿,今后你也得健康快乐地活着!

爸爸　乖女儿,放心吧,你爸会胸口上挂钥匙,开心健康的。我呀,还要等着抱孙子呢!

女儿　（娇嗔地）啊呀,爸——！那你以后就别总是再去乡下种菜了!（拉爸爸到电脑旁）喏,要种就在这儿种。你只要坐着动动手指,就可以播种、除草、收割……

爸爸　喔,在这里动动手指就可以解除寂寞,还可以享受田园乐趣?

女儿　对呀!还可以趁机偷别人的菜,满足一下当小偷的刺激感!

爸爸　当小偷还有刺激感?

女儿　刺激!那是相当的刺激!（情不自禁地）你看看你女儿,现在已经达到了48级,人称大姐大了。

爸爸　什么大姐大?

女儿　就是农场主,富豪!我不但有豪宅,还有名车……

爸爸　拉倒吧,你的农场呢?豪宅呢?名车呢?你这都是虚无缥缈的空头支票!

女儿　爸,你不懂,这是现代人的生活情调,追求的是精神上的拥有。

爸爸　什么精神上的拥有?你这才是真正的无聊!

女儿　哎呀,爸,现在电脑上玩偷菜的人可多啦,你没听说吗?十亿人中一亿偷吗?

爸爸　一亿偷?乖乖弄底懂!有这么多人闲着,在玩这开心农场,无聊、空虚、可怕!!

女儿　爸,我和你是开开玩笑的,你干吗这么严肃?

爸爸　我这是严肃吗?女儿啊,你都奔三十了,这样下去,可真的要凤凰变成鸡、天鹅变成鸭了!

女儿　啊呀,爸,你怎么老是刺激我呀?

爸爸　不是老爸说你,你看看你现在,整夜整夜地在电脑上"答答答、答答答"玩你的开心农场,再这么下去,早晚身体要垮掉的,影响工作不算,连对象也没法找了……

女儿　（感伤地叫嚣）爸！（静场，沉默）爸，我知道你为我好，可是你不知道，你不知道女儿内心的苦涩。曾经我对工作和生活是那么地充满了理想，可现实呢？面对本该成为电视台节目主持人的我被人挤掉了，看到别人走进了机关，走进了风光的单位，走上了自己喜欢的岗位，我内心是什么滋味？多少回，我在梦中哭醒。到处去应聘，凑合，只能选择了与专业不相干的工作。我想出人头地，我拼命地工作，老板夸我说要提拔我，可到头来却还是把科长的职位给了别人，我……

爸爸　（劝慰）爸爸理解你，看淡一点吧。

女儿　最可气的是，大学恋爱多年的同学，当初是那样的信誓旦旦，可他一出国就没了音信，听说他在国外又有了新的女朋友。（惨笑，哭）爸，我有抱负，我也想成家，我也想给你安慰，可是……（抽泣）爸，你真认为我喜欢"偷菜"游戏吗？女儿"偷"的是空虚啊！

爸爸　女儿啊，老爸早就注意你了，我知道你心里郁闷。心大一点，没有过不去的坎。什么叫生活，生活就是生下来，活下去！而且要生得快乐，活得精彩！

女儿　（惊奇）爸，那是我写在博客上的，你也看了？

爸爸　（点头）写得好啊！不过要落实在行动上。今天就陪老爸到乡下去散散心，好吗？

女儿　好！爸，以后每个星期天我都陪你去乡下。不过，你也要答应女儿的要求。

爸爸　说吧，只要老爸能办到的，一定满足你。

女儿　你每天都要唱一曲评弹给女儿听，而且要经常帮助女儿料理网上的开心农场。

爸爸　第一个要求没问题，这第二个要求嘛……

女儿　（调侃）哎，只有这样我才有时间帮你找女婿呀……

爸爸　（高兴）好！好！我一定帮你料理好开心农场！

女儿　这是新的约定，拉钩算数。（伸出右手）

爸爸　好，拉钩算数！（伸出右手）

两人　（拉钩）拉弓，放箭，一百年不许变！

女儿　走啊,老爸,到乡下偷菜去啰!

爸爸　不是偷菜,是收菜!

女儿　走啰!

　　[在《开心农场之歌》的音乐声中父女俩欢快地下场。

· 小品 ·

爱心传递

人　物　春花,35 岁,共产党员,社区党员志愿者服务站负责人。

　　　　小燕,8 岁,春花的女儿。

　　　　大爷,74 岁,大脑受过伤残,社区居民。

　　　　[春花家客厅,室内置桌、椅、三人沙发以及电话机和挂衣架等物。

　　　　[傍晚,室内很暗。

　　　　[幕启。电闪雷鸣,暴雨倾盆。

　　　　[少顷,春花身穿雨衣匆匆地上。

春花　(按亮电灯,边脱雨衣边喊)小燕,小燕子……

小燕　(哭泣)妈妈……

春花　啊呀,你躲在桌子底下呀! 乖孩子,快起来呀!

小燕　妈妈,我怕打雷。

春花　妈妈知道,刚才那个落地响雷,别讲你们孩子听了害怕,就连妈妈也害
　　　怕的。好了,妈妈回来了,别哭了。

小燕　妈妈,你为啥每天总是很晚很晚才回家?

春花　住在东环新村的李奶奶,不小心摔了一跤。

小燕　人家摔跤也要妈妈去?

春花　李奶奶摔成骨折了,她的儿子媳妇在苏州工作,家里没有人,妈妈当然
　　　要帮助她办理住院手续呀。

小燕　妈妈,你是志愿者。

春花　嗯。

小燕　去年,我们去参观上海世博会,那些大哥哥大姐姐们都很热心帮助人,
　　　妈妈,他们都是志愿者吗?

春花　是的。社会是个大家庭,我们每个人都要互相帮助,互相爱护,懂吗?

小燕　我懂。妈妈,现在李奶奶是不是一个人住在医院里?

春花　她儿子媳妇已经赶回来陪她了。

小燕　妈妈,你今晚不走了?

春花　不走了。今天正好你爸爸不在家,你就同妈妈一起睡吧。

小燕　(高兴地)噢,今天晚上可以同妈妈一起睡啦!

春花　(想起)对了,药,你吃了没有?

小燕　吃了。

春花　(摸着小燕的额头)还烫着哩。早些睡觉吧,妈妈今天也累了。

小燕　哎。

　　　[电话铃声,春花接听。

　　　[画外音:"春花,我是许阿婆……"

　　　[春花:"许阿婆,有事吗?"

　　　[画外音:"您大爷不见啦?"

　　　[春花:"啥,大爷不见啦?"

　　　[画外音:"春花,你是知道的呀,你大爷做过二次开颅手术,记忆力不太好,现在又下着雨,会不会……

　　　[春花:"许阿婆,您别着急,说不定大爷躲在什么地方避着雨呢。您腿脚不灵便,千万别出来,我一有大爷的消息,马上打电话告诉您好吗?就这样,再见!"

小燕　妈妈,是不是老爷爷出了门,不认得回家啦?

春花　可能是吧。

小燕　那怎么办?

春花　妈妈马上去寻找老爷爷。(欲穿雨衣)

小燕　妈妈,我同你一起去。

春花　你烧都没退掉,怎么可以到外面去淋雨。

小燕　我不嘛!

春花　听话,快去睡觉吧。

小燕　不,我要妈妈陪我一起睡!

春花　我们小燕多大啦?

小燕　八岁。

春花　八岁了,还要妈妈陪?

小燕　(哭)我不嘛……

春花　哎,刚才你很乖,怎么现在又……

小燕　我怕打雷。

春花　睡着了,就听不见打雷了。

小燕　不,我要妈妈陪我一起睡。(哭)

春花　这样吧,你躺在沙发上,妈妈坐在你旁边陪你好吗?

小燕　(点头)嗯。

春花　(帮小燕盖好毛巾被)闭上眼睛,快睡着。

小燕　妈妈,我睡不着呀。(玩玩具)

春花　啊呀,你别玩了,眼睛闭起来。

　　　〔春花焦急地等待女儿睡着;小燕偷偷观察妈妈何时离开。

　　　〔画外音:"春花呀,你知道大爷做过二次开颅手术,记忆力不太好,会不会……"

　　　〔春花等待不及,转身欲走;小燕急忙跨下沙发,站在春花背后。

小燕　(哀求地)妈妈——

春花　(一怔)啊呀,你怎么又起来了,妈妈没时间陪你!

小燕　妈妈——

　　　〔正在这时,楼下有人呼叫"春花!"

春花　好像是大爷。

小燕　妈妈,是老爷爷在下面叫你。

　　　〔春花打开窗。

小燕　(朝下张望)妈妈,是老爷爷。你看,他站在那里哩。

春花　(朝下呼叫)大爷,您站在那里别动,我来搀您上楼来。(转身对小燕)
　　　快去沙发里躺着,别再受凉了。(说罢急下)

　　　〔小燕躺到沙发里。

　　　〔春花内声:"大爷,您走好!"

春花　(搀大爷上)大爷,看您衣服都淋湿了,您先坐着,我去拿干净衣服替您
　　　换掉。(进内)

小燕　老爷爷。

大爷　哎,小、小燕子,你睡啦?

小燕　嗯。

春花　（上）大爷,快把湿衣服脱下来。(帮大爷换上)大爷,许阿婆看您天黑
　　　了还不回家,她急坏啦。

大爷　我出门时忘记跟她说。

春花　我这就打电话去。(打电话)许阿婆,我是春花,大爷现在在我家里了。
　　　要不,今天晚上就让大爷住在我家里,明天早上我送他回来……啥?
　　　大爷不回来,你整夜睡不着的。那好吧,让他歇一会,我马上送他回
　　　来。(放下电话)大爷,你晚饭还没吃吧?

小燕　（急忙从沙发上跨下来)我去拿蛋糕给老爷爷吃。

大爷　别……别去拿,我晚饭早吃啦。

春花　那您怎么会站在我们楼下的?

小燕　是呀,老爷爷您……

春花　（对小燕)快睡到沙发上去。

大爷　我吃、吃罢晚饭出门时。天、天还亮着,我只顾走、走呀走,突然下起大、大、
　　　雨来了,我就躲到人家屋、屋檐下。可是,天慢、慢慢地暗下来了,我急、急
　　　着要回家,白、白天的路我还好认,可一、一到晚上,我就认、认不准了……

春花　哎呀,那怎么办?

大爷　哎,我说到哪里啦?

春花　你说一到晚上就认不准路。

大爷　我转过来,兜过去,就是找、找不到我回去的那条路。

春花　大爷,你忘了,你们那里在筑路造桥呀,要朝南门街才兜得进去哩。

大爷　公交车没有了,我……

春花　就是打"的"也打不进去呀,那你……

大爷　所以,我就想到你春花,因为你待我比、比闺女还亲,平时多亏你来关、
　　　关心我,照顾我们老、老两口,所以,你的家我忘不了的。

春花　大爷,你说哪里话,这些小事我应该做的,您千万别放在心上。

大爷　不,我忘、忘不了,做第二次开、开颅手术时,血、血库里的血不够,正巧
　　　你的血型同我对、对上号,要不,我恐怕到、到阎王爷那里去了。

春花　不会的,大爷,你命大。

大爷　（笑)哈哈哈!我们这些退休老人,平时该有的政府都给了,该享受的
　　　也都有我的份,而且还有你们这些党员志愿者经常来照顾我们、我们

这些老年人,活得开心,活得开心呀!哈哈哈!

春花　大爷,看您高兴,我就想起我爸爸来了。

大爷　你爸爸?

春花　是呀。我出生没几天,就被遗弃了。一个拾荒的聋哑人在垃圾箱旁发现了我,把我抱了回去。为了扶养我长大成人,他终生未娶;为了供我读书上大学,他省吃俭用,有时甚至一天只吃一顿稀饭,为了我他吃尽千辛万苦,他就是我的爸爸。

大爷　你爸爸现在人呢?

春花　唉,我还没来得及报答他,在他50岁那年就走了,要是能活到今天,该多好呀。

小燕　(早就从沙发上爬了起来)妈妈,我怎么从来没听您说过外公的事呀。

春化　你还小哩。后来我大学毕业后,入了党,主动要求到社区来工作,我要把党和政府对退休老人的关怀,对我爸爸的思念,全部倾注到工作中去,这样我心才安啊!

大爷　春花,你是好闺女。(翘大拇指)

　　　[雷声。

春花　啊呀又打雷了。

小燕　妈妈我去睡觉了。(主动睡到沙发上,将毛巾被盖上)

春花　大爷,等小燕子睡着后,我送你回去好吗?

大爷　好,好!

　　　[这时,小燕发出阵阵鼾声。

　　　[春花走近小燕身旁,凝视着。

大爷　她睡着了?

春花　嗯。睡着了,大爷,我们走吧!

大爷　哎!

　　　[春花拿起雨衣扶大爷缓缓地下。

　　　[少顷,小燕翻身从沙发上下,爬上凳子打开窗。

小燕　(朝窗外喊)妈妈,老爷爷,你们走好,我不怕打雷了!(霹雳声,小燕急忙按住耳朵,流着泪)我不怕打雷了!

　　　[在音乐声中灯暗。

· 小品 ·

寻　亲

时　间　现代。

地　点　江南小镇某社区居委会。

人　物　顾文忠,人称"小秀才",47岁。

　　　　凌玉芳,社区居委会副主任,30岁。

　　　　纽岳坤,社区居民,80岁,中风患者。

　　　　张永琴,纽岳坤的失散女儿,57岁。

场　景　舞台上列有一块简易的"小秀才工作室"牌匾,一侧是简单的办公
　　　　桌,电脑和硬座三人长椅等。

　　　　〔小秀才在全神贯注敲打着键盘。不停地咳嗽,哮喘。

　　　　〔凌玉芳上。

凌玉芳　小秀才,这么早就开始帮人家寻亲了? 怎么咳得这么厉害,你的老
　　　　毛病又犯了?

　　　　〔小秀才不停地喘气,在衣服中掏出喷雾剂,对着喉咙喷雾。

凌玉芳　小秀才,你怎么了? 要不要送你上医院?

小秀才　不用,谢谢! 这是经常的,没事,等会儿就好了。

凌玉芳　你这个样子应该在家里好好休养。为了帮助失散家庭寻亲,这么没
　　　　日没夜地发帖子,一直对着电脑,对身体也是有危害的。

小秀才　我自己的毛病自己清楚。哦,对了,凌副主任,最近出台了一系列社
　　　　保新政策,还有我们社区的拆迁补助,我仔细解读了。嗒,这些材料
　　　　我整理了一下,保证让居民们一看就明白。

凌玉芳　(接过资料,翻阅)太好了! 你还兼带做了这些好事,为我们社区、社

区居民做了大好事啊！

小秀才　凌副主任,你别这么说,反正我么闲着也是闲着,这些都是顺带的事。为了给我开展寻亲创造更好的环境,你们社区领导专门为我挤出房间,还为我挂起了"小秀才工作室"的牌子,我感激都来不及呢。

　　　　［电话铃声响起。

小秀才　哦,福建寻亲的姐妹终于回电话了。

凌玉芳　那你快接吧。

小秀才　(接电话)喂,你好……

画外音　你是谁呀? 打我这么多电话。

小秀才　哦,我叫顾文忠,江苏太仓的。

画外音　我又不认识你,有什么事?

小秀才　请问你是不是想要寻找你的生身母亲? 我呢,就是那个"宝贝回家寻子网"的"小秀才555"。

画外音　我要找也得通过正规途径找,什么"小秀才555"? 我看你是想诓我吧?

小秀才　(咳嗽)不……不是,你别误会,我正是……

画外音　让我说中了吧,气都接不上来了吧? 骗子!

　　　　［挂断电话,忙音。

凌玉芳　这什么人啊? 你做好事,她怎么这样?

小秀才　这很正常,现在电信诈骗多,人家是警惕性高,我经常碰到的。

凌玉芳　小秀才,难不成你是这样帮人家寻亲的? 这不是热肚皮贴背心吗?不行! 我得打过去跟她理论理论! (欲打电话)

小秀才　(按住电话)算了,算了,回头我再和她耐心地解说解说,这叫好事多磨。

凌玉芳　这,这叫什么事啊!

　　　　［纽岳坤拄着拐杖,颤巍巍地蹒跚上。

纽岳坤　(口齿不清地)小……小秀才,女儿,女儿……

小秀才　纽老伯,你腿脚不便,怎么来了?

凌玉芳　啊呀,你已经二度中风了,怎么还出来? 快坐下。(扶老人坐下)

纽岳坤　我就想见我的女儿,要不然我死不瞑目! 口眼不闭!

凌玉芳　神志不清了吧? 见女儿你跑这里来干嘛? 小秀才,这是咋回事?

小秀才	哦,凌副主任,我还没来得及告诉你。这个纽老伯五十多年前离了婚,前妻带着刚满三个月的女儿走了,从此没了音信。
凌玉芳	原来有这事,我倒不知道。
小秀才	前几年纽老伯中风了,思念女儿更加心切,多方打听没有音信。然后他找到我,前段时间我通过"寻子网"收集线索、编发帖子,在好多好心人的帮助下,终于找到了老人失散多年的女儿。原来她女儿名叫张永琴,现在生活在河南安阳。
凌玉芳	真的啊!小秀才,相隔这么远你都能找得到,太了不起了!
小秀才	前几天,老伯的女儿来电说今天来相认,所以他就迫不及待早早地来了。
凌玉芳	纽老伯,想不到你以前还有这么段情缘孽债啊,倒看不出你当年有三下子的嘛!
纽岳坤	(羞涩地)好汉不提当年勇,惭愧。
凌玉芳	那你就不怕你女儿和你不肯相认?
纽岳坤	(急)不!不会的,女儿是我正宗的,我清楚……
凌玉芳	哈……看把你急的。
纽岳坤	唉——!我知道自己没多少时日了,能见上我的骨肉也就心安了。
小秀才	纽老伯,你放心,你们父女今天就可以团聚了。
纽岳坤	(激动地点头)噢……
	〔张永琴手拎旅行包,张望寻觅上。
张永琴	请问这里有位叫顾文忠小秀才的吗?
小秀才	请问你是……
张永琴	我叫张永琴,是从河南来的。
小秀才	(热情上前握手)哦,你好你好,总算把你给盼来了。你知道你父亲找的你好苦啊!
张永琴	我也一直在找,就是找不到他。
小秀才	远在天边,近在眼前。喏,这位就是你的亲生父亲。
凌玉芳	纽老伯,你望眼欲穿,不是一直要找你的亲生女儿吗?现在在你眼前的就是,快相认呀!
张永琴	(迟疑地)他,他就是我父亲?
纽岳坤	(疑惑地)她,她就是我女儿?

小秀才　千真万确!

纽岳坤　(上前凝视,颤抖,呐呐地)女儿,女儿……,你真是我女儿?……

张永琴　(疑惑地)爸爸,你就是我一直在梦中见到的我的亲生父亲?

纽岳坤　(哽咽)我就是啊! 女儿……

张永琴　(呐呐地,激动)你就是我日思夜想的父亲,你知道我从小是怎么过来的吗? 人家说我是野种,是拖油瓶,我和我苦命的娘是受尽欺凌……

纽岳坤　女儿,都是我的错! 当年我和你妈都是年轻气盛,因为穷,经常吵架,你娘一气之下,就抱着你走了,再也没回来过。这么多年来,我找啊,找啊,可天地这么大,你说我上哪儿找啊? (感伤)

凌玉芳　纽老伯,好了好了,今天终于和女儿见面了,应该高兴才是啊!

纽岳坤　(擦眼泪)对、对、对! 应该高兴,高兴。

张永琴　谢谢你们,没有你们,恐怕这辈子我们父女是难以相认了。

凌玉芳　你应该谢谢这位"最美志愿者""中国好人",热心义务帮人家寻亲的"小秀才",是他,以一颗善良的心,用不同凡响的善举,为你们,为100多位被拐、失踪的人找到了家人。

纽岳坤　是啊! 女儿,我们真该好好谢谢他,恩人,恩人啊! (跪下)

小秀才　(忙上前搀扶)纽老伯,你这是干啥? 起来,快起来!

纽岳坤　(激动地)好人,大好人啊!

张永琴　想不到世上还有这么热心肠的大好人!

小秀才　真是折煞我了,你们就别这么夸我了,想我自小得了哮喘,失去劳动力,是党和政府给了我关怀,将我列入低保,每月给我生活补贴。我多么想和正常人一样撸起袖子加油干,可我不能,力不从心啊! 但是我有一颗滚烫的心,我得为社会尽我的绵薄之力,为不幸的家庭排忧解难尽一份心。

张永琴　(拍小秀才的肩膀)小秀才,你是德善之辈,了不起!

小秀才　(又剧烈咳嗽,哮喘)……

众　人　你怎么了?

小秀才　(拿出药瓶喷,缓过神来)没、没事……

张永琴　原来你是在这样的身体状态下帮人家做善事寻亲的呀!

小秀才　没什么,人有意志就能坚持。告诉你们一个好消息,接下来我们"宝贝回家"网站将和央视寻亲栏目《等着我》合作,帮助更多的求助对象寻找失散的亲人了。

凌玉芳　真的啊? 这绝对太震撼了!

小秀才　只要我们坚持,只要我们执着,只要我们心中充满挚爱,去做好每一件事,哪怕是小事,我们的社会就会更加温暖美好! 阳光总是温暖的!

张永琴　对! 阳光总是温暖的!

　　　　[《爱的奉献》音乐起。

　　　　[三人搀扶纽岳坤,眼光充满希望。定格。

　　　　　　　　　　　　——剧终

· 小品 ·

巡　街

时　间　现代

地　点　苏南城市街道

人　物　李　俊,海关某科室科长;

　　　　张　薇,海关科员;

　　　　周晓岚,李俊之妻;

　　　　老奶奶,过往路人;

　　　　路人甲、乙;过往行人若干。

场　景　街道一角,舞台一侧竖有"东仓路"路牌,台中央设一花坛,后幕呈现
　　　　出鳞次栉比的楼宇。

　　　〔音乐起。

　　　〔来往行人过场。

　　　〔李俊和张薇身穿红马甲在路段上捡烟头、杂物,维护秩序忙碌着。

李　俊　这位老板,你的水果摊位不能放在店外,不能有店外店,快挪到里
　　　　面去吧!

　　　〔内应:哦,好的,我马上收掉。

张　薇　这位叔,你扔的这个是其他垃圾,不是扔进这个可回收垃圾桶的。

李　俊　(手机响,接电话)晓岚啊,刚才忘对你说了,我在东仓路段值勤
　　　　呢……没忘,下次吧……知道,知道,我正忙着呢,挂了啊!

　　　〔一位老奶奶步履蹒跚准备过马路。

李　俊　(上前)奶奶,红灯停,绿灯行,过马路要走斑马线。来,我们扶你
　　　　过去。

[搀扶老奶奶过马路。

老奶奶　谢谢,你们两个红马甲真热情啊!都像你们这样,我们的文明城市一定能创建成功!

张　薇　奶奶,你也知道在创建文明城市?

老奶奶　电视播、报纸登,家喻户晓,这当然知道咯。唉,你们一天到晚在这里值勤也蛮辛苦的,是什么单位的?

李　俊　我们是海关的,文明城市创建实行路长制,这段路由我们海关负责。

老奶奶　哦,是海关的(翘大拇指)好,好!

李　俊　我说奶奶,当下新冠病毒还是此起彼伏,为了您的安全,出门还是要戴好口罩啊!

老奶奶　哦!你说得对,今早出门忘戴了。

李　俊　(从口袋中掏出口罩)我这里刚好有一个,您先戴上吧。

老奶奶　嗯,那太谢谢了!海关人好,真热情!

[两人目送老奶奶下。

张　薇　李科,一清早忙到现在,也真够累的,我们坐会儿吧。(在花坛上坐下)

李　俊　你一早出来还没吃早饭吧?(从口袋里掏出馒头)喏,我这还有个馒头。你先垫垫肚子吧。

张　薇　(推让)不,李科,还是你自己吃吧。

李　俊　不要客气,我们之间谁跟谁呀!

张　薇　(接过馒头)那,我真吃了?

李　俊　吃吧。

张　薇　要不我们一人一半。(将馒头掰成两半)

李　俊　我吃过了,你吃吧。(推让)

[周晓岚上,见情形。

周晓岚　喔唷,我看你们俩够热情的,在这大街上推来推去的,好有情趣啊!

李　俊　咦,晓岚,你怎么上这儿来了?

周晓岚　我怎么就不能来这里了?打扰你们俩雅兴了?

张　薇　晓岚姐,我们是来这路段值勤的。

李　俊　就是,文明城市创建,路段值勤。

周晓岚　我看你是看到漂亮美眉魂飞魄散、乐不思蜀了吧?

李　俊　晓岚,你说什么呢?

张　薇　晓岚姐,你们家李科可是正人君子一个……

周晓岚　正不正你说了不算!

李　俊　(为难)晓岚,我们正在值勤,有什么话回家再说。啊?

[音乐起。

周晓岚　你疫情来了说要防控值班,晚上不回说是复工复产要报关加班,
　　　　双休日又说文明城市创建要路段值勤。我问你,你到底有完没完
　　　　了,你心里到底有没有家了?

李　俊　对不起,这段时间的确是忙了点,以后我一定会好好补偿你的。

张　薇　(偷笑)哧,好男人一个!

周晓岚　好什么好?和他结婚到现在,就没好好地陪过我整天的。今天是
　　　　星期日,说好陪女儿去上海看动物世界,他说上加油站加油,结果
　　　　一清早跑这儿来了,你说我一个大活人没想法?

李　俊　我是去加油的,可半路上接到科里小凌的电话,说他爸突然脑梗
　　　　要急送医院,人命关天,同事之间相互关照,所以路段上就由我来
　　　　代班了。

张　薇　晓岚姐,你也别怪,李科他是我们海关业务能手,一年到头的确有
　　　　忙不完的事。

李　俊　为国守好门。我们海关上上下下,线上线下都忙,要不怎么能成
　　　　为全国海关系统文明单位呢。

周晓岚　吹吧你,少了你地球就不转了!

李　俊　你这话,哪跟哪呀!文明城市创建关乎你我他,全市上下都在积
　　　　极行动,身为海关人,你说我能不积极参与吗?

周晓岚　嗽,就你觉悟高!

[路人青年甲、乙戴着口罩过场,扔餐巾纸。

张　薇　同志,请不要随地乱扔杂物!

青年甲　(鄙视地)海阔凭鱼跃……

青年乙　天高任鸟飞!

甲乙合　扔个餐巾纸又怎么啦?

李　俊	看你俩还有点文化的,行为举止就不够文明啊!
青年甲	你说什么呢?
青年乙	你管的着吗?
李　俊	对不文明的行为,人人有责任制止!我们正在创建全国文明城市,改变生活不良习惯。创造优美城市环境,造福一方,泽惠百姓,同样少不了你们的参与啊!
青年甲	大道理人人懂!
张　薇	既然知道这个理,那就请你们把纸屑捡起来吧!
青年乙	我偏不捡你又能把我怎么样?
周晓岚	看你们人模人样的,希望也能像你们戴了口罩保护自己一样,呵护这个城市!
青年甲	咋回事?又蹦出来一个。
周晓岚	文明城市创建关乎你我他,知道不?
青年乙	(捡起地上的纸屑)觉悟一个比一个高嘛!
青年甲	这个路段是海关负责的吧?
李　俊	是啊。
青年甲	实话告诉你们吧,我们是市文明城市创建预检组的。
三人同时	啊!
青年乙	看到你们到位的文明劝导,我们很满意。海关人啊,就是不一样啊!
青年甲	都像你们这样的付出和奉献,我们这座城市在文明创建的路上将会更加灿烂!
李　俊	(鞠躬)谢谢你们对我们工作的肯定!
青年乙	好,再见!(青年甲、乙下)

　　〔李俊和张薇继续维护路段秩序。

| 张　薇 | 哎,电瓶车不能带人。 |
| 李　俊 | 要带头盔的…… |

　　〔两人追下。

| 周晓岚 | 等等我,我和你们一起去做志愿者。 |

——剧终

·小品·

谁的错

地　点　城镇某小家庭

人　物　老头子,65 岁。

　　　　老太婆,63 岁。

　　　　媳妇,40 岁。

　　　　[舞台上设有台、凳等普通家什。

　　　　[老头子气喘吁吁蹒跚上。

老头子　人说春日浓浓精神爽,可我到了这个季节,春芽一发老毛病必发。都怪老太婆,当初进社会保险硬是被她挡住,也只怪我耳朵太软,唉——,到如今,退休养老金没有,医保没有,买药也买不起,弄得(来)上气不接下气,当中要断气,格么营养好一点呢,可偏偏死老太婆顿顿烧的是咸菜面,弄得我只长年纪勿长膘,肚皮像夹板,面孔像干瘪的咸相。爹爹姆妈造就的一副好架子,现在变成这副模样。唉——,叫真正作孽呃!(看手表)今朝是我格生日,老太婆卖茶叶蛋卖昏了,到现在还不回来? 一只肚皮倒又在唱空城计了,让我寻寻看有啥填填肚皮格。

　　　　[屋内翻找。老太婆提着篮子急匆匆上。

老太婆　一只死老头子,你又在东寻西找点啥? 像只偷食猫。

老头子　喔唷,老太婆你终于回来啦? 我肚皮饿得咕咕叫。

老太婆　我一个人忙里忙外,你就只知道吃、吃!

老头子　喔唷,你这个死老婆子,我瘦成这副模样难道肚皮饿了还不给吃?你的良心……

老太婆　我的良心怎么啦？嫁给你到现在我是脚不踮地，老格老，小格小……

老头子　（紧接）都要你服侍。这句话你说得多没有，两千遍是不缺了。唉，可惜我耳朵生得实在太小。

老太婆　啥意思？

老头子　耳朵生大一点，盖住，不就听不见，清静了。

老太婆　耳朵大倒好了，叫猪（罗）耳朵大，洋（盘）福气大，可偏偏你去照照镜子，耳朵根吊起，一脸的猴相。

老头子　啥？你说我像猴子。哼，想当年我多少英俊，一表人才，追求我的漂亮女人不要太多，可偏偏你个黄脸婆缠住不放，到后来生米煮成熟饭，甩也甩不掉，真正晦气。

老太婆　你这死老头子在说啥？不要脸，是不是想吃鸡脚落面？

老头子　（下意识地捂住脸）好、好，不说了，今朝是我的生日，你就拨足点面子，凑点吉利。现在我肚皮实在不争气，先弄只卖剩的茶叶蛋来吃吃。（伸手欲从篮里拿蛋）

老太婆　你给我放下！一只茶叶蛋要一元钱了。

老头子　完结，看来我这个人连一元钱都不值，格今朝吃点啥呀？

　　　　（同声）咸菜面——

老太婆　知道了还问我？

老头子　今朝是我的生日，昨晚不是和你说好，太仓双凤爊鸡味道好，很久没吃有点馋，今朝和你一道饱饱口福，格么鸡呢？

老太婆　本来是想买的，可一早孙女哭哭啼啼寻到菜市场，说今天老师催着要交书费，所以……

老头子　所以你把钱都给了她，鸡就吃不成啰。那她为啥不找她妈去呢？

老太婆　你又不是不知道儿子得了肾病，这几天又在医院里做血透，外面不知借了多少债，唉！媳妇也真难为她了，不过，今天你生日，鸡是肯定要买的，还买了两只，我和你一人一只。

老头子　两只，在啥地方？我怎么没看见？

老太婆　（从篮里拿出两只蛋）喏。

老头子　这怎么是鸡呢？分明是蛋么。

老太婆　你仔细看。

老头子　要死了,两只哺透蛋,是喜蛋。

老太婆　是啊,你看,嘴、脚、身子一样不缺,听人家讲,比大的鸡还要补。

老头子　补、补点啥?像只出毛兔子,我看见了就想吐。

老太婆　那你是不想吃喽?

老头子　要吃你自己吃!

老太婆　那我就猪八戒吃西瓜——不客气,独吞了。

老头子　唉——!这种日子怎么过呢!

　　　　[媳妇疲惫地上。

媳　妇　爹爹,姆妈。

老太婆　媳妇,你来啦,现在阿林在医院里怎么样了?

媳　妇　血透做了,医生讲要再住几天观察、观察,今后每个月要换一次血,现在,我外面借了一屁股债,医院又催着要交钱,如果以后要换血,你们说叫我哪能办?(抽泣)

老太婆　媳妇,你别哭、别哭,你一哭我也更加伤心了。

媳　妇　爹爹,姆妈,你们也知道,阿林以前是摆摆摊头的,社保、医保都没有参加,现在生这么重的病,我现也下岗了,光靠社保上那点失业保险过日子,我实是走投无路了。

老太婆　不哭、不哭,办法总会有的。

老头子　办法总会有的,有啥办法?

老太婆　都是你这个死老头子,一年到头抱住个药罐子,积蓄都让你给吃光了。

老头子　啥?你在说啥?你还怪我,我看你是水里照影子——倒过来了。当初社保局的同志到我们厂里动员参加社会保险,开始厂里老板讲是负担重,不参加,好不容易通过政策、法规宣传,老板同意了,可你却说赊千钿不如现八百,还吵到厂,死活不让扣个人的应交部分。

媳　妇　姆妈,当初你怎么这么想不通呢?

老太婆　唉——,我怎么知道会是这样,死老头,当初你也没有坚持一定要参加,现在把责任都推给我。

老头子　啥人不晓得,我们这个家是你一手遮天,说了算。

媳　妇　姆妈,你想想,照我们省市最低月收入四百八计算交25.5%,个人只要负担8%,每月只有四十元都不到,只要交满十五年,退休之后不是可以领退休金了吗？听说三资企业也只有交月工资的 26.5%，个人只要交 6%。这是政策给予职工的合法权益啊！

老头子　现在好了，退休金领不到不说，当初就连医保的十几元钱她也不让扣，到现在连医药费都报不到。

老太婆　怎么你全怪我啊？啥人叫你没退休上蹿下跳，一退休就像只病猫。

老头子　不怪你怪谁啊？生病知道什么时候生的啊？

老太婆　都是你，不争气，只能做一世穷鬼。

　　　　（同时）怪你，怪你……

媳　妇　好了，你们就不要这样天天吵了。

老头子　唉——，看看隔壁的张阿大，比我早出世一天，一日里进厂，可人家社保办好，现在日脚舒舒服服，昨天过生日的那种场面……

老太婆　又要眼红了，现在懊悔没用了。

媳　妇　爹爹，姆妈，我今朝来不是听你们吵架的，阿林住在医院里正等着付药费，你们就一起想想办法吧！

老太婆　亲亲眷眷都借过了，现在想啥办法呢？

老头子　办法是有的，喏，我跟你双双进敬老院，这幢房廉价处理掉。

老太婆　死老头子，亏你想得出。

老头子　那你说怎么办呀？

老太婆　（略思）事到如今，也只有这样了。你们等等。（下）

老头子　媳妇啊，以前都是老太婆挡住没有参加社保，我现在是苦头吃足，你如今办了没有啊？

媳　妇　虽然我下岗了，单位里社保基金倒是给我交清的。

老头子　无论发生什么事，社会保险可一定要续保，老来才有依靠啊！

媳　妇　（点头）唔。

老太婆　（复上）媳妇啊。（从怀里取出一只金手镯）这是当初我娘家给我的唯一嫁妆，本来想传给孙女的，到了这一步，你就拿去当了应付一下吧。

媳　妇　这……

老头子　你就拿着吧。

媳　妇　下个月阿林又得换血做血透，到时又该咋办呢？

老太婆　（沮丧地）走一步，看一步呗。不过再怎么着，媳妇你一定要参加社会保险啊！将来才不至于像我们……

老头子　现在你倒想到了。

媳　妇　知道了，爹爹，姆妈，你们的身体也要保重，我走了。（凄楚地下）

　　　　［两老望着媳妇的背影，发呆，定格。

　　　　［委婉的音乐起。

　　　　［画外音：困难什么时候都会发生，不能因为困难而不履行义务。为了每个家庭的幸福，别忘了，参加社会保险！

六场沪剧大戏

大地情

陈永明　金　娥

时　间　二十世纪六七十年代。

地　点　苏南农村。

人　物　姜浩如，男，生产队长后为大队支部书记。

　　　　三妹，女，浩如之妻。

　　　　浩如娘，女，浩如之母。

　　　　三妹娘，女，三妹之母。

　　　　阿根伯，男，腿残贫困户。

　　　　小石头，男，阿根伯之孙子。

　　　　大哥，男，三妹大哥。

　　　　小妹，女，三妹之妹。

　　　　[男社员、女社员若干，医生等。

第一场

[六十年代的江南水乡。初冬的傍晚，皓月当空，正是水稻收获的季节。
远处是影影绰绰的农田，田埂上堆放着错落有致的稻垛。

[简陋的农家小屋，屋后是一片稀疏的竹林。

[喜鹊声声。浩如娘端着碗从屋内出来，翘首张望。

浩如娘　唉——，这么晚了还不回家。

　　　　（唱）黄昏喜鹊还登高，

　　　　　　　莫不是有啥喜事登寒门。

　　　　　　　想我一生多磨难，

老来得子慰我心。

浩如儿孝顺又聪明，

十五岁就把小队会计任。

组织上有心来栽培，

培养入党成了队里领头人。

从此他起早贪黑忘我干，

为娘我，看在眼里痛在心。

眼见得，月亮高挂上树梢，

我儿他，带头抢收忙不停。

看着这热好的山芋又冷却，

心里是又甜又涩不平静。

〔端着山芋进屋。三妹娘手里端着一碗饭，上。

三妹娘　（喊）浩如娘，浩如娘在家吗？

浩如娘　在家，在家，（从里屋出来）三妹娘是你啊。

三妹娘　今朝我们家里烧了一大锅菜饭，想着浩如，小伙子嫩骨嫩脆的，只有做没有好好吃的，身体怎么吃得消。拿去，等回来让他吃吧。

浩如娘　喔唷，总是吃你们，怎么过意得去呢？

三妹娘　唉！自家姊妹，客气点啥？快，拿去放好，别凉了。

浩如娘　喔唷，谢谢，谢谢，你快点坐吧。

三妹娘　哎。

浩如娘　你啊，就是这样热心，吃着啥好东西，总忘不了我们浩如，你不知道，我一直没告诉他，要是给他知道了，肯定会责怪我的。

三妹娘　浩如这孩子啊，我是从小看他长大的，忠厚老实，人又聪明，有孝心，看见我总是伯母、伯母叫个不停，所以我啊，当他像儿子一样看待，讲心里话我是欢喜来。

浩如娘　哈哈，谢谢你看得起我们。

三妹娘　喔，对了，浩如今年几岁了？

浩如娘　二十二岁了。

三妹娘　二十二岁了，应该找对象了，浩如娘，应该讨媳妇了。

浩如娘　照道理是时候了，可是像我们这种穷人家，有哪个姑娘肯嫁给他呀？

三妹娘　哎，浩如娘——

（唱）你千万莫说灰心话，

  浩如是能够担当的好青年。

  你我又似亲姐妹，

  我是三月里韭菜早有心。

  三妹芳龄已有十八春，

  她心地善良人温顺。

  我有意俩小结连理，

  你看此事成不成？

浩如娘　三妹娘——

  （唱）你菩萨投胎好心肠，

  节衣缩食多济贫。

  如今将女儿配儿郎，

  我是前世修来你这样的好乡邻。

  怎奈是凤凰难以配草鸡，

  让三妹吃苦我怎安心？

三妹娘　哎！

  （唱）说什么凤凰难以配草鸡，

  要知道皇帝也有草鞋亲。

  莫不是你看不上我女儿，

  所以你推三托四不答应。

浩如娘　（唱）请你不要生误会，

  三妹为人我知情。

  克勤克俭人聪明，

  温顺贤惠有良心。

  如若真能配一对，

  我困梦头里会笑出声。

三妹娘　既然如此，浩如娘，那么我们讲定了。

浩如娘　三妹娘，我想想，你们是金枝玉叶，不知道三妹会同意吗？因为我们家里穷，我就怕三妹吃不了苦，看不上我们浩如。

三妹娘　哎，浩如娘，不要讲啥穷不穷，我想过了，只要他们小夫妻俩兢兢业业，日子啊会一天比一天好起来的。好了，好了，就这样讲定了，女儿那里一切听我的。

浩　如　（从外面叫喊着上）娘,娘——

浩如娘　浩如回来了。

浩　如　姆妈,喔,伯母你也在啊。

三妹娘　是呀,你这孩子啊,怎么一直做到现在?

浩　如　广播喇叭讲明天天气有变,所以我召集队里的强劳力把已经晒干的水稻堆起来,这可是我们生产队辛苦一年要交的公粮,还有自家吃的口粮啊!

三妹娘　看你啊,当了队长一直日夜为队里的事操劳,全生产队的人啊不管是老的、小的都讲你好,称赞你是个好队长。肚皮饿了吧? 快点洗洗吃晚饭了。

浩　如　大家信任我做队长,我是应该做好的,何况我还是一名共产党员呢!

三妹娘　嘻嘻,有出息。（回身对浩如娘使了眼色）浩如娘我走了,讲定了。

浩如娘　好,好,我不送你了,走好啊。

三妹娘　哎,快进去吧。

浩　如　咦,姆妈,这碗米饭是啥地方来的?

浩如娘　这的……

浩　如　莫非又是三妹娘送来的? 娘,我早就对你讲过,不要总是拿人家东西,你怎么不听的?

浩如娘　孩子,人家送来,我又不能推出去的,再讲,她是一个热心人,和我又是情同手足的姐妹。孩子啊,肚皮饿了,快吃吧。

浩　如　娘,我知道伯母是个热心人,富于同情心,可现在是困难时期,虽然他们家境比我们好一点,但是不能总是靠人家接济吧,你考虑过我的感受吗?

浩如娘　什么感受不感受的? 我这是考虑你的身体。家里有了点啥你就要送给别人,自己饱一顿饿一顿,你身体吃得消吗? 叫为娘我怎么不心疼啊!

浩　如　姆妈——

　　　　（唱）母亲千万莫伤心,

　　　　　　　并非孩儿责怪你。

　　　　　　　深知母亲关爱我,

　　　　　　发自肺腑出心底。

　　　　　　可是你得想一想，

　　　　　　党员应把百姓系。

　　　　　　我是队里带头人，

　　　　　　应为群众利益添。

　　　　　　百姓过上好日子，

　　　　　　孩儿才会心欢喜。

浩如娘　浩如啊！

　　　　（唱）你起早摸黑在田里，

　　　　　　并非铁打是机器。

　　　　　　要知道你是姜家一条根，

　　　　　　传宗接代指望你。

　　　　　　你若有啥长和短，

　　　　　　我一生期望何处寄？

浩　如　娘，看你啊，不要担心。看，你儿子身体硬朗得很。

浩如娘　你总是做在前头，吃在后头，我看你啊，什么时候能为自己着想哦。

　　　　[浩如狼吞虎咽，拿起山芋。

浩如娘　哎，吃饭呀！

浩　如　娘，我喜欢吃山芋的。

浩如娘　你傻啊！有米饭不吃。儿子啊，刚刚三妹娘来坐了一会儿，我们讲
　　　　了很多，她啊，真欢喜你！

浩　如　噢。（答非所问，若有所思）哎！要是在河浜里放上水花生，既可以
　　　　绿化，又可以养鱼，还可以……

浩如娘　咦，你在讲啥？浩如啊，你在听娘讲吗？

浩　如　噢，娘，你讲啥？

浩如娘　孩子啊，你老大不小了，可以找对象了。

浩　如　找对象，哈……姆妈，你开玩笑了，我还小了呢。

浩如娘　还小啊？你已经二十二岁了！哎，儿子啊，你讲三妹姑娘怎么样？

浩　如　三姑娘？

浩如娘　是啊，她的为人好吗？

浩　如　好！很好！为人好，热情大方，干活也好，是一个思想进步，一点小

姐脾气也没有的好姑娘。娘,你问她干啥?

浩如娘　(大笑)好就好,好就好,这桩婚事一定能成,哈……

浩　如　哎,姆妈,你笑啥?

浩如娘　儿子,老实和你讲吧,刚才三妹娘已把三妹许配给你了,就等你答应了,就可以为你们选定日子完婚了。

浩　如　娘,现在是什么年代了,还包办婚姻?再讲,三妹年纪还小,只有十七岁。不行,不行,我不会答应的。

浩如娘　什么包办不包办?这桩婚事由不得你作主,不答应也要答应,就这么定了!

浩　如　你……我有事要出去一趟。(端起饭碗往里,返转,手里拿着土布书包)

浩如娘　哎——,你到哪里去?你拿这个旧书包做啥?

浩　如　(边走边讲)姆妈,我回来再和你讲。

浩如娘　哎,你拿饭送到哪里去呀?

浩　如　去送给比我们更需要的人。

浩如娘　哎,你给我回来!你的婚事怎么办?到底答不答应?

浩　如　你看着办吧。

浩如娘　看着办?(略思)他叫我看着办……说明他已经答应了,嘻嘻,这桩婚事成了,成了!哈……

　　　　[光渐收。

第二场

时　间　紧接上场。

地　点　阿根伯家。

场　景　舞台一角为一间草屋,一只破桌子,一张破竹椅。

　　　　[启光。阿根伯在搓绳。

阿根伯　唉——,真是家门不幸啊!

　　　　(唱)那一年老婆因病离人世,

　　　　　　　年轻丧妻我实痛心。

　　　　　　　留下了三岁儿子王阿根,

　　　　　　　饥寒交迫我得重病。

　　　　　　　一场伤寒我险丧命,

落了个残疾家更贫。

一晃儿子长成人，

与苦出身的姑娘结婚姻。

总以为苦尽甘来能享福，

想不到命运真会捉弄人。

过门媳妇遭难产，

小石头来到人世就失娘亲。

我想从此会恶运止，

却不料祸不单行又降临。

三年灾害连续来，

饿死我儿王阿根。

儿死至今三年整，

祖孙俩相依为命度光阴。

幸亏队里带头人，

浩如他问寒问暖常关心，

送衣送粮勤照顾，

对石头就像是亲生。

似这等心地善良的大好人，

好比菩萨下凡来显灵。

浩如啊，今生我无以来回报，

求上苍，保你一生伴好运。

石　头　爷爷，爷爷，我肚皮饿了。

阿根伯　孩子，别吵，爷爷已经烧好了，我去盛。（下而复上）孩子，快来吃吧。

石　头　哎。（看碗内）又是山芋萝卜汤。爷爷，怎么不是草根熬皮粥，就是山芋汤？又不是猪喽，天天吃这个，我要吐了！爷爷我不要吃，不要吃！

阿根伯　这山芋还是你浩如叔叔省下来送的呢。孩子，不吃肚皮要饿的，你就吃一点吧。

石　头　爷爷，我实在吃不下去！

阿根伯　好孩子，听话，不吃要长不大的。

石　头　噢。（端起碗，慢慢放到嘴边）爷爷，我吃不下，吃不下！

阿根伯　孩子乖，你就吃点吧。

　　　　［两人推，石头不小心将碗打翻在地，阿根伯举手欲打石头。

阿根伯　你，你这小孩，怎么这么不听话？

　　　　［浩如端饭碗匆匆上。

浩　如　阿根伯，你怎么打孩子呀？（扶起石头）

阿根伯　（连忙把地上碗拾起）浩如，你来啦！现是农忙季节，这么晚了你还
　　　　来看我们。

浩　如　嗯，这几天忙，已经两天没有来看你们了。喏，刚才三妹娘送来了一
　　　　碗菜饭，我给石头送来了。（从旧书包里边拿出饭碗）来，孩子，快
　　　　吃吧！

石　头　（惊喜）啊，米饭。有米饭吃喽，有米饭吃喽。（拿起碗大口大口地吃
　　　　起来）

浩　如　（看着石头狼吞虎咽的样子）慢点吃，当心噎着。阿根伯，刚才为啥
　　　　打孩子啊？

阿根伯　唉——！这个孩子实在不听话，他嫌这个不好吃。你看，推来推去
　　　　把碗都打翻了。

浩　如　阿根伯，孩子还小，现在是长身体的时候，天天吃这些，确实受不了。

阿根伯　有啥办法？穷啊！

浩　如　阿根伯——

　　　　（唱）根伯休要生怒气，

　　　　　　　孩子他年幼不懂事。

　　　　　　　如今虽然穷人翻身做主人，

　　　　　　　但还未解决温饱缺粮棉。

　　　　　　　恨只恨，美帝苏修侵略和逼债，

　　　　　　　使我们内外交困苦连绵。

　　　　　　　怨只怨，生产方式太落后，

　　　　　　　墨守成规少主见。

　　　　　　　我打算带领乡亲图自强，

　　　　　　　自力更生把家乡面貌变。

阿根伯　（唱）浩如你年轻有文化，

　　　　　　　处处想着百姓和集体。

      吃苦耐劳带头干，

      田里的重活冲在前。

      群众是看在眼里记在心，

      盼你大有作为快升迁。

浩　如　（唱）根伯你不要这样讲，

      做队长可不是为升迁。

      组织和群众来信任，

      我理应把责任担在肩。

      根伯啊，要是大家都能过上好日子，

      浩如我心中才会感觉甜。

阿根伯　浩如啊！

    （唱）你是一个大好人，

      救苦救难把责任揽在肩。

      这些年你家境也不好，

      节衣缩食多节俭。

      却常想着困难家庭要接济，

      似这等大恩大德我永远记。

浩　如　阿根伯，你言重了，我们是乡亲，应该有难同当的。

阿根伯　（感动流泪）你真是个大好人啊！浩如，现在是农忙，你累了一天了，

    快回去歇息吧。

浩　如　（站立起身，突然感觉胃痛）……

阿根伯　浩如，你怎么啦？身体不舒服？

浩　如　噢，没啥，没啥。咦，小石头呢？

阿根伯　石头——石头——，快出来，浩如叔叔叫你。

石　头　浩如叔叔。（扑到浩如身上）

浩　如　石头真乖。石头，叔叔问你，今年几岁啦？

石　头　十岁了。浩如叔叔，石头要问你一件事。

浩　如　噢，石头要问我啥的事啊？

石　头　叔叔——

    （唱）看别人家小孩多快乐，

      有爹有妈有人抱。

每天早上挎书包，

读书识字老师教。

为啥石头只能伴爷爷，

不能像他们一样上学校？

浩　如　（唱）石头他小小年纪真懂事，

我看在眼里心里焦。

无爹无娘真可怜，

日子过得心酸实难熬。

别人家孩子已经把学上，

难怪他要发牢骚。

石　头　（追问）叔叔，你告诉我，究竟为啥？

浩　如　（很同情地，摸着石头的头）石头，你想读书吗？

石　头　想！我连做梦都在想！

阿根伯　（连忙上前，拉开石头）石头听话！浩如叔叔累了，让他早点回家歇息吧！

石　头　不要，不要！（甩脱阿根伯手，回到浩如身边）叔叔！你告诉我吧！我为啥不能像他们一样读书呢？我想读书！我想读书！

浩　如　石头，你坐好，把眼睛闭起来。（把桌上的旧书包，背在石头身上）石头！把眼睛张开来，你看这是啥？

石　头　（兴奋）书包。

浩　如　对，书包。这个是浩如叔叔上学的时候，因为家里穷，我的姆妈用土布，一针一线缝制出来的，现在我把它送给你。

石　头　（背起书包，蹦蹦跳跳）喔，我有书包喽，我有书包喽……（沮丧地）叔叔，光有书包怎么行？又不能上学的。

浩　如　今朝我啊，就是来告诉你这个好消息的。

石　头　（撅着嘴巴）什么好消息啊？

浩　如　我已经向大队和县里教育局领导汇报了你们家庭的特困情况，上级领导十分重视，对你们的遭遇非常同情，所以决定免去石头的学杂费，让他像别人家孩子一样，开开心心上学。

阿根伯　啊！小石头也可以上学了？

浩　如　对，等开学，小石头就可以上学去读书了。

石　头　噢,噢! 我终于可以上学喽! (高兴地在浩如身边转圈)

阿根伯　浩如啊,你真好! 你简直就像他的再生父母,我真不知道怎么谢
　　　　你啊!

浩　如　阿根伯,不要这么讲,作为一名共产党员是应该为群众利益考虑的,
　　　　也许,我做得还不够。

阿根伯　够! 够! 你是一名好党员,是我们群众的好领导。石头快向叔叔磕
　　　　个头。

浩　如　(急忙阻止)阿根伯,千万不要!

石　头　(兴高采烈)噢——噢——,可以读书喽……

浩　如　(看着开心的小石头)这孩子,哈……
　　　　〔光渐收。

第三场

〔离前场两年后。

〔光启。背景呈现大片的水田和秧田。

〔知了声声,山歌声中浩如在挥鞭赶牛耕地。

〔三妹肩背小孩上场。

三　妹　(唱)骄阳似火泛热浪,

　　　　　　　知了喘息嘶哑唱。

　　　　　　　冒酷暑,头顶烈日田野赶,

　　　　　　　心存怨,粗茶淡饭送君郎。

　　　　　　　两年前,父母做主婚来配,

　　　　　　　每日里,夫妻同床不同梦。

　　　　　　　自从有了骨肉亲,

　　　　　　　心里似浸润了蜜糖样。

　　　　　　　感情的闸门初开启,

　　　　　　　似汩汩泉水融汪洋。

　　　　　　　他为人忠厚又诚实,

　　　　　　　待人和睦人赞扬。

　　　　　　　可就是,一心为公少顾家,

　　　　　　　一根筋,任凭劝说没商量。

　　　　　　　眼见得,大伙收工中午过,

他还在,赶牛犁田挥汗忙。

舍不得,背儿送饭到田头,

心有怨苦把声张。

(向内喊)浩如——,浩如——!

浩　如　(上)哎,来啦!三妹,天这么热,你怎么把孩子也抱来了?

三　妹　不抱来,谁人抱啊?人家中午收工饭都吃好了,你倒好,还在田里不到家。

浩　如　三妹,现在是农忙"双抢"时节,下午还要劳驾这头老牛打水灌溉,可还有这么一片田没有犁好,你说怎么办啊?

三　妹　什么怎么办?这犁田又不是你的事,是人家王家伯伯的活呀,你生产队长都包下来啊?

浩　如　人家王家伯伯犁了半天了,再讲人家年纪大了,中午总该让人家歇一歇吧?

三　妹　那你呢?你就和这牛一样不要歇了?我一个人忙里忙外还要带宝宝。我问你,自家的自留地里你去过几次?

浩　如　三妹,这不是农忙?延迟了播种期,粮食就会减产,你说我这个队长不带头干……

三　妹　干、干、干!那你就不顾家了吗?你想过我和宝宝了吗?

浩　如　(愧疚地)对不起,三妹。

三　妹　(侧过身,抽泣)哼!

浩　如　三妹,我的好妻子。(逗三妹)好老婆,好妻子……

三　妹　(破涕为笑)你!嫁给你啊,真是倒霉。什么时候了?快吃饭吧。

浩　如　谢谢老婆。(靠近欲亲三妹)

三　妹　(避开,张望)去,让人家看见像什么样子?快吃吧。

浩　如　哈……好,吃饭。(边吃边看着妻子和孩子,一脸的幸福感)三妹啊,你讲这孩子像啥人?

三　妹　当然像我啦!

浩　如　像我!

三　妹　像我,像我!你看,眼睛大大的,鼻梁高高的,秀气的来。

浩　如　怎么,难道我就不好看啊?

三　妹　你啊,哈,哈,难看煞了。

浩　如　你……哎,三妹,你讲实话,我真个很难看吗?

三　妹　(点头)嗯,以前我确实觉得你难看,现在看看?

浩　如　怎么样?

三　妹　还可以!

浩　如　三妹——

　　　　(唱)想我从小出生家贫苦,

　　　　　　　十岁时父亲就归黄泉路。

　　　　　　　留下了孤儿寡母度日难,

　　　　　　　凄风苦雨光阴过。

　　　　　　　多亏了乡邻帮衬党关怀,

　　　　　　　桩桩件件我时刻记心窝。

　　　　　　　三妹啊,多谢你父母看重我,

　　　　　　　靓妹妹配了我这个蠢哥哥。

　　　　　　　多谢你给了我完整的家,

　　　　　　　让我倍感温暖乐呼呼。

三　妹　(唱)想当初,娘亲旨意难违背,

　　　　　　　她一日到夜在耳边多啰唆。

　　　　　　　全家人又个个来帮腔,

　　　　　　　说你为人正直又温和。

　　　　　　　没奈何,花苞待放采蜜早,

　　　　　　　让你癞蛤蟆配上了白天鹅。

浩　如　哈……

　　　　(唱)这叫各人生来各人福,

　　　　　　　我前世修得你巧村姑。

　　　　　　　三妹啊,嫁给我让你受委屈,

　　　　　　　浩如我内心很清楚。

　　　　　　　现在我身为党员和队长,

　　　　　　　理应为群众利益责任负。

　　　　　　　家庭琐事难照顾,

　　　　　　　连累你三妹我的好老婆。

三　妹　(唱)你的心事我明白,

为人处世不含糊。

俗话说,百年修得共枕眠,

嫁鸡随鸡我不会将你后腿拖。

只希望你对自己多善待,

不要一顿饱来一顿饿。

带领乡亲谋福祉,

家中的事情由我来照顾。

星星伴月长相守,

苦尽甘来展蓝图。

(合唱)星星伴月长相守,

　　　苦尽甘来展蓝图。

[传出小孩的啼哭声。

三　妹　喔唷,宝宝要吃奶了。我要回去了。

[传出急促的叫喊声。

[阿根伯急匆匆上。

阿根伯　快来人啊,快来人啊! 救命,救命啊!

浩　如　阿根伯怎么啦?

阿根伯　快! 小石头掉进河里了呀!

浩　如　啊! (连忙衣服一甩,冲了过去)

三　妹　阿根伯! 石头怎么会掉进河里的?

阿根伯　唉——! 这小孩啊。看到浩如的牛系在树上很热,想帮着去放牛水,想不到脚一滑,就掉进河里了呀。

三　妹　哎呀,这小孩,他还小,怎么可以放牛水? 多危险啊! (紧张地向前张望)浩如啊,看见没有? 孩子在河当中呀! 再过去点,再往右面点……

阿根伯　浩如,你小心点……小石头到岸了。三妹你看,小石头到岸了。

三　妹　上岸了,上岸了。(突然发觉浩如没上岸)啊呀! 浩如呢? 浩如怎么没有上岸啊?

(张望)啊呀,他怎么在往下沉了? (着急)浩如——浩如——。快来人啊,救命啊——!

[大哥和众人急上。

大　哥　三妹,啥人掉河里了?

三　妹　浩如,是浩如,快救浩如呀!

　　　　〔大哥衣服一甩冲了过去,三妹把孩子放下,同时冲了过去。

　　　　〔雷声隆隆,暴雨袭来,呼救声、孩子哭声、雷雨声,混成一片。

　　　　〔大哥从里面扶出浩如。

三　妹　(哭喊)浩如,快醒醒,快醒醒呀!

浩　如　(慢慢地醒来)哭啥,我不是醒了吗?

三　妹　你还笑!人家被你急死了,你不是会游泳的吗?怎么会沉下去呢?

浩　如　(看看边上的大伙)刚才我突然抽筋,一点都不能动了。

阿根伯　浩如,你是太累了呀!

　　　　〔传来孩子的啼哭声。

浩　如　三妹,孩子呢?

三　妹　(连忙起身,冲向孩子)孩子,孩子……

浩　如　三妹,怎么可以不顾孩子呢?

三　妹　还说呢!人家不是为你着急吗?

大　哥　三妹,孩子衣服都淋湿了,你快抱回家吧,孩子要生病的!

浩　如　阿根伯,以后千万不要让小石头去河边了,危险!小石头,听到了吗?

石　头　听到了,叔叔。

浩　如　真乖!快跟爷爷回去,把衣服换一换,湿衣服穿在身上要生病的。

三　妹　你要紧吗?回去换了衣服再来吧。

浩　如　我不要紧的。(从地上一跃而起)衣服一会儿就会干了。三妹啊,孩子还小你快点回去吧。(转身对大哥说)大哥,时间差不多了,怎么大家还没有出工啊?(说完,吹起上工哨子,下。)

　　　　〔群众在里面嘻嘻哈哈出场。小妹手舞足蹈欢快地上。

小　妹　(唱)六月里天气真稀奇,

　　　　　　　叫东边日头西边雨。

　　　　　　　刚才还是风雨大,(哎)风雨大!

　　　　　　　现在是赤刮辣辣太阳见。

　　　　　　　听得上工哨子一声响哎!一声响!

　　　　　　　急急忙忙到田边。

　　　　　　　远处望见一个人,(哎)一个人!

　　　　　　　见队长已在挥鞭把田犁。

　　　　　　　我赶紧叫出姐妹们,

　　　　　　　施肥插秧干劲添。

　　　　　(白)哎——,姐妹们,快点走啊!

群　众　哎,来了,哈……

小　妹　嘘——(手指前方)你们看,我姐夫已经在干活了。

　　　[众人脱鞋,舞蹈化进田里拔秧、插秧。

女　独　(唱)哎——

　　　　　　　碧绿青青的嫩秧苗哎,

　　　　　　　连根拔起往大田载哎。

　　　　　　　施肥勤唷么勤耕作哎,

　　　　　　　种田人心中乐开怀哎。

　　　[嗨哟、嗨哟……小伙子们肩挑着秧苗,上。

　　　[田头挑担劳动号子的吆喝声、女青年欢快的插秧动作与大片的水
　　　　田、秧苗,交织成一幅生动的田园画卷。

男　独　(唱)哎——

　　　　　　　对面有个俏佳女哎,

　　　　　　　眉毛弯弯朝我嘻哎。

　　　　　　　今朝吃仔娘家饭哎,

　　　　　　　明朝和我成夫妻哎。

众　人　哈……

浩　如　(笑嘻嘻地上)社员同志们辛苦了,大家歇一歇,就在这个田头坐
　　　　一坐。

众　人　休息喽,休息喽。

　　　[男女青年在田头打情骂俏。

浩　如　大家坐下来,静一静。

　　　[众人纷纷在田岸上坐下来。

浩　如　社员同志们,今朝我们利用田头休息开个短会。最近我一直在想,
　　　　为啥我们起早摸黑地干还这么穷?经常要吃野菜、萝卜来充饥,甚
　　　　至还要吃草根,前些年王阿根就是被活活饿死的呀……

154

众　人　（七嘴八舌地）这都是我们农民的命苦啊！……碰到了自然灾害产量少，又要交公粮……苏联还向我们逼债……这种日脚怎么过呃……

浩　如　大家讲得对，但大家想过没有？除了你们说的，根本原因是啥？

众　人　是啥？队长，你说。

浩　如　社员们——

（唱）

我们农民收入分配靠多出工。

日日出工天天忙，

生产力低下磨洋工，

种植布局又单一，

四季稻麦轮番种。

交掉公粮所剩无几，

还有多少留给自己吃和用？

战天斗地再辛苦，

到年终还是一贫如洗两手空。

众　人　是啊，做死做活有啥用？怎么办哦？

浩　如　（接唱）我们要苦干加巧干，

改良农具广播种。

深垦施肥增亩产，

多种经营脑筋动。

河浜里放上绿萍水花生，

养鱼养猪又可绿肥庄稼种。

低洼土地来填高，

扩大粮田到处郁葱葱。

高旱地栽上桃梨和瓜果，

养鸡养鸭再养蜂。

到那时，蔬果飘香粮满仓，

我们农民脱贫致富乐融融。

众　人　（窃窃私语）对！好，好！

大　哥　浩如——

(唱)一番话犹如拨开迷雾见太阳，

茅塞顿开心里亮。

喝水不忘挖井人，

贫下中农翻身不忘共产党。

眼前是，抓革命出生产，

以粮为纲兴家邦。

斗私批修风声紧，

资本主义尾巴毒草统统要扫光。

你的想法虽然好，

传扬出去恐遭灾殃。

连累乡邻吃薄粥，

到头来是鸟吃砻糠成空梦。

小　妹　大哥——

(唱)队长是为群众来着想，

你当头泼水欠思量。

什么资本主义尾巴和毒草，

极"左"思潮太荒唐。

我们农民只求过上好日脚，

丰衣足食比啥都要强。

发展才是硬道理，

我们要支持队长不彷徨。

(白)队长带领我们一起干吧！艰难险阻我们一起闯，再大的压力我们一起扛。大家讲，我讲得对不对？

众　人　对！对！对！

小　妹　支持不支持队长？

众　人　支持！队长，我们跟着你，干！

浩　如　(激动地)好！同志们！道路是曲折艰难的，是需要我们自己去闯的！毛主席教导我们：世上无难事，只要肯登攀！我们要下定决心，排除万难，去争取胜利！

群　众　下定决心，排除万难，去争取胜利！

浩　如　团结就是力量，我们的明天会更好！

众　人　（合唱）团结就是力量,团结就是力量。

这力量是铁,这力量是钢……

［光渐收。

第四场

［一个月后,姜浩如家。

［启光。

［三妹拿着小孩的衣服,独坐凝视。

伴　唱　一场风雨刻骨凉,

无情摧残起祸殃。

鲜嫩枝芽早夭折,

骨肉分离哭断肠。

三　妹　（唱）一场风雨刻骨凉,

心如死灰将儿想。

宝贝啊,你到世上才两年,

未曾开口叫亲娘。

人世间香甜快乐还未享,

就撒手永远离开娘。

宝贝啊,母子一场犹如梦,

两年来,你让为娘忧愁忘。

一家人享尽天伦乐,

虽苦犹甜有盼望。

宝贝啊,难忘你可爱活泼样,

牙牙学语把歌唱。

实指望你快快乐乐来成长,

未料想噩运当头把命丧。

宝贝啊,你是娘的心头肉,

一月来,我撕心裂肺哭断肠,

茶饭不思夜难眠,

想必你此刻也在寻亲娘。

眼见衣物心颤抖,

仿佛间,宝宝音容眼前映。

（白）宝宝，我的宝宝。

（接唱）分明虚幻是空想，

人去房空梦一场。

孩子啊，黄泉路上你走好，

娘与你相见只能梦三更。

（白）孩子啊！（把宝宝衣服贴在怀里）

伴　唱　见物思人愁更添，

再要相见梦三更。

浩如娘　（听见哭声，从内而出）三妹啊！你又哭了。一月来一直没有好好吃
东西了，我帮你烧了点粥。你吃一点吧？

［三妹神伤，呆坐无语。

浩如娘　唉——！真是作孽啊！蛮好一家人家，弄得这能样子！三妹啊——

（唱）见你伤心我心痛，

恨不能代我孙儿赴阴曹。

一月来你不吃不喝人消瘦，

我像热锅上蚂蚁也难熬。

三妹啊，你听为娘一声劝，

保重身体最紧要。

孩子自己没福分，

再哭也不能重回阳关道。

好得你俩还年轻，

一年半载又可再把亲儿抱。

（白）好媳妇你就吃一点吧。噢？（把碗拿到三妹面前）

三　妹　（抽泣）……

浩　如　（从外面喊叫）姆妈——！

浩如娘　（连忙出去，擦着眼泪）你还想到回来！我看你还是不要回来了！你
就和几块田去过日子吧，反正这个家你是不想要了！

浩　如　姆妈你在讲点啥？

浩如娘　不要你叫我妈！好好的一个家，你看现在像啥？我的孙子，我的孙
子只有两岁…

（哭泣）

浩　如　姆妈,我知道都是我的错,是我没有照顾好你和这个家。你年轻守寡,为了我,你吃尽了苦,照理讲我应该让你开开心心,享受天伦之乐,安度晚年。可是我……唉——!

浩如娘　(见儿子伤心,连忙擦干眼泪,心痛地)孩子,妈妈其实也知道,你的心里也难过。姆妈知道,你从小就责任心强,心地善良,乐于助人,你是个人人称好的带头人,我也为你自豪,为你骄傲。可是孩子,你是一个有妻室有孩子的人了,你怎么可以一点都不顾屋里的老婆和孩子呢?不要怪三妹恨你,自从她进了我们这个家,吃苦耐劳,再苦再累没有半句怨言。看你们两个人感情一天比一天好起来,你知道我有多开心啊!唉——!孩子啊,这一次,你实在是太伤她的心了!

浩　如　(难过)姆妈……

浩如娘　孩子啊,你也不要太难过了,快进去劝劝三妹吧。

浩　如　知道了,姆妈。

浩如娘　快进去吧,快进去吧。(望着儿子进去,擦着眼泪下)

浩　如　(跨进门)三妹……

三　妹　(目光呆滞地抱着小衣服)

浩　如　你又再哭了,三妹啊——

　　　　(唱)我知你悲恨交加心欲碎,

　　　　　　知道你怪我没有救儿于危难。

　　　　　　一月来,你痛失骨肉常悲嚎,

　　　　　　我也是,心在流血将儿念。

　　　　　　公私未能两兼顾,

　　　　　　只因暴雨滂沱酿成灾。

　　　　　　眼看那秀穗和水稻遭水淹,

　　　　　　我只得率众排水夜不归。

　　　　　　想不到保得粮田失了儿,

　　　　　　耽误了儿子病情难挽回。

　　　　　　是我一时太大意,

　　　　　　铸成大错心有愧。

　　　　　　三妹啊,你一向对我多理解,

　　　　　　求你宽宏大量多担待。

　　　　　你我尚且还年轻,

　　　　　望我儿早日投胎回家来。

三　妹　(不理不睬,流泪满面)……

浩　如　三妹,你讲话呀,三妹!

　　　　(唱)你寝食不思我乱如麻,

　　　　　为什么哭哭啼啼不说话?

　　　　　看你悲伤过度比黄花瘦,

　　　　　浩如我心中犹如枷锁戴。

　　　　　不忍心你这样对自己来折磨,

　　　　　宁愿你打我一顿将我骂。

　　　　　三妹啊,如今覆水难收已至此,

　　　　　求求你,放眼未来不要把身体来气坏。

浩　如　三妹,这小衣服你就不要看了,听话,噢?(欲在三妹手中拿过小衣
　　　　服)

三　妹　(声嘶力竭地迸发,哭喊)都是你!都是你!还我的儿子!还我的儿
　　　　子呀!

浩　如　都是我,都是我,你就痛痛快快打我一顿吧。

三　妹　(唱)打你一顿气难消,

　　　　　唤不回骨肉亲宝宝。

　　　　　你可知,十月怀胎多辛劳,

　　　　　寒来暑往我吃尽万苦到今朝。

　　　　　你可知,连日来我心在流血泪哭干,

　　　　　呼天喊地将孩儿魂魄叫。

　　　　　你可知,母子骨肉心连心,

　　　　　你泼灭我希望为哪条?

　　　　　那一日,我到田头将你找,

　　　　　告知你孩子发高烧。

　　　　　你却说孩子发热是常事,

　　　　　说什么,排洪救灾最紧要。

　　　　　我只得含泪默默回家门,

　　　　　六神无主看着宝宝声声嚎。

盼你早回将医院送,

却不见你踪影我彻夜似煎熬。

好不容易到天明,

你回家向我喜讯报,

说奋力抗灾三昼夜,

田里的作物得保牢。

就在你沾沾自喜的那一刻,

孩子却面临着短暂人生的最后分秒。

可怜他,浑身抽搐魂出窍,

活生生,似遭狂风的花瓣凋谢早。

冤家啊!怪你!怨你!打你!恨你!

你怎可将幼小的生命当成一棵草?

浩　如　(抱头痛苦地坐下)三妹啊,你不要讲下去了,我心好痛啊!(晕厥)

三　妹　(见状)你怎么啦?浩如你怎么啦,娘,娘——,快来呀!

浩如娘　(进屋,大惊)啊!怎么啦?浩如你怎么啦?

浩　如　(强忍疼痛)不要紧,娘,可能是肚皮饿的原因吧。

浩如娘　哦,我去拿粥热一热。(急下)

三　妹　来!先吃杯热茶,暖暖胃再说吧。

浩如娘　(端碗复上)孩子啊,粥来了,快吃吧!

浩　如　噢……(接过碗,吃了起来)

浩如娘　人呀,是肉做的呀,又不是铁墙店里打出来的。你想想看,这些天你好好吃过一顿吗?

浩　如　(突然想起)噢,对了,三妹你也没有好好吃过一顿,你一起吃吧。

浩如娘　对、对、对,孩子啊,你就不要多想了,我相信我的孙子会重新投胎来到我们家的。我去帮你拿粥来,拿粥来。

浩　如　娘,你快去拿吧。

浩如娘　好好,我去拿。看来这场风雨总算可以慢慢过去了。

　　　　[光渐收。

第五场

[三年后的冬天。

[乡间小道。远处河网密布,开阔处可见农村集镇的轮船码头。

[启光。姜浩如挽着三妹的手臂,上。

伴　唱　日月如梭又数春,
　　　　　愿作公仆意坚定。
　　　　　敢为人先谋发展,
　　　　　泽惠百姓主义真。

三　妹　(唱)花开花落几春华,
　　　　　　　三妹我,第三个孩子已怀六甲。
　　　　　　　浩如他,组织信任支书任,
　　　　　　　为集体他甘愿热血洒。
　　　　　　　今日里为救队办窑厂燃煤急,
　　　　　　　要单抢匹马赶赴山西出远差。
　　　　　　　忐忑不安送夫君,
　　　　　　　千里迢迢怎不叫人来牵挂。

浩　如　三妹,你已怀有身孕,吃力了吧,快歇一歇。

三　妹　不要大惊小怪的,我不吃力。

浩　如　叫你不要送,你偏要送,而且还跑在我前头。来,让我听听,我们家
　　　　三郎是不在生气了?(说完把头伸到三妹肚子上)他很高兴,他说
　　　　(学起小孩声音)爸爸,爸爸,我和妈妈一道送送你。

三　妹　(被浩如逗笑)哈……看你呀!哎,你这次出门要几天回来啊?

浩　如　如果办事顺利的话,一个星期,要是不顺的话,可能要一个月吧。

三　妹　要去这么长啊?

浩　如　三妹,我又不是第一次出门,放心吧!

三　妹　可是你从来没有出过省,而且又要这么长的时间,你为啥不多叫几
　　　　个人? 路上也好有个照应。

浩　如　三妹……

三　妹　再讲我们第三个孩子也快出生了,你就不能过了春节,年后再去吗?

浩　如　三妹啊——
　　　　(唱)如今是,集体发展好似找到金饭碗,
　　　　　　我们农民好日子为期已不远。
　　　　　　可当下计划经济讲分配,
　　　　　　我们队办企业无货源。

要是年前不把煤解决，

开春窑厂要生产断。

我孤身出门去采购，

是不愿浪费农民血和汗。

想起尚未脱贫的众乡亲，

再苦再累我也心甘。

只是这些年连累了你三妹，

想起妻儿我心难安。

三　妹　（唱）浩如啊，我知道你总是做着同一个梦，

要让家乡富裕描绘成彩虹。

现在是集体经济刚起步，

你是恨不能一分钱变成两分用。

同林双宿双飞八年多，

为妻我对你心思早读懂。

这次你独自远赴千里外，

千万要注意身体多保重。

棉马甲一件在包中，

天气寒冷可防冻。

盼望你顺顺当当早回门，

一家人欢欢喜喜过年暖烘烘。

浩　如　（唱）这真是家有贤妻赛黄金，

知冷知热知我心。

三妹啊，如今你身孕已有六月整，

自己身体要当心。

三　妹　（唱）夫妻本是共命运，

家中一切莫担心。

早早去，快快回，

我在家等你回程传佳音。

浩　如　（唱）一路走。

三　妹　（唱）一路行。

三　妹　（唱）船码头已在眼前呈。

浩　如　（唱）三妹啊，送君千里总有别，

三　妹　（唱）送君千里总有别，

　　　　　　　但愿得太平人早回太平村。

浩　如　三妹，回去吧，天气冷，别冻坏了。

三　妹　你也要当心啊！

浩　如　你先回，我再走。

三　妹　你先走，我再回。

　　　　〔两人来回反复。

浩　如　好——我先走。（转身）三妹！

三　妹　浩如！

　　　　〔两人相拥。

　　　　〔内喊：喂——，要乘船的快走吧，轮船马上要开了。

浩　如　那我走了。（依依不舍，匆匆下）

三　妹　（目送浩如走远，自言自语）为啥？为啥？我会这样担心？

　　　　〔切光。

　　　　〔换转场景。

　　　　〔大雪纷飞，北风呼啸。

　　　　〔光启。

　　　　〔田野白雪皑皑。舞台上呈现被雪覆盖的数个泥墩和小木桥。

浩　如　（内唱）朔风凛冽刺骨寒，

　　　　　　　雪花弥漫满天飘。

　　　　〔浩如疲惫乏力，踉踉跄跄上。

　　　　（接唱）眼前是，田垛旷野披银装，

　　　　　　　夜归人，又饿又冷饥寒交。

　　　　　　　屈指算，出门将近有一月，

　　　　　　　为煤源，我踏遍了山西煤矿满地跑。

　　　　　　　几度碰壁遭冷眼，

　　　　　　　低声下气未把希望抛。

　　　　　　　皇天不负有心人，

　　　　　　　感动了当地众领导。

　　　　　　　答应计划外供应来调配，

年初火车皮苏州站把货交。

总算满载凯旋归,

我日夜兼程传喜报。

〔一阵寒风袭来,踉跄,几欲跌倒。

(接唱)一月来,我白天跑断双腿思订货,

到夜晚,惦记着乡亲念家小。

三妹啊,你一定天天翘首望,

为我担惊受怕心里焦。

但不知孩儿和娘亲怎么样?

你身孕临产可安好?

〔一阵狂风,姜浩如脚下一滑摔倒在地,艰难地爬起。

(接唱)风卷寒雪扑面打,

饥肠辘辘手脚僵。

想着妻儿娘亲日夜望,

我恨不能插翅到门墙。

忽觉腹中似刀绞,

天昏地转步踉跄。

〔姜浩如再次跌倒。

伴　唱　浩如,浩如莫跌倒,

家乡面貌需要你重担挑。

浩如,浩如莫摔倒,

家有贤妻等着你衷肠表。

浩如,浩如莫摔倒,

家中慈母盼着你尽孝。

(接唱)蓦然间,似听亲人将我叫,

呼唤我,挺住前行莫摔倒。

〔用尽力气,撑起身来,踉跄前行。

(接唱)放眼望,小木桥眼前映,

近在咫尺却似千里遥。

见桥面,冰雪覆盖难前行,

我只得咬紧牙关爬过桥。

　　　　　　[姜浩如艰难地爬行过桥。

　　　　　　(接唱)腹痛加剧难抵挡,

　　　　　　　　　　浑身无力虚缥缈。

　　　　　　　　　　亲人啊,难道我从此与你们两相隔,

　　　　　　　　　　今日要冻死在路边无人晓。

　　　　　　[姜浩如昏倒在路边。

　　　　　　[三妹撑伞迎着风雪上。焦急不安地张望,几欲吹倒。

　　　　　　(唱)风横扫,夜幕降临雪连天。

　　　　　　　　　心喘急,思君不归坐针毡。

　　　　　　　　　为什么,已有一月无音讯?

　　　　　　　　　每日里,日思夜想寝难安。

　　　　　　　　　出门匆忙天骤变,

　　　　　　　　　你衣衫单薄怎御寒?

　　　　　　　　　老胃病是否复发作难你?

　　　　　　　　　衣食是否知冷暖?

　　　　　　　　　为什么,忽觉眼皮直发跳?

　　　　　　　　　不由我心中恐慌更胆颤。

　　　　　　　　　亲人啊,盼你早点回家门,

　　　　　　　　　一家人是苦是甜共团圆。

　　　　　　[三妹抬头急切地张望,不小心被绊了一下,撸开雪,发现是浩如。

三　妹　(大惊)啊!(哭喊)浩如,浩如,你怎么啦?快醒醒啊!

　　　　　　[光渐收。

第六场

　　　　　　[半年后。

　　　　　　[医院。

　　　　　　[启光。

　　　　　　[病床上躺着姜浩如,三妹手抱婴儿忧心忡忡。

三　妹　(唱)望窗外,秋风萧瑟叶落纷纷,

　　　　　　　　看亲人,百结愁肠心沉忧忧。

　　　　　　　　为集体,谋划发展他到处闯,

　　　　　　　　严寒天,险些雪地把性命丢。

　　　　　　总以为,人到医院会保平安,

　　　　　　却未料,旧病复发说难治救。

　　　　　　心如焚,只能等化验告无碍,

　　　　　　求上苍,怜悯善人要多保佑。

医　生　(手拿化验单,上)十九号病人家属出来一下。

三　妹　(焦虑地)医生,化验单出来啦?

医　生　出来了,我就是来通知你的。

三　妹　医生,你讲,我丈夫得的什么病?

医　生　(沉默)唉——!

三　妹　医生,怎么啦?

医　生　你要做好思想准备,千万不要激动,更不能让病人知道。

三　妹　医生,我知道了,你快讲吧。

医　生　你丈夫得的是胃癌。

三　妹　啥?胃癌!

医　生　按照目前的医疗条件,是没有办法治愈的。你丈夫而且是晚期,已经扩散了。我看你还是把他领回家,买点他吃吃,让他在家度过最后一段时光吧。

三　妹　(茫然地,自言自语)癌症,晚期……

医　生　(望着三妹)你没什么吧?人已至此,你要注意情绪。切记,千万不要让病人知道,他知道越早就走得越快。(下)

三　妹　(唱)听了医生一番话,

　　　　　　犹如五雷轰头顶。

　　　　　　老天啊你为啥如此不公平?

　　　　　　好人偏招恶毛病。

　　　　　　(白)天啊——!

伴唱:天昏昏,地茫茫,

　　　为啥好人偏招恶毛病?

三　妹　(唱)见亲人不省人事昏沉沉,

　　　　　　难想象夫妻不久要两离分。

　　　　　　亲人啊,你刚过而立正当年,

　　　　　　我们夫妻患难十年整。

    曾相约星星伴月长相守，

    为何你要不守诺言不守信？

    亲人啊，你是姜家的独苗根，

    年迈的老母需要你尽孝心，

    你曾说，要让她享尽天伦乐，

    为何你，如今撒手不顾老娘亲？

    亲人啊，你是儿女的好父亲，

    教育他们要好好学习求上进，

    共育子女向未来，

    为何你要撒下我独自撑门庭？

    亲人啊，你是一位好公仆，

    为家乡改变面貌费尽心，

    眼看愿望将实现，

    为何你要忍心离开你魂牵梦绕的众乡亲？

    亲人啊……

   〔浩如似有反应，三妹觉失声，强忍哭泣。

伴唱：悲苦心欲碎，

   欲哭强抑声。

   〔婴儿哭，三妹连忙抱起。

三　妹　（唱）孩子啊，你莫要哭莫声张，

    莫要惊动你父亲。

    让他好好睡一觉，

    但愿醒来病改轻。

浩　如　（苏醒）三妹啊，你怎么啦？眼睛红红的，你又哭了？

三　妹　没有，没有，你不要瞎想。

浩　如　你不要骗我了，没哭是不会眼睛红的。

三　妹　刚才我在外头，是飞虫飞到眼睛里了。

浩　如　（沉默）三妹啊，我到医院有多少日脚啦？

三　妹　三个月了吧。

浩　如　噢，三个月了。唉——，怎么还不见好转？三妹啊，估计我这个病是
    不会好了。

三　妹　看你啊，又在瞎想了。(把药端上)只要你配合医生，好好吃药，我看
　　　　你很快就会出院了。

浩　如　(接过药，想吃)这个药我实在吃不下去了，一点也没有用的，苦得
　　　　要命。

三　妹　良药苦口，你就吃一点吧。(把药再次端过去)

　　　　[浩如接药想吃，又呕吐。

三　妹　浩如，怎么啦?(为浩如敲背)

　　　　[阿根伯和石头上。

阿根伯　石头啊，你浩如叔叔住在哪一间呀?

石　头　我已经问过护士了，十九床，就在这间病房。

爷　爷　噢，好。(进门)浩如，浩如。

三　妹　根伯，你也来看浩如啦。

浩　如　根伯，你身体不方便，怎么也从大老远赶来了?

阿根伯　石头期终考试成绩出来了，他一定要来看看你，把这个喜讯告诉你。

石　头　浩如叔叔。(扑到床边)

浩　如　几个月不看见又长高了不少，成小伙子了。

石　头　(从口袋里拿出成绩单)这是我期终考试成绩单。

浩　如　全部是优，好，好! 有出息! 石头啊，你一定要好好学习，将来成为
　　　　一名对社会有用的人。

石　头　叔叔——

　　　　(唱)你的谆谆教导我牢记，

　　　　　　　好好学习求上进。

　　　　　　　听爷爷讲你是为了众乡亲，

　　　　　　　劳累过度得了病。

　　　　　　　乡亲们都在为你作祈祷，

　　　　　　　希望你早日康复回转门。

　　　　　　　石头我将来立志医生做，

　　　　　　　救死扶伤学有成。

　　　　　　　像叔叔你乐于奉献勤耕耘，

　　　　　　　做一名群众爱戴的大好人。

浩　如　(激动地点头)有出息，有出息!(从怀中拿出一块手表)孩子，这块

手表是叔叔的心爱之物,现在我把它送给你,留个纪念吧。

石　头　不要,不要,我不能拿叔叔的东西。

浩　如　孩子,拿着,听话。(觉得疼痛,剧烈呕吐)

三　妹　浩如,怎么啦? 你吃力了,快歇歇吧。

阿根伯　对,浩如啊,你需要休息,不能再讲了。我们也要回去了,改天再来
　　　　看你吧!

浩　如　阿根伯你慢走,三妹送送阿根伯。

三　妹　噢,阿根伯慢走。

阿根伯　三妹啊,你自己也要当心啊,千万不能累垮了身体呀!

三　妹　谢谢根伯!

　　　　[大哥冲冲上场。

大　哥　三妹。

三　妹　大哥。

大　哥　浩如情况怎样,有好转吗?

三　妹　大哥,浩如他……(伏在大哥肩上失声痛哭)

大　哥　三妹,浩如化验报告出来了吗? 啥个毛病?

三　妹　是癌症晚期,扩散全身了。

大　哥　癌症! (惊讶地)浩如知道吗?

三　妹　医生讲千万不能让他知道,他知道越早走得越快。大哥,我怎么办?
　　　　怎么办啊?

大　哥　三妹,事到如今,你哭也没用,上有老下有小,这个家今后只有你支
　　　　撑了。如果你的身体哭坏了,孩子们怎么办啊?

三　妹　大哥。(放声大哭)

浩　如　(隐隐约约听到哭声)三妹,三妹,你在哪? 你在哭吗?

三　妹　(醒悟,擦干眼泪)哎,来啦。

大　哥　三妹,(拖住三妹)我看,这件事干脆和他讲清楚。

浩　如　三妹。

三　妹　哎,来啦。浩如,大哥来看你来了。

大　哥　浩如。

浩　如　大哥,你又来看我了,这几天乡亲们都来探望我,连上级领导也来看
　　　　我了,小毛小病不必兴师动众的。大哥,今后你也不要一直来了。

今年田里收成好吗?

大　哥　浩如啊,我今天就是来向你报喜讯的,田里收成比去年翻了一番,乡亲们多盼着你早日病愈出院回家庆功呢!

浩　如　好! 新买个那台拖拉机管用吗?

大　哥　管用,管用,现在我们农民种田省力了,老牛也不用犁田可以退休了,乡亲们个个多翘大拇指,夸你思想先进,是一心为群众着想的好领导!

浩　如　好,好,农业的根本出路就在于机械化,今后我们农村……(呕吐)

三　妹　浩如。

大　哥　浩如。

浩　如　大哥,你讲老实话,我究竟得了什么病? 为啥总是要吐?

大　哥　(朝三妹看)……

浩　如　我明白了。

大　哥　浩如,你千万不要灰心,大家都在想办法。

浩　如　大哥,别说了,三妹,你为啥不早点告诉呢?

　　　　[三妹流泪满面,泣不成声。

浩　如　三妹啊——

　　　　(唱)叫一声三妹我的好妻子,

　　　　　　　感谢你日夜相伴不离身。

　　　　　　　自从你委屈进了我家门,

　　　　　　　为姜家你受尽风雨淋。

　　　　　　　多少次磨难多少回惊,

　　　　　　　我们俩同舟共济共命运。

　　　　　　　终盼到好日子将来临,

　　　　　　　我却是病入膏肓难抗争。

三　妹　浩如,不会的,医生讲只要你配合医生及时治疗,你的毛病会好起来的。

浩　如　(唱)三妹不必宽慰我,

　　　　　　　我自己毛病自知情。

　　　　　　　人生自古谁无死,

　　　　　　　可就是丢不下你们母子和老母亲。

我走后千斤重担你要一肩挑，

想到此我五内俱焚难安宁。

三　妹　浩如，你不要再讲下去了。

浩　如　（唱）大哥啊，浩如一走万事休，

千斤重担落在贤妻身。

你们兄妹手足情，

万望你平时辛苦多帮衬。

大　哥　你放心，我会照顾三妹和三个孩子的。

浩　如　（唱）我深知生命已似油干灯草尽，

可愿望未了我心不宁。

临别几句肺腑言，

望大哥谨记勤发奋。

大　哥　你讲吧，我听着。

浩　如　（唱）如今是农业耕地已机械，

可粗放型耕作少丰产。

农民生活要舒坦，

发展经济需大胆。

目前虽有零星队办厂，

但小敲小打终究要淘汰。

必须要规模企业作引领，

驾驶航船来扬帆。

小学生是祖国花朵和未来，

要精心修剪来栽培。

现在学校失修已多年，

改变学习环境要尽快翻。

困难家庭要帮助，

嘘寒问暖常抚慰。

"五保户"老人要照顾，

集中赡养多关爱。

造福一方百姓乐，

让农村金光大道铺上红地毯。

但愿得家乡明天更加美,

到那时,我在九泉也笑灿烂。

大　哥　浩如,你放心,我一定记住你所讲的话我会带领群众艰苦奋斗的。

浩　如　大哥,让群众富裕起来,这是我多年的梦啊!(又剧烈咳漱,呕吐)

三　妹　浩如。

浩　如　不要难过,人总有一死,只不过早点晚点罢了。

[浩如娘手撑拐杖由小妹搀扶着上。

浩如娘　孩子,娘来了,娘来了!

浩　如　娘——

浩如娘　唉,娘在这儿。

浩　如　我是在做梦吧?

三　妹　浩如,不是做梦,娘真的来了,是小妹陪他一道来的。

浩　如　娘,你快坐下。

浩如娘　好,好!坐!

浩　如　这么远的路,娘你一定赶得很累吧?

浩如娘　不累,见到儿子,娘就不累了。

浩　如　娘,我病魔缠身,看来我不能为你尽孝了。我对不起你,让娘操心了。

浩如娘　千万别这么说,是为娘让你吃苦了。你静心养病,会好起来的,噢。

浩　如　娘,你的眼睛好点了吗?

浩如娘　娘的眼睛不要紧的,上了年纪眼睛模糊是正常的,不要紧的,你不用担心。

浩　如　娘,我一直想陪着你到大医院去看眼睛。可是我的病……

浩如娘　你不要多想,等你治好了病,我们开开心心过日脚。

浩　如　(剧烈呕吐)……

三　妹　浩如,你吃力了,不能再讲话了。

浩如娘　对,孩子啊,说话伤神。歇歇吧,孩子,你先歇歇。

浩　如　娘,我要回去。

浩如娘　傻孩子,你身上有病怎么回去?

浩　如　答应我吧,这是我最后的心愿。大哥,三妹,来,扶我下床。(挣扎着欲下床)

　　　　〔三妹、大哥扶浩如踉跄站起。

众　人　浩如！

浩　如　求求你们了，就是抬也要把我抬回去。临死我要再看一看生我养我
　　　　的家乡，再看一看我深爱的那片土地！因为我来自大地，我是大地
　　　　的儿子！

　　　　〔画外音余音绕梁：大地的儿子，大地的儿子……

　　　　〔造型光，众人定格。

幕后伴唱：短暂人生历风霜，

　　　　　大地情深悠悠长。

　　　　　春蚕到死丝方尽，

　　　　　雁过留声传四方。

　　　　　　　　　幕　闭
　　　　　　　　　　——全剧终

02

| 曲 艺 |

戏曲表演唱

恢宏史诗耀千秋

（合唱）红旗招展迎风扬，
　　　　嘹亮歌声震天响。
　　　　百年华诞共庆贺，
　　　　伟大的党风华正茂更辉煌。
　　　　恢宏史诗耀千秋，
　　　　天安门熠熠生辉映光芒。

（白）　习近平总书记在天安门城楼向全世界庄严宣告："我们实现了第一个
　　　　百年奋斗目标，在中华大地上全面建成了小康社会！"

（甲唱）回望百年奋斗路，
　　　　峥嵘岁月多艰辛。
　　　　从兴业路到复兴路，
　　　　从石库门到天安门。
　　　　伟大正确的共产党，
　　　　带领人民接续奋斗向前进。

（乙唱）自从有了共产党，
　　　　开天辟地日月新。
　　　　为救民族危亡图生存，
　　　　浴血奋战几十春。
　　　　推翻了三座大山脱苦难，
　　　　中华民族屹立东方做主人。

（丙唱）消灭剥削和压迫，

为劳苦大众谋幸福。

自力更生图发愤，

战胜了帝国主义妄图来颠覆。

战天斗地一穷二白面貌改，

建设起社会主义新中国。

(丁唱)解放思想转观念，

锐意进取大步迈。

市场经济体制增活力，

经济总量跃居全球第二不简单。

改革开放关键招，

中国大踏步登上世界大舞台。

(甲唱)守正创新增自信，

创造社会主义新时代。

(乙唱)统揽全局抓治理，

实现小康伟大成就史册载。

(丙唱)从站起来富起来到强起来，

伟大复兴不可逆转指日待。

(丁白)没有共产党就没有新中国，只有社会主义才能救中国，共产党是中华

民族的主心骨！

(合唱)回望过往奋斗路，

继续踏上赶考路。

眺望前方奋进路，

开创未来"九个必须"深刻悟。

践行初心担使命，

为民谋福责任负。

实现中华民族伟大复兴中国梦，

共产党矢志不渝永远在征途。

情景说唱

改革开放天地宽

人　物　甲——港口代表

　　　　乙——落户港区的外资企业代表

　　　　丙——港区浮桥民营企业代表

　　　　丁——港区浮桥新农村建设代表

　　　　十二名小学生

［在欢快的少儿歌曲《找呀找》的乐曲声中，十二名小学生手持鲜花边歌边舞。

学生　（齐唱）啦呀啦，啦呀啦，

　　　　　　　春风浩荡花烂漫。

　　　　　　　娄东大地齐欢笑，

　　　　　　　改革开放天地宽。

［甲、丙喜气洋洋上，丁从舞台的另一侧兴高采烈上。

［十二名学生呈"八"字形排开，口呼：欢迎，欢迎！欢迎大家参观改革开放成果展！

甲　　我是太仓港区的开拓者。

丙　　我是太仓港区民营经济的创业者。

丁　　我是来自太仓港区新农村的建设者。

［乙呐喊上。

乙　　等一等，还有我……

众　　你是？

乙　　我来自遥远的美国，是你们中国·太仓港区改革开放的投资者。

众　　（和乙热情握手）哦，欢迎欢迎！

学生　　四十年春夏与秋冬，太仓港走向更辉煌。

　　　　〔众学生变换队形，展出"以港强市"的字样。

　　　　〔音乐起。

甲　　"以港强市"是太仓市委、市政府提出的重要发展战略。四十多年来，太仓港从一片芦苇荡转变为全省第一大外贸大港，集装箱年吞吐量突破了450万标箱，货物年吞吐量超2.5亿吨。一个区域深化对外开放桥头堡、长江水运集散中心、支撑苏南经济社会转型发展的重要基石正在强势崛起。

女甲　　（唱：《外婆的澎湖湾》的曲调）

　　　　　　今天的太仓港呀，

　　　　　　一片繁华景象。

　　　　　　"T"形码头似巨龙卧虎

　　　　　　伸向远方。

　　　　　　大型岸吊铁臂轻舒，

　　　　　　集装箱堆如山，

　　　　　　物流企业迅猛发展，

　　　　　　似猛虎下山冈。

　　　　　　（众唱）通四海，连大洋，

　　　　　　以港强市大总纲。

　　　　　　东方大港不是梦想，

　　　　　　连接下关、釜山

　　　　　　世界各大港，

　　　　　　一带一路通四方。

众　　　（翘大拇指）OK！太仓港发展了不起！

　　　　〔学生变换组合队形，手持美国等国家的小旗。

乙　　　太仓的发展也离不开我们外资企业的投资，我想考考大家，我们外资企业最早是哪一年落户港区的？

学生　　（抢答）一九九四年。

乙　　　你们都知道啊？

学生　　这有什么，我们还知道你们落户太仓港区的第一家外资企业是美孚公司。

乙　小朋友好厉害呀!

众　请问,是什么如此吸引你们来到我们太仓港区投资?

乙　那多了,主要的是你们太仓港区的人好、地好、环境好!

　　(唱:《外面的世界很精彩》的曲调)

　　　　美丽的港区很精彩,

　　　　美丽的港区充满爱。

　　　　当我踏上这片沸腾的热土地,

　　　　我就默默地衷心祝福你,

　　　　不管我身在何方,

　　　　我祝福你扬帆未来。

　　[众鼓掌。

乙　港区是我们投资者的乐园,未来将会看到更多的外资企业来港区投资落户。

众　欢迎远方的客人。

　　[众随着《远方的客人请你留下来》的乐曲舞动起来。

　　(唱)港区的花儿正在开哟,

　　　　港区的果儿等人摘,等人摘。

　　　　那个噻咯噻,那个嗨咯嗨。

　　　　远方的客人请你留下来,

　　　　远方的客人哪请你留下来。

　　　　嗨咯嗨咯嗨咯嗨,

　　　　噻咯噻咯噻咯哩噻,嗨咯哩嗨咯嗨。

　　[众学生变换队形。

丙　现在,请大家参观我们港区民营经济的发展成果吧。在太仓市委、市政府的正确引领下,积极推进"1123"行动计划,规模和质量不断提升,民营经济已成为港区经济的重要支撑。

甲　从乡镇企业村村点火、户户冒烟的粗放型经营……

丁　到今天的规模化、集约化、国际化。

丙　就以我们民营高科技企业来说,到目前为止,新申报高新技术企业6家,申报省民营科技企业18家,申报发明专利602件,授权发明专利

41 件。

众　　了不起!

女丙　(唱:《小城故事多》的曲调)

> 创业故事多,
>
> 充满喜和乐。
>
> 若是你到港区来,
>
> 收获会特别多。
>
> 物贸区,科创地,
>
> 产业拓展多迅速。
>
> 民营经济展翅飞,
>
> 港城发展有气魄。

[众学生变换队形,象征绿树花草,抽象的农村景象。

丁　　改革开放硕果累累,太仓港城日新月异,接下来请大家参观新农村建设。

众　　绿树荫荫,花红草绿,别墅气派优雅,羡慕!

丁　　近年来,我们港城以"农业强、农村美、农民富"为总目标,积极推进"乡村振兴"战略,用城市的标准建设农村,实现了"净化""亮化""绿化"和"美化"。你们看,农业生态园,康居乡村建设,为民服务站、超市、农产品采摘园、文体活动中心、老年人日间照料中心、敬老院,还有安息堂,应有尽有。村民的口袋富了,脑袋也富了,生活宽裕了,乡风更文明了。

男丁　(唱:《南泥湾》的曲调)

> 如今的新农村,
>
> 风光真迷人。真(呀)迷人。
>
> 硕果满枝头,
>
> 绿树连成荫,绿树成荫。
>
> 小有教,老有养,
>
> 幸福生活好光景。
>
> 高效农业生态美,
>
> 文明之花遍港城。

[众鼓掌。

甲　　港口发展绘宏图，

丁　　"两城两地"显气魄。

丙　　田园城市故事多，

乙　　高质量发展奏凯歌。

　　　　〔众学生伴舞。

众　　（唱：《沿着社会主义大道奔前方》的曲调）

　　　　　　春雨哎那个流淌着吧，

　　　　　　流淌着甜蜜，

　　　　　　哎嗨依呀

　　　　　　滋润着港城大地哎哎嗨哟。

　　　　　　改革开放呀天地宽，

　　　　　　十九大精神指方向。

　　　　　　哎哎嗨嗨依呀哎哎嗨嗨依呀

　　　　　　哎哎嗨嗨依呀哎哎嗨呀

　　　　　　新时代实现新目标，

　　　　　　朝着科学发展的大道，

　　　　　　向前闯哎，

　　　　　　哎哟喂哎哟喂

　　　　　　哎哟喂哎哟喂

　　　　　　哎嗨哟喂哎嗨哟喂

　　　　　　明天一定更辉煌。

　　　　　　哎嗨哟，哎——

上海说唱

致敬红马夹

（唱）庚子初春临，
　　　新冠病毒侵。
　　　来势汹汹吓煞人，
　　　席卷全国势严峻。
　　　闻之色变门关紧，
　　　为防传染屋里蹲。
　　　可就是有这样一群人，
　　　偏要冒险去"逆行"。

　　　红马夹，马夹红，
　　　防控疫情一线冲。
　　　交通路口楼道中，
　　　志愿服务在流动。
　　　冲锋在前多从容，
　　　无私奉献暖心胸。

（数板）靓妹名字叫秀秀，
　　　志愿服务是走前头。
　　　新冠病毒扩散后，
　　　严防传染放在首。
　　　接触毒源返回后，

居家隔离屋里留。
秀秀伊,穿上马夹责任负,
主动请缨来看守。
盯牢封条大门口,
勿让隔离对象出门口。
帮助人家倒垃圾倒污垢,
还要替人家去外购。
一人独坐楼道口,
弄堂风吹得身体直发抖。
一坐就到半夜后,
肚皮里叽哩咕噜勿好受。
身发抖,勿好受,
坚持岗位到最后。
为了防控病毒不外漏,
个人利益抛脑后。

(唱) 红马夹,马夹红,
防控疫情一线冲。
交通路口楼道中,
志愿服务在流动。
冲锋在前多从容,
无私奉献暖心胸。

(数板)新冠病毒来势凶,
重点区域来源要严封。
关键路口要把控,
堵住病毒往里拱。
红马夹,责任重,
严查过往车辆不留缝。
来源地方要搞懂,
疫区车辆到此对不起么路勿通。

目的地问问清楚勿好蒙，
核实信息详细登记需汇总。
体温测量不放松，
发现苗头不对立即医院送。
不怕有人蛮横暴躁对你凶，
耐心细致把道理来讲通。
不惧阴雨和寒风，
红马夹,坚守卡口像棵松。

（唱）　红马夹,马夹红，
防控疫情一线冲。
交通路口楼道中，
志愿服务在流动。
冲锋在前多从容，
无私奉献暖心胸。

（数板）新冠病毒要隔离，
居民信息要清理。
工作量大的不是一点点，
社区急得团团转来请求把兵添。
机关闻讯马上组织援前沿，
志愿者穿上马夹又露面。
戴好口罩防传染，
挨家挨户登记问仔细。
党员干部冲在前，
摸排实情认认真真勿敷衍。
你家有得几口人?
户主姓名来登记。
春节是否到外地?
是否节后来此地?
奔完楼上奔楼下，

绕过屋后到门前。

气喘嘘嘘不漏一家不生厌，

为防控出力比如早锻炼。

只盼疫情早散去，

老百姓生活安宁乐无边。

（唱）　红马夹,马夹红,

防控疫情一线冲。

交通路口楼道中,

志愿服务在流动。

冲锋在前多从容,

无私奉献暖心胸。

（数板）新冠病毒似幽灵像赤佬,

无影无踪却到处要冒泡。

党中央了解疫情发号召,

万众一心铲孽妖。

文艺志愿紧跟牢,

发挥优势宣传防控抓得早。

让每家每户男女老少都知晓,

活灵活现生动得来拇指翘。

手机朋友圈外加微信公众号,

开辟专栏作品犹如雪花飘。

诗词、散文和歌谣,

戏剧、歌曲还有书法、漫画稿。

提醒大家出门戴口罩,

不要相信谣言瞎胡闹。

歌颂白衣战士真情奔赴千里遥,

鼓舞斗志战胜疫情莫烦恼。

吹响抗疫"冲锋号",

让人们向往的春天早来到。

（唱）　红马夹,马夹红,
　　　　防控疫情一线冲。
　　　　志愿服务暖心胸,
　　　　无私奉献人称颂。
　　　　众志成城中华风,
　　　　雨过天晴见彩虹。

音乐快板

吹响抗疫"冲锋号"

庚子新年初来到，
金鼠欢喜报春晓。
春暖乍寒天突变，
新型病毒成孽妖。
病毒传染漫全国，
危及生命添烦恼。

党中央，国务院，
紧急布置发号召。
习总书记亲挂帅，
防控疫情出高招。
"四个集中"讲明了，
人民健康最重要。
总理亲临武汉城，
现场办公作指导。

全民动员来响应，
严防扩散平安保。
医学专家日夜忙，
科学施策研疫苗。
白衣天使逆行跑，

驰援疫区重担挑。
一方有难八方援，
真情大爱皆英豪！

太仓上下心一条，
监测防控见实效。
科普宣传遍城乡，
摸排疑似措施到。
景区场馆重预防，
娱乐宴请全取消。
志愿服务路排查，
堵截病毒娄东靠。

大家齐心听号召，
放松心情莫烦恼。
多宅家中少乱跑，
拒绝聚会轧热闹。
窗户通风勤洗手，
出门别忘戴口罩。
多看新闻多看报，
相信科学不传谣。

让我们——
守望相助共祈祷，
吹响抗疫"冲锋号"。
群防群治抗疫情，
勇克时艰传捷报。
待到桃红柳绿时，
幸福安康齐欢笑。

音乐快板

为乡村振兴保驾航

月季花开吐芬芳，
娄东大地映春光。
田园城市金太仓，
"两地两城"铸辉煌。
专项巡察助发展，
为乡村振兴保驾航。

乡村振兴强保障，
党的政策暖胸怀。
群众利益放首位，
聚焦短板抓整改。
因病施策出良方，
阳光下监督扫阴霾。
村级集体"三资"是钱袋，
"微权力"运行把漏洞塞。
农村基层纠"四风"，
零容忍态度细摸排。
智慧监督破壁垒，
为美丽乡村更添彩。

探索村居全覆盖，

提级巡察作保障。
刺破熟人社会"人情网"，
减少干扰反映问题把心放。
巡察重点找问题，
敢于作为勇担当。
打通"最后一公里"，
从严治党整纪纲。

镇村联动入基层，
延伸巡察讲精准。
把竿子一直插到底，
隐藏问题兜底掀。
监督的"钉子"扎进村，
群众反映了解深。
巡察注重针对性，
发现线索效率来提升。

倾听百姓的呼声，
交叉巡察主意新。
破解巡察时间紧，
发现问题查更清。
各部门参与更广泛，
"推磨式"交叉防止漏风声。
集体"三资"来龙去脉账理清，
生态文明建设查分明。

实现监督无盲区，
联动巡察同步行。
抽调精兵和专干，
吃透政策掌实情。
快查快办讲实效，

关注重点保民生。
遏制基层"微腐败",
形成震慑触灵魂。

聚焦振兴出硬招,
不正之风来纠正。
腐败问题严查办,
做集体利益的保护神。
村干部财迷心窍行贪腐,
滥用权力害自身,
截留土地留转费,
假借拆迁补偿金,
利用职务占己有,
监守自盗来侵吞。
延伸巡察受举报,
主动投案罪责认。
悔过自新深反省,
"惩前毖后,治病救人"
党的政策温暖人。

巡察工作架桥梁,
正风反腐在身旁。
取信于民听民声,
自我革命勇担当。
涉农执纪亮利剑,
立查立改不彷徨。
乡村振兴来护航,
太仓的天空更清朗,
更清朗!

快板

高质量发展奏凯歌

［甲乙丙丁,四位貌美的姑娘欢快地上。

（合）竹板一打响连天,

辞旧迎新贺新年。

吉祥大门贴春联,

鲜红灯笼高空悬。

我们四个到台前,

来给大家拜大年,

鞠个躬,请个安,

猪年大吉福寿添。

（间奏）

甲　2018 丰收年,

太仓发展喜事连,

喜事连,换新颜,

满怀信心迈入新一年。

乙　十九大精神指航程,

生机勃勃百业兴。

"四个全面"来部署,

"五位一体"思路清。

丙　市委决策方向明,

解放思想谋创新，
经济转型添动能。
上下一心士气振。

丁　　践行发展理念好，
　　　"两地两城"建设掀高潮，
　　　"1221"重大项目为目标，
　　　娄江新城起点高。

　　（间奏）

　　（合）城乡融合共进步，
　　　　服务发展快提速。
　　　　现代农业拓新路，
　　　　农旅文化品牌塑，
　　　　田园风光引蝶舞，
　　　　乡村振兴绘蓝图。

甲　　对外开放谱新篇，
　　　改革步伐走在前。
　　　长江外贸最大港，
　　　对德合作称榜样。
　　　互联互通融上海，
　　　长三角一体化建设作表率。

乙　　社会治理补短板，
　　　生态环境大改善。
　　　"263"排查"散污乱"，
　　　"331"行动除隐患，
　　　"河长制"整顿水污染，
　　　绿水清澈天更蓝。

丙　　依法行政更严明，

转变作风优效能。
社会保障树样本，
公共服务惠百姓。
遏制四风倡廉政，
政治引领聚人心。

丁　撸起袖子加油干，
满载荣誉捷报传。
全国百强排第七，
综合实力有底气。
科技创新第二名，
绿色发展前三名，
"最具幸福感城市"三连冠。
美好生活乐无边。

（间奏）

甲　现代田园城，
幸福金太仓。

乙　民生放首位，
安居暖心扉。

丙　人文多荟萃，
滋养润智慧。

丁　目标瞻远方，
高质量发展向前闯。

（间奏）

（合）新一年寄新话语，
使命担当永牢记。
让全市上下再聚力，
让太仓腾飞添新翼，
让人民幸福再给力，
让太仓变得更美丽，
争取更好的新成绩，

为建国七十周年献厚礼，

献厚礼！

［造型。切光。

群口相声

红红火火过大年

陈永明　付俊坤

甲　亲爱的观众朋友们,大家(合)过年好! 今天特别高兴。

乙　特别地开心。

丙　特别地兴奋。

丁　特别地特别!

甲　这叫什么话!

乙　什么叫特别地特别呀?

丁　特别地不一样。

丙　这还差不多。

甲　今天的节目非常地精彩。

合　对! 没错!

甲　我给大家说段相声。

乙　我给大家说段评书。

丙　我给大家唱个快板。

丁　我来唱个苏州评弹。

甲　这相声演员啊,讲究的是说学逗唱,哪一门都不容易。

乙　说书唱戏劝人方,三条大道走中央……

丙　哎,打竹板,走上台,高高兴兴唱起来。

丁　(评弹唱两句)

甲　不是,等会儿等会儿……我说你们乱不乱呐。

乙　多热闹。

丙 多欢快。

丁 多整齐。

（三人继续一起说）

甲 行啦！好嘛，这是表演吗？这不整个一蛤蟆吵坑嘛。

乙 你还别说，这模样长得还真像。瞧这脑袋。

丙 这眼睛。

丁 这脖子。

乙 打哥老官跑出来的吧！

甲 去！你们这么说太闹腾了。

乙 我们也想表演呀。

丙 我们也想展现呀。

丁 我们也想捣乱呀！

甲 啊？

丁 不是……那个……我们也得奉献呀！

甲 那这么说，你们也要一块表演？

合 是啊。

甲 也想给大家送上欢乐？

合 没错。

甲 那也不能一块说，咱得一个个地说。要不这样吧，这不马上过年了吗？每个人先给大家送上一句祝福怎么样？

乙 好啊！

丙 没问题啊！

丁 我先来！

（众人争：我先来……我先来！）

甲 行了行了，怎么又吵起来了。这么着吧，长得难看的先来！

（其余三人往后退一步）

甲 好嘛，这回倒不争了。那就我先来。明年就是鼠年，咱们就以鼠字为谐音。我祝大家在新的一年里，有"鼠"不尽的钞票，"鼠"不尽的快乐，"鼠"不尽的幸福。

乙 我祝大家在新年里，工作和生活上都顺顺利利，拥有一个好的归"鼠"！

丙 那我就祝新的一年里，天下有情人能够终成眷"鼠"！

丁　我祝大家阖家欢乐,万事如意!

甲　哎哎……等会儿,没鼠啊!

丁　天天都吃烤红薯!

合　咳!

甲　勉强算你说上来了。

乙　我们说得怎么样?

甲　说得不错。

丙　够不够资格一起表演啊?

甲　说得还不错,在一起表演啊,还得有要求!

丁　什么要求?

甲　咱们是在太仓演出,对咱们太仓的风土人情、历史文化、经济政策都得
　　了解。

乙　了解啊。

丙　太知道了。

甲　那咱们说说。

丁　没问题啊。

甲　太仓是郑和七下西洋的起锚地。

乙　太仓是江南丝竹的发源地。

丙　太仓是娄东文化发祥地。

丁　太仓是……是……

甲　是什么?

丁　是我媳妇儿的出生地!

甲　嗨!

乙　太仓女婿这是!

丁　所以我跟太仓最亲近了!

甲　那我考考你们!你们知道咱们太仓 2019 年都有哪些成就吗?

乙　我知道,咱们太仓位列 2019 年度全国综合实力百强县第七位、科技创
　　新第二位、绿色发展第二位。

丙　我也知道,咱们太仓位居 2019 中国县级市全面小康指数第四位,第八
　　次获评中国最具幸福感城市。

丁　我也知道,咱们太仓的媳妇儿,在我们家家庭地位始终是第一位!没

人敢动摇！

甲　咱们说的是太仓，赞的是太仓，怎么老有你们家的事儿！

乙　我知道，当前"一带一路"、长江经济带、长三角一体化等国家战略都在咱们太仓叠加实施。

丙　还有"5+1"铁路网络加速构建，两所大学、两大文旅等重大项目也在扎实推进。

丁　娄江新城也已经全面起势，太仓已然成为苏州新一轮发展中资源最密集、优势最明显的地方，迎来了加速跨越的大好时机。

甲　你们说得没错！2019是高水平全面建成小康社会和"十三五"规划的收官之年，是贯彻落实党的十九届四中全会的开局之年，也是咱们全力冲刺"四大两提一进"的首战之年。

乙　哎，这"四大两提一进"是什么呀？

丁　这你都不知道。"四大"嘛，就是四大名著，四大名著你买来之后啊，那个书比较厚，你得两个手提，一块儿使劲。四大两提一进！

甲　什么乱七八糟的这是，我说你这太仓的女婿也太不合格了。这"四大"呀，就是树立大目标、扛起大责任、展现大担当、推动大发展。

乙　哪"两提"呢？

丁　提升产业能级、提升城市能级。

乙　哪"一进"呢？

丙　这个我知道，排名进位次。

甲　没错。在咱们全体太仓人的共同努力下，咱们太仓的发展一定会越来越好，环境越来越好，太仓人的幸福感越来越强。

乙　说得太对了，此时此刻，我忍不住想赋诗一首。

甲　你还会作诗？

乙　那当然了！

丙　不光他会，我们也会啊。

甲　那好，我们四个人一人一句怎么样？

乙　我提议的我先来。

甲　那就你来。

乙　啊……

甲　你等会儿，这啊……是什么意思？

丙　这你都不知道,他这是牙疼。

乙　牙疼像话吗? 这是调整一下状态,酝酿情绪,抒发一下感情。听着,啊……

甲　调整状态。

乙　啊……

丙　酝酿情绪。

乙　啊……

丁　抒发感情。

合　啊!

乙　你们也会了!

甲　会什么呀! 你这就是牙疼。赶紧快点!

乙　啊……太仓风景美如画。

丙　经济发展变化大。

甲　人民最具幸福感。

丁　就是媳妇太可怕!

甲　咳! 怎么又说到你们家了? 再说了,咱们太仓的姑娘都是温柔贤惠美美哒! 大家说是不是啊?

丁　哎,你是不是也想当太仓的女婿啊?

甲　别岔开话题啊! 咱们这样吧,这首诗不算,咱们换换形式。

乙　换什么形式?

甲　作一副对联怎么样?

丙　好啊,马上就要到春节了嘛,写一副对联。

甲　听我这上联:美丽太仓,景象万千春似锦。

乙　我来对下联:幸福百姓,奋发向上气如虹。

丙　横批:齐奔小康。

丁　好!

甲　怎么到你这,光一个好就完了?

丁　你们连横批都说了,我还能说什么?

甲　那不行,你也不能偷懒啊。

丁　那这样,既然大家这么高兴,在新年到来之际,我有个提议,咱们一起给大家唱几句怎么样?

甲　　好,你先来。

丁　　(《年轻的朋友来相会》前奏)年轻的朋友们,今天来相会,伟大的祖
　　　国,该有多么美。

丙　　天也新,地也新,春光多明媚,城市乡村处处增光辉。

乙　　啊,亲爱的朋友们,二十年后再相会。

甲　　也有你,也有我,我祝愿在座的都能活一百岁!

音乐快板

海关战"疫"重担挑

庚子新年初来到，
金鼠欢喜报春晓。
春暖乍寒天突变，
新冠病毒成孽妖。
肆虐传染蔓全球，
乌云密布危急告。

太仓海关应号召，
防控疫情抓得牢。
每个支部似堡垒，
严防输入心一条。
每个党员是面旗，
甘为先锋重担挑。
不怕风险担责任，
不畏艰难皆英豪。

放弃了新春佳节合家欢，
忘却了幼小孩子需家教，
延期了佳偶婚约双飞燕，
耽搁了床头亲人得照料。
我是党员我先上，

志愿服务前头跑。
我有医学背景我先上，
主动请缨个人利益脑后抛。

昼夜值守第一线，
登临检疫逆行跑。
体温检测重观察，
堵截病毒口岸靠。
防护服每天穿脱八九次，
汗湿衣背没人叫苦喊辛劳。
心里只往一处想，
让红旗招展永远迎风飘。

严格审批"不打折"，
热情服务"不掉线"，
通关现场"不打烊"，
打通物流"没堵点"。
三查三排一转运，
随到随检难忧解。
问题清零区镇行，
"政策礼包"惠千企。
原产地证书在线办，
内销征税延期限。
复工复产保驾航，
助推发展做贡献。

共同抗疫克时艰，
海关人个个气宇轩。
感人的事迹一件件，
鲜活的榜样在身边。
让我们——

再树标杆功勋建，
让文明口岸霞满天，
霞满天！

独角戏

把 关

甲　唷,老同学,好久不见,你好吗?

乙　保密。

甲　你孩子该上中学了吧?

乙　保密。

甲　你哪能啦?

乙　保密。

甲　(打量"乙",旁白)不对呀,哪能伊两只眼睛定洋洋,定洋洋,嘴巴里还不停地叽里咕噜,会不会这里(指头)总开关出了故障,神经搭错了?

乙　(自言自语地)保密。

甲　(拍着"乙"的肩膀,大声地)喂,老同学,你……

乙　(惊跳起来)我、我哪能啦?

甲　你、你有没有毛病呀?

乙　我、我有啥病?

甲　那你刚才……

乙　刚才我哪能啦?

甲　嘴巴里叽里咕噜,不停地说着保密。

乙　(顿悟)噢,刚才我在默记新《保密法》有关规定和要求,可能思想太集中了,你说的话我一句都没听进去,实在抱歉,不好意思,不好意思。

甲　我还以为你这里出了问题了。

乙　哪能会呢。

甲　哎,你背《保密法》做啥?

乙　我是单位的涉密人员，新修订的《保密法》已经实施了，当然我要熟悉啰。

甲　老同学，《保密法》保密的是啥呀？

乙　保密的范围太广了，我只能简单地讲。就从国家来讲，"保密"，就是国家的秘密不能泄露。譬如，国家的政治、经济、国防、外交等等领域，如果秘密泄露了，肯定会给国家的安全和利益带来严重损害。

甲　不错。不过，有件事我要向你请教。

乙　谈不上请教，大家一起可以探讨探讨。

甲　我表妹你应该认识的吧？

乙　是不是毛宇娜？

甲　对。现在人家要告她采取不正当手段，用色情挖走娄江美丽有限公司的技术人员，人家要告她侵犯商业秘密罪。这件事我想不明白。

乙　这件事我知道，娄江美丽有限公司的技术人员就是我舅弟洪杉雨。

甲　对对，人家叫伊烘山芋。

乙　事情的性质的确是侵犯商业秘密，是不是构成犯罪，那得由法院来判决了。

甲　我问过我表妹，来龙去脉我一清二楚，根本谈不上侵犯商业秘密。

乙　事情发生后，我也问过我舅弟，前后经过我也清清楚楚，的确是侵犯商业秘密。

甲　我现在为表妹叫冤。

乙　不要叫冤不叫冤，我看这样好不好，我们二人代表他们二人，把经过的事来模拟一遍，让观众来评判一下，你说好不好？

甲　好呀。我来做我表妹毛宇娜。

乙　我来做我舅弟洪杉雨。

甲　开始。

乙　（表）2008 年，毛宇娜的单位扬州保洁公司生产的化妆品，在市场上销售不畅，销售额不断下滑，她看到娄江美丽有限公司生产的化妆品 CC 霜，在市场上销售畅通，销售额节节攀升。为了扭转困境，担任副总经理的毛宇娜想起大学读书时的同学——娄江美丽有限公司的技术人员洪杉雨，想利用洪杉雨来改变公司的困境。同年六月的某一天，毛宇娜在扬州迎来了大学同窗洪杉雨——

甲　（扬州话）杉雨，我想死你了，走，我们去酒吧坐一会吧。

乙　（常熟话）老同学，我也想你呀。曲艺［"乙"表边说边坐上宝马车直奔酒吧。汽车声用口技来表达。

甲　杉雨，这里坐。

乙　宇娜，你也坐呀。

甲　你到我们扬州，我去点一曲扬州小调来欢迎你好吗？

乙　扬州小调我欢喜听的。阿是乖乖隆的咚。

甲　（笑）差不多吧，你听了就知道。曲艺［"甲"又扮起唱扬州小调的歌女。

乙　（拍手）宇娜，扬州小调蛮好听的。

甲　（恢复原角色）是吗？

乙　好听好听。

甲　杉雨，我们毕业以后，四年没碰头了。今天请你到扬州来，我心里说不出的高兴，来，干一杯，算我为你接风。

乙　干！谢谢老同学。

甲　你夫人好吗？

乙　她很好。这样，我代表我夫人敬你一杯。

甲　要二杯。

乙　好，我干！哎，你老公怎样？

甲　别提了，我们已经散伙了。

乙　什么，你们离婚啦？那你现在……

甲　单身，一个人过自由自在。高兴做啥就做啥，没有人牵连，开心。

乙　你还年轻漂亮，个人问题要考虑的。

甲　唉，现在单位不景气，产品在市场上销售不畅，公司的事让我伤透了脑筋，没精力考虑个人问题了。（突然）哎，老同学，说实话，在大学读书时，我对你有好感的。可是，你对我蛮冷骂骂的。

乙　不是我冷骂骂，我攀不上你，你是出名的校花，追你的人有一个排，我心里想是想的，就是不敢呀！

甲　胆小鬼！（一只手搭到"甲"肩膀上。）

乙　（表）毛宇娜一只手搭到洪杉雨的肩膀上，洪杉雨骨头顿时轻了起来。酒过三巡，洪杉雨舌头大了起来。（复原）宇、宇娜，我们是同、同行单位,竞争归竞争,友谊归友谊,你讲是吗?

甲　我们的化妆品哪能竞争过你们,你们现在天天吃鱼吃肉,我们连粥都喝不上了。

乙　产品可以创新嘛。

甲　你说得容易,可是我们缺乏技术力量呀,像你这样的技术人员到啥地去寻呀?

乙　这倒是个问题。

甲　老同学,如果你到扬州来,我包你一年100万,怎么样?

乙　别开玩笑了,我不可能到扬州来的。

甲　我不是开玩笑,真心诚意的。来,老同学,我们来个交杯酒,敲定好吗?
　　[甲用眼神来挑逗乙,乙神魂颠倒。

乙　(表)毛宇娜不但用金钱引诱,而且当夜以身相许,一夜急风暴雨后,洪杉雨的脖子被毛宇娜紧紧牵牢了。洪杉雨为了跳槽,到扬州找碴同单位的头头闹翻,辞职不干。时隔不久,他把原单位的产品配方、制作工艺带到扬州保洁公司,使原来单位经济上遭受了重大损失。原来的单位诉诸法院,状告洪杉雨、毛宇娜侵犯商业秘密,要求赔偿和承担法律责任。

甲　哎呀,这样看起来,他们是有问题了。

乙　哪能,我说得不错吧?所以,在当今信息化时代,党政机关和涉密单位必须认真做好保密工作。涉密人员必须要思想健康,热爱祖国。

甲　还要做到忠于职守,经得起各种诱惑,像我舅弟洪杉雨就是经不起诱惑,泄露了原单位的产品配方、工艺制作等秘密,侵犯商业秘密给原单位造成重大损失。

乙　用人单位也要防患于未然,对掌握核心商业秘密的人,在劳动合同签订中要写明几年内不准从事本行业工作的竞争避止合同,通过增加工资补贴等手段来避免商业秘密泄密事件的发生。

甲　看来涉密人员必须要过硬,哎,老同学,你也是涉密人员,不要像你舅弟洪杉雨那样,见了金钱美女脚都站不稳。

乙　哪能会呢,我会把好秘密这道关。就是你老同学来引诱我,我脚桩硬邦邦也不会弯!

群口独角戏

打　假

陈永明　唐彦

甲　各位,你们知道吗,今天是什么日子?

众　今天?

甲　对,今天。

乙　我知道! 今天是 3 月 15 日。

甲　(对丙)请你说说看,今天是什么日子。

丙　今天是我十年前同我老婆第一次约会谈朋友的日子,记得那天约会的
　　地点就是对面柳树底下,小桥旁边。

丁　唷,好一派诗情画意。喂,小动作做了没有,要老实交代!

丙　我、我……

丁　面孔别红,反正如今是你的老婆了。

甲　好了,别岔开,你说说今天是什么日子?

丁　阿是今天呀?

甲　对今天。

丁　(笑)嘻嘻,嘻嘻! 今天的日子是我最最开心的日子,我那心肝肉带了
　　他的女朋友,就是我的宝贝肉要来家里了,你说我开心不开心?!（情
　　不自禁唱起“心肝肉来宝贝肉”）

甲　刹车! 我问的今天是什么日子,应该同每家每户和大家都有搭界
　　的呀!

众　同大家都搭界的……(众人面面相觑)

甲　回答不出? 好吧,我来告诉你们,今天是保护消费者权益日。阿是同

大家搭界的?

众　搭界的,搭界的。

甲　最近,我小姨子就遇到了一桩伤透心的事。

众　介严重?

甲　为来为去为美容。

丙　爱美之心人皆有之嘛。

乙丁　是呀,做啥会伤透心?

甲　就是嘛,原因是她嫌单眼皮不漂亮去开双眼皮。

乙　开了没有?

甲　开了。

丙丁　一定蛮好看。

甲　好看了她不会伤心了。

众　那……

甲　双眼皮没开成,倒成了三眼皮,吊眼皮了。

丁　喔唷,难看死了。

乙　还走得出去啊!

甲　是啊!

丙　去告他呀!

甲　到啥地方去告? 因为这诊所是私人开的,他拆了烂污早就溜走了,只好自认晦气!

乙　一点补救办法也没有?

甲　没有,如今我小姨子一天到晚戴了一副太阳墨镜,看到熟人不敢打招呼哩!

丁　成大侦探了。

乙　你小姨子成大侦探,我女儿害得也哭笑不得呀!

众　你女儿哪能啦?

乙　她不知在啥地方看到的广告,说用上"太美"牌染发精,可以获得满头的金发。

丙　你女儿想当金发女郎?

丁　出客了。

乙　她把染发精买回来以后,彻彻底底涂了两遍,等洗完了一看啊——

众	一头金毛。
乙	一头的绿毛！
丁	成妖精了。
乙	简直同河北梆子戏《钟馗嫁妹》中的小鬼差不多,不知几时被对门张阿姨的媳妇看见,吓得她晚上说梦话"打鬼、打鬼"哩!
众	去告他呀!
乙	我丈夫准备同这产品的厂家打官司,被我拦了下来。
众	为啥?
乙	我想别去现世了,譬如我生伊辰光我是一头绿毛呀!
甲	你哪能可以这样呀?
丙	消费者权益不要保护啦?
乙	唉,自认倒霉吧。
众	你呀……
丙	我老婆也碰到一桩倒霉透顶的事。
众	啥事?
丙	阿毛晓得的,我老婆是季节性脱发,一到秋天,伊头发脱得像陈佩斯那样。
乙	一根头发也没有?
丁	像秋风扫落叶那样。
甲	蛮厉害的。
丙	一天,我看到一张广告上写着,只要你使用"太美"牌生发精,那头发可以噌噌往上长,就好比庄稼施了肥料那样。
众	这么灵?
丙	结果我买回家以后,我老婆一下子涂了大半瓶,等第二天早上我醒来一看时,真把我吓了一跳!
众	什么?
丙	我呆脱了,旁边哪能睡着一个老头?
众	你老婆呢?
丙	唉,原来我老婆头发没长出来,胡子倒长出来了!
丁	噢,所以你把身边的老婆当成老头了。
丙	你想惨不惨呀!

丁　最惨的要算我家了。

众　你家哪能?

丁　这还是前几年的事了,当时我丈夫四十还不到。

众　年富力强。

丁　有一天,我路过人民桥,看到一则广告上写着:雄狮牌强力剂,专治男
　　性身材单薄者,打一针可使你肌肉发达,胸脯丰厚,打三针可达到甲级
　　健美运动员标准……

众　有那么大的作用?

丁　广告上写的呀。

众　针打了没有?

丁　打的。因为我丈夫身体实在单薄,如果打了雄狮牌强力剂,我丈夫一
　　下子可以像甲级健身运动员那样了。运动员身体硬邦邦的,多神气
　　呀! 所以这强力剂价钱最贵我也要买。

众　对。

丁　买回家以后,我丈夫一口气打了六针。

丙　这六针打下去,要像国际健美运动员了。

甲乙　是呀,太美了!

丁　(叹气)唉!

众　哪能,没效果?

丁　效果是有的,就是误差较大。

众　啥误差?

丁　肌肉长错了地方。前胸还是老样子,瘪塌塌的,一点没有变化,后脊梁
　　倒鼓起了一个大包,而且大得吓人。

丙　像电视剧刘罗锅那样?

丁　比刘罗锅还结棍哩。

甲　成残疾人啦。

众　去告他呀!

丁　算啦。

甲　这哪能可以算啦,这是对消费者严重伤害嘛!

众　是呀。

丁　唉,当时法律意识淡薄,只怨自己轻信广告上的鬼话,只好自认倒

霉了。

众　你呀……

甲　可如今消费者的法律意识大大提高了,尤其《消费者权益保护法》颁布
　　以后,法律为我们消费者主持公道,再不用害怕了。

乙　是呀,这一次我遇到的事,腰杆子硬了。

众　遇到啥个事?

乙　上个星期天,我同女儿芳芳去一家皮鞋城买皮鞋,看到广告上写着,世
　　界顶级精品皮鞋优惠大展销。

丙　啥叫顶级精品?

丁　这还不懂,顶级精品就是顶顶顶顶好的,比一级、特级还要好的……总
　　之,好得两个哑巴困在一头啰?!

甲　好了,听伊说下去。

乙　我女儿看到广告牌上写的,眼睛顿时一亮,急忙奔到顶级精品皮鞋柜
　　台上去了。

甲丙　小青年就是欢喜精品呀,名牌一类的。

丁　别讲你女儿了,我知道了也要奔过去的。

乙　这皮鞋看上去油光锃亮,确实好看。

众　哪个国家生产的?

乙　西班牙。

丙　我知道意大利的皮鞋好呀。

丁　法国皮鞋好。

乙　西班牙比意大利、法国还要好。

众　为啥?

乙　它用料特别。人家做皮鞋是牛屁股上一块皮,可西班牙用的料是牛的
　　额角头上一块皮。

众　为什么?

乙　众所周知,西班牙出名的是斗牛比赛,舞蹈也有斗牛士舞。你想呀,牛
　　与牛顶撞摩擦全靠牛的额角头,长期顶撞摩擦下来,额角头上那块皮
　　既硬又韧,而且又牢又软,再加上他们做工讲究,当然成世界顶级精
　　品了。

众　你哪能知道的?

乙	广告上写的呀。而且还是世界名模专用皮鞋哩,照片都登出来的。
丙	是世界名模专用皮鞋,你女儿肯定要买了。
众	是呀。(模仿模特走路)
乙	哪能不是呢,她羡慕死了。
众	多少钱一双。
乙	原价 1980 元。展销期间八折优惠,1584 元。
众	太贵了。
乙	她准备结婚时候穿的。买回家以后,她老爸也要看看顶级精品皮鞋是什么样子,便叫女儿穿着试走几步,一、二、三,第四步还没跨出去,右脚的皮鞋跟"呱嗒"一声掉了啦,而且皮鞋后跟皮上还裂了一个小口子。
丁	顶级精品成顶级次品了。
丙	哪能办,自认倒霉了。
乙	这一次我不当洋葱头了。
众	哪能?
乙	退货!
众	退了没有?
乙	开始他们不肯退,我马上把情况反映到消费者协会,消费者协会帮我讨回了公道,听说这皮鞋城被我们工商管理部门查处了,因为这伙人是制假贩假的违法犯罪分子。
甲	是呀,对那些制假贩假的违法犯罪分子是该严厉打击!
丙丁	再不能让那些假冒伪劣产品继续坑害人。
甲	对,今后要是受到假冒伪劣产品的伤害时,我们要毫不犹豫地用法律来维护自己的合法权益,同时向有关执法部门反映情况。
众	对。
甲	所以,为啥我们全市人民能够保证吃到合格的碘盐?
众	为啥?
甲	因为盐务局为我们管理好盐业市场秩序,私盐贩子不敢轻举妄动,所以老百姓能够吃到放心盐。
丁	原来这样。
甲	还有,我们在医药卫生,各种罐头食品,还有进出口货物等产品方面为

啥用户比较放心？

众　为啥？

甲　因为有技监局、商检局、卫生局等有关单位认真执法，严格把关，"打假办"经常重拳出击，让那些违法犯罪分子知道自己是——

众　（唱）我们是害虫，我们是害虫，还是赶快跑……

甲　呔，你们跑不掉啦！

·上海说唱·

三岔口

陈永明　吕友良

[演唱者在乐队的伴奏声中精神抖擞地上。

(唱)祖国大地新气象,

发展是又好又快大变样。

你看那,城市道路宽又广,

交通便捷通四方。

莺歌燕舞乐升平,

车水马龙真闹猛。

今朝我勿唱东来勿唱西,

唱只唱——倡导文明交通的好风尚。

(表)　讲起文明交通,我们绝大多数市民应该讲都能够遵章守纪,安全出行。可是,也有一些人驾车不讲文明,行走横穿马路,给城市交通带来严重的安全隐患。就拿昨天在"三岔口"发生的一桩交通事故来讲吧,由于四个当事人,平时不文明驾车,不文明行走,缺乏安全意识,结果,给他们自己造成了严重伤害。下面我把这起车祸的前因后果说给大家听听——

(唱)第一个主角叫李阿苟,

为拉出租车生意急吼吼,

不顾安全抢道行,

人行道旁圈子兜,

突然一声急刹车,

　　　　　　吓坏了行人老两口。

李阿苟　（苏北方言）你们两个人不想活了？

老　者　（常熟方言）我伲老夫妻蛮好在人行道上走，是你的车子冲过来
　　　　的呀。

李阿苟　你们不可以让一让？

老　者　叫我伲让到啥地方去？你看，汽车的四个轮胎一半开到人行道上
　　　　了，我不在讲你，你倒还嘴巴凶来……

（表）　这时，执勤交警已经站在李阿苟的面前——

警　察　（普通话）同志，是你违章，按规定罚款并扣三分接受教训，要做一个
　　　　遵章守纪、文明驾车的驾驶员。

（表）　李阿苟还想强词夺理，在场的群众你一句我一言，说得他灰溜溜地
　　　　驾车走了……

　　　　下面我要讲的第二个当事人——

　　　　（唱）她名三字叫范冰冰，

　　　　　　　花容玉貌水灵灵，

　　　　　　　范冰冰习惯驾车打手机，

　　　　　　　讲起话来没完没了没时辰。

（表）　说起这个范冰冰，不但与电影演员名字相同，而且在穿着打扮，甚至
　　　　发型、脸型方面也要模仿同伊一样。所以人家称伊"范冰冰第二"。
　　　　今朝"范冰冰第二"驾了一辆奥迪车出门了，车子一出小区门口，就
　　　　从包里掏出手机——

范冰冰　（苏州话）哎，斌斌，你还有几天回来？……什么？还要两天呀？哎
　　　　呀，你走了三天，我好像过了三年……哎，你想我吗？……（发嗲）我
　　　　不信，你说谎，说谎……我现在在路上同你通话，今朝休息，我去玲
　　　　玲家白相……哎，我告诉你，你不要在外头乱来呀！对了，我唱首歌
　　　　你听听……什么意思？你听了就明白……（对着手机唱起了邓丽君
　　　　的《路边的野花不能采》）

（表）　"范冰冰第二"一手打着手机，一手握着方向盘，朝着"三岔口"方向
　　　　驶去……接下来我要讲的第三位是一位驾摩托的小青年，小青年名
　　　　叫毛豆洁，同他本人的名字那样：毛手毛脚，逗五逗六，急急忙忙。
　　　　而且毛豆洁还有个不好的习惯，遇上红灯，虽然车子停下来了，可他

不是停在停车线内,而总是停到斑马线上,还没等绿灯亮起,他就超前三五秒钟向前冲刺了。还经常作为经验得意地对人讲,这叫"超前行动",(朝台下)观众朋友,这种"超前行动",你们可千万别学,学了容易出事故的呀!今天,毛豆洁驾起了新买来的进口摩托"飞毛腿",从家里一路过来——(学摩托车发动声)"吧、吧、呜、呜——"

(唱)驾起新车乐滋滋,

　　　心里开心口哨吹,

　　　约好了几个哥儿们,

　　　一起玩牌"斗地主!"

　　　昨天那宰得我血淋淋,

　　　今朝我一吃三让那统统输。

(表)　他一边驾着摩托,一边吹起口哨,一边盘算着翻本,也朝着"三岔口"方向驶去……第四个事故当事人,是从安徽来这里打工的中年妇女——郑巧巧,你看她——

(唱)匆匆忙忙朝前奔,

　　　三步并作两步行。

　　　红灯绿灯全不顾,

　　　一心去雇主那里做家政。

(表)　雇主家就在马路对面——"三岔口"小区内。平时郑巧巧过马路从来不看红灯绿灯的,有时车子迎面开过来,只有汽车让她,她从来不让车子的,所以,她错误地认为:车子从来不敢来撞我的,它会让我的。嗨,今朝偏偏车子不让你了!这时候李阿苟驾的出租车,"范冰冰第二"驾的奥迪车和毛豆洁驾的"飞毛腿",一起来到了"三岔口"。开出租车的李阿苟,急吼吼超车抢道;"范冰冰第二"正在打着手机同热恋中的男朋友发嗲劲,毛豆洁这个辰光准备"超前行动","阿巧哩爷碰着阿巧哩娘"四个人碰在一起了。只听得"呼嘭""咣啷啷""逢"……"啊唷哇""姆妈呀""爹爹"……"哎呀痛煞我了"……撞车声、叫声、哭声交织在一起。过路的群众急忙打110,把四个人送到医院抢救。经调查,四个人都是这起车祸的肇事者。虽然四个人都脱离了生命危险,可开出租车的一条腿骨折了;毛豆洁一条手臂断掉了;郑巧巧一只耳朵没有了;哭得最伤心的要算是"范冰冰第二",她的鼻子换了个方向,不在正中,而移到左半边脸上去了再也回不去了。原来"范冰冰第二"是个塌鼻梁,为了美观,她二次去广州做了隆鼻手术,是只人造鼻子,哪能经得起撞击的呀!"碰"鼻子撞到方向盘上变道了。对于特别追求漂亮的"范冰冰第二"来说,哪能受得了呀? 所以,这场车祸,再次提醒人们——

(唱)车祸似猛虎,千万别马虎。

　　　轻则皮肉破,重则命呜呼。

　　　《道路交通法》,牢记在心窝。

　　　为了你自己,为了你父母;

　　　为了你孩子,为了你老婆。

(夹白)人人都要从自己做起,文明驾车,文明停车,文明行走,礼让三先。

(接唱)做一个遵章守纪的好榜样,

　　　让花园城市展现出更美蓝图。

相声

灵堂断案

乙　我说最近你在忙什么呢?

甲　啊呀,最近我忙啊!

乙　忙什么?

甲　说来我也是好肉上贴橡皮胶——

乙　什么意思?

甲　自找苦吃。

乙　噢。

甲　说来我也是当了一回太平洋上的警察——

乙　什么意思?

甲　管得宽啊。

乙　噢。

甲　说来我也是……

乙　好了,好了,我说你说话怎么老打弯啊?干脆直说不就得了吗?

甲　好,那我告诉你吧,最近我在搞业余调解工作。

乙　所以啊,说话打什么弯呢?不就是业余调解员吗?

甲　你知道做一个调解员是多么不简单啊,它要求:第一要有良好的思想素养和道德品质;第二要有较好的文化修养;第三要有能言善辩的语言能力;第四还要有足够的耐心。所以这项工作的确是用筷子穿针眼——

乙　啥意思?

甲　难啊!

乙　我看你也真是西瓜皮钉鞋掌——

甲　什么意思?

乙　料子太嫩!你知道人家管我叫什么吗?

甲　叫什么?

乙　人家都管我叫老调。

甲　哦,原来你是老调啊,怪不得你是一脸的调皮相。

乙　什么话,人家管我叫老调,是因为我做调解工作的资格老。

甲　讲了半天,原来你是一位老资格的调解员,我真是有眼不识泰山,失敬,失敬!

乙　没关系,年纪轻,冒冒失失是免不了的。

甲　机会难得,我想将这次我邻居的那桩调解案向您请教请教,你看怎么样?

乙　嗯——,好,你就说给我听听吧。

甲　事情是这样的,我邻居的那位徐老太太不幸死了。

乙　这样的事情,你先要搞清老太太是自杀还是他杀。

甲　这倒也符合自然规律,老太太享年九十高龄。

乙　照你这么说,老太太的死不是很正常吗?那还去调解什么呢?

甲　事情来了,老太太的三个孙子一个也不愿将灵堂设在自己家里。

乙　那把老太太直接送火葬场不就得了吗?

甲　不行啊,老调,我们那里有规矩,人死了,一定要设灵堂,搁上三天,这一方面是习俗,另一方面也表示对死者的哀悼。

乙　就这件事?

甲　是啊。

乙　我说这么简单的事情,你都调解不清,你还当什么调解员呢?

甲　那你行?

乙　当然喽。

甲　好,那我做老太太的三个孙子,你做调解员,我们来试试怎么样?

乙　好吧,今天我就发扬一下传帮带的传统,让你见识见识,开开眼界。

甲　(在原地转一圈,嬉皮笑脸地)我来了。

乙　(厉声地)站好了!喂,我说你是老太太的什么人?

甲　我是老太太的大孙子。

乙　（一本正经地）哦，大孙子。你对老太太的死有什么想法？

甲　我是十二万分的悲伤啊。

乙　我说有你这样悲伤的吗？我看你一点也不悲伤，倒是自得其乐。

甲　（脸转怒）有你这样说的吗？我看你是撑饱了没事做还是怎么的？

乙　废话少说，我说你到底愿意不愿意把灵堂设在你家里？

甲　去你的吧！我说你是老几啊？你是我家的祖宗还是怎么的？轮得到你来对我发号施令！

乙　不和你噜苏，既然你不愿意那就算了。

甲　莫名其妙！（下）

乙　这人我看太没良心了，一点孝心都没有。（向内高喊）老二、老二呢？

甲　（一副女色打扮，复上）老二在。

乙　（用怀疑的眼光）你是老二？

甲　（学女声）是啊。哎唷，我说是谁呢？原来是老调啊，嘻嘻……

乙　你是谁？

甲　（嗲声嗲气）哎唷——，我说老调，你怎么这么健忘，是不是得了叫什么"健忘症"啊？我么，就是老太太的二孙子的媳妇。

乙　喔，你丈夫呢？

甲　我丈夫？嘻嘻，他不在家，出差去了。

乙　那好，就找你谈谈吧。

甲　（似惊讶地）找我谈谈，老调，你找我谈谈，谈什么呀？

乙　关于你们老太太的灵堂设置问题。

甲　（伤心地）老调，不提这事还罢，提起老太太的死我真正伤心透了，你想想，老太太死得实在太可惜了。

乙　这话怎么说？

甲　你想想，老太太不就九十岁嘛，我家孩子还只有十岁呢？

乙　这和你孩子有什么相干呢？

甲　老太太不就大我孩子八十岁吗？你想想，我一上班，孩子以后谁照应？

乙　为了这事所以你悲伤？

甲　老太太死得太年轻了，再让她活上二三十年也不算年纪大啊，还可以为社会、为家庭多做贡献呀，这损失实在太大了。所以我是越想越悲伤，越说越想哭。（哭腔）喔唷，我的祖母呀……

乙　看不出她倒是有点孝心的。不过,你现在应当化悲痛为力量,踏着她的足迹走,现在请你别哭了。

甲　请你别打扰我,我已经进入感情了,让我再哭一会吧。(继续哭)喔唷——,我的祖母呀……

乙　(高声)别哭了!

甲　(止住哭声)

乙　你知道我今天来干什么吗?

甲　干什么?我知道,你不是说想找我谈谈吗?你知道我丈夫不在家,想乘虚而入,你缺德!

乙　去!你当我什么人?我今天来是为你们调解的,我问你,如果老太太的灵堂设在你家里,你有什么想法吗?

甲　这个么……

乙　表个态。

甲　(可怜兮兮地)本来嘛,我是想把老太太的灵堂设在我们家的……

乙　那好,就这么定了,灵堂设在你家里,还是你爽快。

甲　可是……

乙　嗯,还有可是?

甲　事情就这么不巧,我丈夫出差不在家,我一个女人家怎么能操办这种事呢?(拉住乙的手,嗲气地)老调,既然你来了,就请你做个主吧。

乙　(一本正经)放正经点。(旁白)这倒也是个问题,不过老太太的灵堂应该设在哪家呢?

甲　(脱口而出)我看,你去问问老三,他家里倒还是可以的。

乙　那好吧,我找老三谈谈。

甲　真对不起,那我走了,拜拜——(下)

乙　这女人的嘴皮倒是蛮圆滑的,不过,她丈夫不在家,像这种事情,一个女人家确实很难操办,看来我得跟老三好好说说。

甲　(穿着花衬衫上)哎呀!老调,你找我?

乙　你就是小孙子?

甲　什么小孙子,想占我便宜?

乙　不,不,是我说错了。(打官腔)我说老太太的小孙子,你们老太太死了,关于这个灵堂问题,你看应该设在哪里呢?

甲　这个我没想。

乙　怎么能不想呢？我说老三啊，这死人的灵堂是要设置的。俗话说得好："借丧不借喜"嘛。何况，这个，这个……啊，你是老太太的小孙子么，我看还是设在你家里吧。

甲　什么"借丧不借喜"的？那我就发扬一下风格，这丧事借给你，让你吉利、吉利，怎么样？

乙　什么话？我是来给你们调解的，都如你说的，那我家不成了死人集中营了吗？

甲　别见怪，我是和你开玩笑的。不过，我们家刚铺了水泥地，不能放。

乙　这是理由吗？

甲　老调哎，俗话说得好："清官难断家务事"，我看你还是别管为好！

乙　怎么能不管呢？照你这么说，老太太的灵堂就不设置啦？

甲　这是我们家里的事！

乙　不管怎么说，这次你们家的调解工作我是做定了。

甲　非做不可？

乙　非做不可！

甲　那好，你去做吧，我还有事情要忙，再见了！（下）

乙　喂……别走啊，你这是什么意思？这不是明摆着对我老调不尊重吗？我老调做了几十年的调解工作，有你们这样待人的吗？

甲　（复上）好，得了，得了，你也别说了。

乙　你给评评理，这种事情，有他们家这样的吗？真是冰冻豆腐。

甲　什么意思？

乙　难拌（办）！

甲　我看你是西瓜皮钉鞋掌——不是个料。

乙　（醒悟）你这是以牙还牙。

甲　明知自己不会做调解工作，还要鼻子上插葱。

乙　我是明知艰险越向前么。

甲　（教训）做人应该谦虚，好学，像你这样不懂装懂，事情能办成吗？

乙　（尴尬地）不是我不谦虚，主要是人老了，弦（言）也调不正了。

甲　像这种事情，最主要的还是要寻根问源，研究他们为什么不肯将老太太的灵堂设在家里。

乙　那你研究了吗？

甲　当然喽！

乙　什么原因？

甲　这首先还得解决他们的思想问题。懂吗？

乙　那说来听听，你是怎么调解的。

甲　我对他们说，我是来给你们调解的，当然，你们要把老太太的丧事办到我家里这也没什么不可以，不过这样，难道你们就不怕受到亲友的辱骂和社会的谴责吗？在我们社会主义的大家庭里，敬老爱小是我们民族的美德，赡养老人是每个公民的义务。你们有没有听说古代的二十四孝——"孟宗哭竹求笋尽孝心""王祥卧冰觅鱼医母病"……这都是我们民族的骄傲。现在你们老太太倒下了，你们怎能一个个都袖手旁观、若无其事？你们想想，这样你们的父母在故土之下怎能安宁？老太太在九泉之下又怎能瞑目呢？

乙　说得太好了！

甲　我越说越气愤，越说越激动，泪水也一个劲地"唰、唰、唰"地往下直流。

乙　这叫情不自禁。

甲　他们弟兄三人一下子被我的言语深深打动了。老大说，你讲得有道理，今天你说吧，我们全听你的安排。

乙　事情好办了。

甲　不好办！

乙　怎么又不好办了？

甲　你想想，他们弟兄有三人，现在都抢着要放呀。

乙　我看放在老大家最合适。

甲　可老二不同意呀。

乙　怎么不同意？

甲　老二媳妇说，老太太生前对我们家孩子照料不少，这灵堂应该放在我们家里。孩子虽然看到死人害怕，不免会哭哭叫叫，不过，这也是一次机会，也好让他锻炼自己。再说，孩子的哭叫也可使灵堂增加一点气氛。

乙　咳，还真有她的，那就放在老二家吧。

甲　老三不同意啊。

乙　怎么也有意见啊？

甲　老三说，平时我工作在外，对老太太很少照顾，现在老太太离我们而去，请你批准，就把灵堂设在我家里，也算是我尽一份孝心吧。再说，我家的水泥地刚铺好，人多踩了也能够结实点。

乙　咳，有意思。

甲　弟兄三人你一言我一语，是各不相让。

乙　那这样老太太的灵堂不是又没法落实了吗？

甲　有办法！你想想，如果这点办法都没有，我还能做调解员吗？

乙　什么办法？

甲　我让他们抽签。

乙　咳，还真有你的！

表演唱

爱满娄城

　　〔四大嫂在欢快的音乐声中边歌边舞上。

齐　　（唱）月儿弯弯挂树梢，

　　　　　　电视栏目刚看好。

　　　　（白）赵大嫂、钱大嫂、孙大嫂、李大嫂——

　　　　　　赵、钱、孙、李四大嫂，

　　　　（唱）四位大嫂凑一起，

　　　　　　麻将不打牌不瞧，

　　　　　　不说长来不说短，

　　　　　　不比发财数钞票。

　　　　　　夸夸栏目"连心桥"，

　　　　　　为民解困来搭桥。

赵　　我说姐妹们，你们可知道电视栏目"连心桥"吗？

众　　知道！

钱　　那是纪检监察部门服务基层群众，优化和谐稳定的民生栏目。

孙　　是了解我们老百姓民意的栏目。

李　　是为我们老百姓排忧解难的栏目。

赵　　你们都知道？

众　　我们还知道，它是贯彻市委、市政府决策，优化政令畅通、勤廉高效的
　　　服务栏目。

赵　　瞧你们，知道的还真不少哩。

众　　那当然，我们都是"连心桥"的解困受益者！

赵　　那好,你们都说说解的什么困,受了什么益?

众　　(争先恐后)我先说,我先说……

赵　　都别争了,我是召集人,还是我先说吧。

众　　倒也不客气。

赵　　各位姐妹你们听好——

　　　(唱)说起栏目"连心桥",

　　　　　心里翻腾起波涛。

　　　　　以前环境脏乱差,

　　　　　违法养殖难协调。

　　　　　垃圾猪肆虐到处窜,

　　　　　臭气熏天真难熬。

　　　　　每当端起饭碗来,

　　　　　直想呕吐胃口饱。

众　　(呕吐状)呕——,这种日子怎么熬?

赵　　(接唱)"连心桥"倾听百姓的呼声,

　　　　　了解民意勤报道,

　　　　　协调部门共参与,

　　　　　打压违法养殖不轻饶。

众　　那现在呢?

赵　　(接唱)现在是不见了零乱养殖棚,

　　　　　空气清新花香飘,

　　　　　绿树成荫河水清,

　　　　　环境优美哈哈笑。

众　　好、好、好,妙、妙、妙! 环境优美哈哈笑。

钱　　赵大嫂,说得真正好。接下来我来讲讲我儿子钱宝宝。

众　　哈哈哈,要么是蚕宝宝哦。

钱　　你们就别笑话了。我家儿子现在还躺在床上呢。

众　　他怎么了?

钱　　唉——

　　　(唱)我家住在南门街,

　　　　　景色迷人四季春。

可一到晚上别样景，

马路上,黑灯瞎火愁煞人。

众　（白）这是怎么回事？

钱　（接唱）线路老化灯稀疏，

常年失修少问津。

那一天,我儿夜班往家赶,

看不见前面是阴井,

可怜他,连人带车掉深渊,

腰腿骨折差点送性命。

众　（白）啊唷哇,那怎么得了,人命关天啊！

钱　（接唱）"连心桥"督促部门解民困,

整体改造换上新的电灯泡。

众　（白）现在怎么样了？

钱　（接唱）现在是,夜晚如白昼,

针线落地也能一眼瞧。

还有那,霓虹灯眨巴眨巴不停地闪烁,

映衬得小区更艳娇。

（白）姐妹们,你们说,"连心桥"是不是为我们居民做了一件大好事？

众　大好事,大好事！绝对呱呱叫！

孙　各位姐妹,接下来是否应该轮到我来作报告？

众　喔唷嗲煞了,还作报告了,那你说啊——

孙　好,你们听了——

（唱）夸夸栏目"连心桥",

连接百姓架彩虹。

公交车穿梭城乡站点多,

方便出行乐融融。

七十岁老人全免费呀,

觉得寂寞可以坐车去兜风。

众　喔唷,真的太方便了。

钱　明天我也要去兜兜风。

赵　你还小,不够资格哩。

231

众　　哈,哈,哈……

孙　　(接唱)校车乘运保安全,

　　　　　　严格把关事故控。

　　　　　　配备崭新放心车,

　　　　　　承载未来建设的孩童。

　　　　　　如今我不再骑着破三轮,

　　　　　　风里雨里将孙儿送。

　　　　　　蓬嚓蓬嚓看看报,

　　　　　　早上八点还在美梦中。

众　　哈、哈、哈——神仙过的日子真舒服。李大嫂,接下来该你说——

李　　我是新太仓人,和你们的感受不一样。

赵　　李大嫂,太仓人不管新老一家亲,有啥说啥别客套。

众　　对,有啥说啥别客套。

李　　噢——

　　　　(唱)说起栏目"连心桥",

　　　　　　我感激涕零难言表。

　　　　　　想当初孙儿得了白血病,

　　　　　　刚来太仓又收入少,

　　　　　　无钱无门难医治,

　　　　　　雪上加霜急得双脚跳。

众　　乖乖,真够惨的!

李　　(唱)"连心桥"热心解愁苦,

　　　　　　爱满娄城来报道,

　　　　　　呼唤爱心捐善款,

　　　　　　播撒真情阴霾扫。

　　　　　　宝贝孙儿得施救,

　　　　　　你们说大恩大德何以报?

众　　太感动,太感动,雪中送炭齐称颂!

赵　　(领唱)连心桥、桥连心,

　　　　　　春风化雨暖民心。

众　　(合)春风化雨暖呀暖民心。

232

赵　　(唱)忠诚卫士纠歪风，

　　　　　取信于民风气正。

　　　　　听民音、解民困，

　　　　　勤廉服务为人民。

众　　(唱)勤廉服务为人民呀，

　　　　　你们是群众的贴心人。

赵　　李大嫂，现在你家孙子可好呀？

李　　现在还在医院，不久就要出院了。

钱　　姐妹们，我提议，乘着月色，我们一起去看看李阿姨的宝贝孙子，怎么样？

众　　好，我们一起去。

孙　　哎，姐妹们，那边来了一辆"的士"，我们打的去吧——

众　　好——

　　　　(唱)满天星星月牙挂，

　　　　　结伴同行看娇娃。

　　　　　勤廉新风人齐夸，

　　　　　娄城开满幸福花。

　　　　〔众人在音乐声中下。

女声表演唱

读报知未来

[四大嫂手捧《太仓报》边歌边舞上。

众　　（齐唱）红日当头照，

　　　　　　清风大地飘，

　　　　　　娄城四大嫂，

　　　　　　通读太仓报，

　　　　　　头版第一条，

　　　　　　醒目来报道。

　　　　（白）开创率先基本实现现代化新局面。

　　　　（接唱）看得我们扬眉毛，

　　　　　　　看得我们哈哈笑。

甲　　（唱）你们看——

　　　　　　市委领导出高招，

　　　　　　科学谋划真叫妙，

　　　　　　制定未来战略目标。

　　　　（板）要坚持——

　　　　　　创新引领，

　　　　　　以港强市，

　　　　　　接轨上海，

　　　　　　城乡一体，

　　　　　　可持续发展的战略。

乙　　（唱）你们看——

234

　　　　　市委书记作强调，

　　　　　锐意创新务实效，

　　　　　新的起点与时间赛跑。

　　　（板）要坚持——

　　　　　率先发展，

　　　　　争先发展，

　　　　　协调发展，

　　　　　和谐发展，

　　　　　科学发展的主题。

众　　（齐唱）哎哟哟，伊哎哟，

　　　　　　"十三五"蓝图架金桥，

　　　　　　新的征程吹号角。

丙丁　　（唱）你们看——

　　　　　　方向明确早知道，

　　　　　　六大举措起步高，

　　　　　　铸造"十三五"新辉煌。

丙　　（板）有效投入，

　　　　　夯实基础。

　　　　　转型升级，

　　　　　增强后劲。

　　　　　港口繁荣，

　　　　　发展经济。

丁　　（板）城市建设，

　　　　　提升品位，

　　　　　农村工作，

　　　　　加快推进，

　　　　　社会建设，

　　　　　和谐稳定。

众　　（板）把太仓建设成——

　　　　　经济发达，

　　　　　文化繁荣，

235

环境优美，

社会和谐，

人民幸福的金太仓。

(齐唱)哎哟哟，伊哎哟，

"十三五"蓝图架金桥，

新的征程吹号角。

甲　(唱)发展新农业，

乙　(唱)建设新城市，

丙　(唱)集聚新人才，

丁　(唱)实现新跨越。

众　(唱)率先基本实现现代化，

幸福指数节节高。

(齐唱)红日当头照，

清风大地飘。

娄城四大嫂，

通读太仓报。

党代会精神指方向，

"十三五"规划展新貌。

率先基本实现现代化，

人民幸福哈哈笑，哈哈笑。

戏曲表演唱

娄东戏台春满堂

（领唱）　梅花吐蕊凌寒霜，
　　　　　傲雪迎春留暗香。
（合）　　娄东戏台二百期，
　　　　　历久弥新绽芬芳。
（独）　　你看那——
　　　　　申曲锡韵姐妹花，
　　　　　越剧京腔韵味长。
（独）　　你看那——
　　　　　男女老幼齐上阵，
　　　　　你方唱罢我登场。
（独）　　兄妹同台梨园颂，
　　　　　夫妻合欢戏文唱。
（独）　　祖孙演绎话春秋，
　　　　　唱出人间日月长。
（独）　　名家登台设讲堂，
　　　　　言传身教论端详。
（合）　　娄东戏台有影响，
　　　　　长三角戏苑声名扬。
　　　　　花香引蝶飞过墙，
　　　　　名伶贤达竞亮相。
（独）　　你看那——

戏未开演座满场，
风霜雪雨难阻挡。

（独）　评头品足论短长，
喜怒随戏不一样。

（独）　寓教于乐冶情操，
精神家园乐无疆。

（合）　梅花吐蕊凌寒霜，
傲雪迎春留暗香。
草根舞台都是角儿，
美化心灵倍儿棒。
品牌栏目共扶植，
娄东戏台春满堂。

三句半

把酒当歌喜洋洋

甲：我们三人台上站，
乙：自编自演三句半。
丙：领导雅兴来助阵，
丁：快点赞！

甲：金仓湖畔多锦绣，
乙：同学牵手美景游。
丙：忘记年龄畅开怀，
丁：把魂丢！

甲：四十年后重聚首，
乙：兴奋感慨泪花流。
丙：时常想念同学情。
丁：梦里头！

甲：我们这代很特殊，
乙：少儿生活真艰苦，
丙：吃穿都得常发愁，
丁：不好过！

甲：上学就当红小兵，

乙:忆苦思甜不忘本,

丙:批林批孔花样多,

丁:闹革命!

甲:开门办学天地广,

乙:社会实践田头忙。

丙:学唱革命样板戏,

丁:洋泾浜。

甲:恢复高考重学习,

乙:高中奋力想赶上,

丙:文理功课埋头学,

丁:真够呛!

甲:班内活动花样翻,

乙:时尚同学爱打扮。

丙:有情男女送秋波,

丁:暗恋。

甲:毕业各自奔东西,

乙:血气方刚谋生计。

丙:单位家庭多操劳,

丁:不容易!

甲:结婚成家找媳妇,

乙:生活纷繁苦亦乐。

丙:就觉一事不称心,

丁:生一个。

甲:拼搏半生经风浪,

乙:现在大家别迷茫。

丙:天命之年该潇洒,
丁:下岗。

甲:如今变化像闪电,
乙:有房有车不缺钱。
丙:智能手机大世界,
丁:随便点。

甲:日子红火真兴旺,
乙:穿着打扮讲时尚,
丙:营养过剩日渐胖,
丁:嘻,熊样。

甲:感谢政府共产党,
乙:收入能够不断涨,
丙:巴望躺着再翻番,
丁:妄想!

甲:劝君心态得放宽,
乙:横财野花莫去沾。
丙:大款高官不要比,
丁:不稀罕!

甲:遇事不可太操心,
乙:过于纠结会伤身。
丙:健康才是硬道理,
丁:记在心!

甲:省吃俭用存银行,
乙:有朝一日上天堂,
丙:辛苦打拼几十年,

丁:唉！白忙。

甲:夕阳灿烂无限好，
乙:壮丽山河等你瞧。
丙:抓紧时间到处跑，
丁:得趁早！

甲:补充能量营养好，
乙:追求快乐少烦恼。
丙:别为儿孙去省钱，
丁:犯不着！

甲:情谊深厚多唠叨，
乙:各自保重要记牢。
丙:但愿每次来相聚，
丁:一个都不少！

甲:把酒当歌忆往昔，
乙:同学聚首喜洋洋。
丙:没人给咱出场费，
丁:退场。

合:谢谢大家！

戏曲表演唱

城管人是我们的"城管家"

[在欢快的音乐声中,一群男女兴高采烈上。

　　(领唱)石榴吐珠(唷)丹桂香,

　　　　　娄城旖旎(唷)相辉映。

　　(合唱)宜居城市繁华景,

　　　　　"城管"人默默奉献是榜样。

　　(独唱)你们看,城市整洁道宽广,

　　　　　是你们用汗水把娄城来擦亮。

　　　　　精细保洁清运忙,

　　　　　环卫人提升了城市新形象。

　　(独唱)市政管理迎难上,

　　　　　基础设施精心来提档。

　　　　　浓墨重彩工程出精品,

　　　　　市民满意笑脸荡漾。

　　(独唱)你们看,夜幕降临更加美,

　　　　　霓虹灯眨巴眨巴闪光芒,

　　　　　分明是绚丽多彩不夜城,

　　　　　城管人精致呵护把娄城来点亮。

　　(独唱)数字城管上台阶,

　　　　　"大城管"意识来增强,

　　　　　城市管理快速协调全覆盖,

　　　　　"智慧太仓"显力量。

（独唱）规范化执法讲文明，

基层执法星级标准红满堂。

全方位整治纠违章，

城管人常常忍气吞声吃冤枉。

物业管理信息平台紧跟上，

助推文明和谐新天堂。

（合唱）石榴吐珠（唷）丹桂香，

娄城旖旎（唷）相辉映。

城管人是我们的"城管家"，

共创美丽太仓新城乡。

情景说唱

豪情税月

人　物　甲乙丙丁(二男二女,能歌)

　　　　十二名地税女青年(善舞)

　　　　[在欢快的《太阳岛上》的乐曲声中,甲和十二名税务女青年边歌边
　　　　舞上。

(齐唱)明媚的夏日里天空多么晴朗,

　　　　美丽的太仓港多么令人神往,

　　　　踏着时代的鼓点,

　　　　怀着美好的理想,

　　　　我们来到了太仓港口,

　　　　我们来到了太仓港口。

　　　　[音乐延续。

甲　　(向内喊)兄弟姐妹们,你们快点呀。

乙丙丁　来喽——(兴高采烈上)

甲　　我说你们平时办事利落,今天怎么磨磨蹭蹭的?

乙　　我们在领略太仓港的气派。

丙　　我们在感受太仓港的建设。

丁　　我们在思考,地税人如何为太仓港发展出力量。

甲　　好! 那你们说,我们地税人如何为太仓港发展出力量?

乙丙丁　(抢答)我先说,我先说……

甲　　别急,一个一个来,(指乙)你先说。

乙　　好,我先说。依我看,我们地税人支持太仓港建设最有力的就是要强

化税源管理,落实征管措施,提高税种管理水平。足额收税,以效率支
持太仓港的建设。

众　嗯,在理!

乙　(唱《大中国》曲调)

　　　　振兴太仓港呀,

　　　　是我们的心愿,

　　　　强化(那个)征管,

　　　　那个不辱使命,

　　　　依法(那个)治税,谱(呀)新篇,

　　　　要让太仓港明天更呀更美丽。

众　(鼓掌)好!

丙　支持太仓港建设,除了加强税收管理,我们还要注重人性化管理,把小
事做细,把细事做透。优化纳税服务,以诚信构筑和谐。我想考考大
家,作为地税人,你们对我们推出的纳税服务都清楚吗?

众　那多了——

伴舞1　我们推出了12366纳税服务热线。

伴舞2　推行纳税申报"一窗式"管理。

伴舞3　办税事项"一站式"服务。

伴舞4　在各办税大厅创立"电子申报自助区"。

伴舞5　我们还开设了"农家税苑",为农民答疑解惑。

伴舞6　还有,我们通过……

丙　好了,好了,服务的项目多着呢,一时半会儿说不完。原来你们都知
道啊?

众　那当然,我们都是新时代的地税人!

丙　是啊。

　　(唱《万水千山总是情》曲调)

　　　　送一张笑脸问声好,

　　　　让个座,倒杯茶,

　　　　荡漾友爱的怀抱,

　　　　纳税人是服务的上帝,

　　　　阳光税务总是情,

  文明办税"八公开",

  化坚冰暖人心,

  但求得你我共朝晖,

  但求得你我共朝晖。

甲　说得好,建立为纳税人服务体系,为纳税人排忧解难是我们地税人应尽的职责。

丁　依我看,我们在加强税务管理,优化税收服务的同时,还要通过信息化建设来提高我们的办事效率,更好地为纳税人服务。

甲乙丙　能否说具体点?

丁　具体地说,信息化建设就是走科技兴税之路,推进税收电子化进程,实行网上电子申报……

伴舞1　纳税人只要发一条短信,一分钟就可得到申报、缴库和税收政策。

伴舞2　向科技"借景",推行网上办税 CA 认证,申报推广面100%。

伴舞3　网上购领发票、网上打印税票、网上报送减免税申请等。

丁　真正实现无纸化申报,纳税人足不出户就可轻松办税。

甲乙丙　哇,这么便捷!

丁　(唱《天路》曲调)

  上岗我面对无垠的世界,

  看那快速传递的流程,

  一张张税票映入眼帘,

  向科技"借景"轻松办税,

  那是一条神奇的天路哎,

  在我们中间架起桥梁,

  从此不再受资料多的困扰,

  神奇的网络通向四方,

  神奇的网络通向四方。

众　(拍手)太神奇了!

甲　税收管理也好,纳税服务、信息化建设也好,最关键的还是离不开一样。

众　什么?

甲　那就是人,我们的队伍建设!

众　对,万事人创造。

甲　火车跑得快,全靠车头带。内聚人心,外塑形象,一流班子带出一流队
伍,一流队伍创造一流业绩。

　　(唱《亚洲雄风》曲调)

　　　　我们的队伍,风雅气宇轩,

　　　　我们的队伍,睿智多英豪,

　　　　我们的队伍,敬业绩辉煌,

　　　　我们的队伍,廉洁讲奉献。

　　　　文化滋人心,和谐见风流,

　　　　开拓求发展,蓬勃向上斗志昂。

　　　　啦——蓬勃向上斗志昂。

丁　豪情税月。

丙　激情飞扬。

乙　同舟共济。

甲　聚沙成塔。

合　我们愿为振兴太仓港建功立业献力量!

　　〔众女青年伴舞。

　　(唱《请到天涯海角来》曲调)

　　　　请到太仓地税来,

　　　　这里四季春常在,

　　　　地税连着你和我,

　　　　文明窗口笑颜开。

　　　　天道酬勤图自强,

　　　　托起腾飞高歌赞。

　　　　建功立业太仓港,

　　　　前程似锦更灿烂。

　　　　啦呀……啦呀,

　　　　前程似锦更灿烂。

03

| 小小说 |

筑四方

琼为异国侨胞,因"文化大革命"阻挠,与家人间断音信。琼节衣缩食,发愤图强。国门开启,琼携款及大量物品回国探亲,叙说离别之苦,相思之情,与家人相拥而泣,情景令观者亦泪眼汪汪。

牵亲带眷探望者络绎不绝,沾光者由此穿金戴银当不作细说,异姓非故者亦纷至沓来,咨国外之生活,询异城之富足,感憾己生不逢时,投错娘胎,央琼择机能助其移外疆,拾金享富才是不枉此生,琼笑而置之。更有甚者仰着以待不舍离去,琼亦以实物相赠,旁人谓琼:"够人情味!"

琼在国外闲暇亦喜消遣,探亲未满整月,逐令家人相伴共筑四方城。端坐城墙凝神聚目,语意独理,与平时判若两人,先是调兵遣将,跃跃欲试然不入目者观战也得离台三尺,且只能喘气,不得参议,偶有小孩啼哭,也必遭其呵斥而逃之夭夭。参与者更是谨慎小心,畏其责骂。吸烟者强忍烟瘾,恐琼说其呛得她涕泪俱淋。感冒者强止咳嗽,惧琼说其引起她呼吸传染……真有伴君如伴虎之味。一周后,家人这个说工作缠身,那个说身体不适,竟无一人恋战。

琼逐向外拓展招聘,小 A、小 D 和小 E 有幸入围,交战未过三回,三人皆已心存戒备,先是小 D 出牌报牌名太响,琼责其:"何故这般,谁人不长眼? 人吓人要吓煞人!"小 D 吞声。小 E 专致投入,凡思索有两腿轻抖之习,琼观状责其:"何故这般骨头轻?"轮到小 A 抓牌,扭动身体头稍偏,琼问:"为何欲看吾之底牌?"孰料小 A 个性亦强,回一句:"目光只可直视,岂可绕弯而视他人。"琼火起:"目无尊长,汝子不可教也!"责备之声不绝于耳,小 A 据理力争,终不欢而散。

既不成,琼又对外宣称:"凡参与者,如输者吾贴一半。"坐等三日,无人光顾,琼又甩一句:"凡作伴者,输者皆吾贴。"然数月竟无一人涉足。

　　琼佯惑,问家人,家人直言:"外界论尔施金大方,然牌性古怪,不可近之。"

　　琼闻言曰:"成事者应能屈能伸,且不分地域,国外谋生之凄风苦雨尔等何以知晓? 耐劳苦不懈怠,忍辱骂陪笑颜,得分银谈何容易! 然日前尔等为几句碎语怏怏不乐,既如此又何以适应域外生活?"逐大笑。

小小说

傻子阿炳

　　阿炳从小就没了爹娘,苦水里泡大的。最惨的是爹娘又给了他个榆木脑袋,憨头憨脑的,二十好几了还是目不识丁。你问他:"阿炳,你几岁啦?"他回答:"跟隔壁的阿二一样大。""阿二几岁了?"他就对着你傻笑:"你去问他。"

　　俗话说:呆人有呆福。就在阿炳心里直发痒痒的岁数竟然娶进了媳妇,破扫帚相配破簸箕,媳妇自然也不是什么乖巧玲珑的料,可不管咋说,也总算是有了一个不算完美尚算完整的家了。

　　转眼结婚三年了,可就是不见那女的肚子隆起来,就有好心人问阿炳:"你那男人活干得咋样了,要不要我教你?"言毕,引来了周围一阵阵惬意的笑声。阿炳虽呆,可每每这时倒也懂得难为情,面孔涨得像只生蛋鸡,无声地走开了。在旁人的笑声中五年过去了,阿炳女人的肚子还是不见有什么变化。催促声中阿炳进了医院,医生结论是:男根损伤,生育无望。这下人们才想起了以前确实有这么回事,有人跟阿炳打赌,挑起一担五百斤重的大豆走一百米奖励一碗红烧肉。在围观人的喝彩声中,阿炳真的不可思议地挑了起来,就有人撩他的脚,阿炳趴下了,要害部位撞上了地上的石块,还流了血,然后围观的人就喝倒彩:"这傻蛋,还嫩了点。"

　　阿炳傻出了名,因为出了名,镇上办福利厂他倒第一个排上了号。卷着裤腿进厂当了工人,灵巧的活阿炳干不了,可他有的是力气,装车卸货的粗活干得倒还算自如。就在阿炳进厂的第二年,上级要到厂里来检查工作,听说还是市里的重要人物,为迎接头头脑脑的到来,全厂上下忙乎了好一阵子,厂里专门派人到外地采购了野生鳖等山珍海味。厨房缺人手,阿炳因为是闲杂工,厂领导就安排他去帮忙。中途厨师出去小解关照阿炳,煮鳖的锅里添点柴火,等出菜的时候,厨师掀开锅盖才发现,鳖锅里塞满了柴灰。恼怒之下领导严厉地对阿炳数落了一顿,可阿炳还顶牛劲:"是厨师让我在锅里添柴火的,要怪就怪他!"领导们野生鳖是吃不成了,结果反让阿炳给独吞了,美美地饱餐了一顿。

厂里不需要这样的傻子,阿炳自然是只有回家的份。

在家的日子阿炳种菜卖菜倒也清闲自在。忽有一日,闻见阿炳家鞭炮齐鸣,经久不息,人们从四面八方涌向阿炳家看个究竟。

"阿炳,是不是你媳妇有喜了?"

"比媳妇有喜更开心。"阿炳喜滋滋的。

"啥事?"

"香港今天回家了。"

围观的人一哄而散:"这傻子,真是傻到家了!"

卖关子

除了事业之外,能让勤每天在梦中笑出声的那是他心爱的梅了。若不是单位里的工作脱不了身,要勤和梅暂时别离,让梅在家独守洞房,就是脚镣手铐也奈何不了勤。前些时梅来信说她就快要生了,勤想到不久他将要成为孩子的父亲更是兴奋不已。近八个月了,想到梅,勤真是度日如年。

就在勤准备回家探亲的前一天晚上,亮来了。亮是勤的堂兄,这几年跑供销发了,这次亮出差住在旅馆里闲来无事想起堂弟,不免前去拜访一下。

有客得招待,勤不会饮酒,只会斟酒,亮也不推辞,就这么一杯接一杯地往肚里灌。亮很健谈,天南地北,海阔天空。可勤没有心思听这些,他关心的是梅。

趁隙,勤问:"我家梅可好?"

亮似恍然大悟:"差点忘了,你家梅三天前生了,生了个胖男孩。"

"真的?可预产期还没到啊?"勤乐不可支地为亮斟满酒。

"自家兄弟咋会骗你,恭喜你了。"亮举杯,话完酒干,"我说兄弟,你是生了个省力儿子呀。"

"什么?什么生了个省力儿子?"听了亮的话勤顿生狐疑。

"我说你生了个省力儿子就是生了个省力儿子,"亮诡秘地朝勤一笑:"难道你到现在还不觉得你是个省力的父亲吗?"

"你这话到底是什么意思?"勤焦躁的内心似擂鼓。

"不用多问了,你不承认,回家问……问你家梅去。"卖关子是亮这几年跑供销练就出来的本事,何况亮现在的酒意正浓,勤的情态他毫无察觉。

"省力父亲?"勤是灵敏度极高的内向型人,当然能理解其中的含义,再问下去不是自己更没面子吗?"怪不得预产期未到就生了,原来你……"此时此刻勤的内心在滴血,亮后来的言语勤什么也没听见,亮什么时候离去的勤也不记得。

勤回家了,梅盼来了一个眼中喷火的丈夫,没有言语,屋前燃起了一堆熊熊烈火,烈火里是勤和梅的结婚照、衣服和曾经垫着他俩同入美梦的一对鸳鸯枕头。

梅莫明其妙,万分委屈,泪人似的抱着未满月的儿子走了,没法不走。

亮出差回来了,听人说勤疯了,他大惑不解,前几天还是好好的怎么会? 亮去看望勤,可勤却不停地喊:省力儿子,我不要! 这次亮没喝酒,他发觉是自己惹的祸连忙劝道:"兄弟啊,我是跟你卖个关子,你家梅多好,你在外工作没机会照顾身孕的妻子,你不就是生了个省力的儿子么,怎么你会往牛角尖里去想呢?"

任亮怎么解释,勤心头的一层阴影怎么也不能抹去。

勤后来是以扎花圈为生的,据说,他扎的花圈很美,似彩虹。

小小说

厨师何大

何大其实个儿并不大,生得既矮又小,却小巧玲珑。俗话说:刀小只要快,人小只要乖。何大没念过书,但无师自通的烹饪技术超乎常人,经他调理的菜肴是色香味俱佳,尤其是他制作的冷盘,采用南瓜、萝卜等辅料,手中的小刀上下翻飞,三下五下,红红绿绿的凤凰、月季花等装饰品就会栩栩如生地跃然盆中,让人垂涎欲滴又不忍搅局。故何大称得上是一位出色的民间艺人。何大的技术高,故名气也响,方圆几十里无论哪家婚丧喜事,何大不到,酒席就会显得逊色。

何大生活在清朝那个扎长辫的时代,虽然他家境不富,但凭自己的手艺,走东街、串西巷,常常酒足饭饱。可偏偏何大心底不平,喜欢贪点小便宜,每每遇到酒宴结束,他还免不了顺手牵羊,怀里再揣上只把鸡,拿点糕点什么的,东家又不好意思说,久而久之,何大也就沾沾自喜,习以为常了。回到家中一边看着婆娘狼吞虎咽撕扯着他带回的食物,一边夸自己有本事,那是何大一天中最惬意的时候了。

这一天,邻村又有一户人家办事了。这家人家办的不是喜事,是丧事,听说死者是位少妇,为了琐事想不开悬梁自尽了,家人是悲痛欲绝。何大如约而至。在这一行中,何大是师傅级了,像立灶烧菜这样的重活自然是用不上何大了,他只需做一些轻松精细的活,如配制冷盆什么的,口中觉得淡了还可以顺手将荤的素的往嘴里送。伙计们都佩服何大的手脚麻利,唯一看不惯的就是他手脚的"不干净"。今天这样悲伤的场面,伙计们都注视算计着,看他是否还会不改以往?

一眨眼,在哭天喊地声中葬礼结束,夜幕降临。收工在即,和往常一样,何大窥视四周,看着桌面上收下的残羹剩汤,不由皱起了眉头,看来今天要空手而归了。想着婆娘在家翘首期待,何大内心不免觉得落寞。猛然间,他眼前一亮,在灶的一角,盘子里分明放着一只整鸡、一条鱼、肉丝、油豆角等,满满的一盘,那是刚从灵台上端下的祭品。眼观四方,何大解下围兜,装着收拾厨具,迅速将那只囫囵鸡和鱼卷入围兜中。

四月,水乡的夜晚,雾色浓重。何大酒意酣畅打着饱嗝哼着小曲打道回家。空旷的黑夜里,阵阵冷风拂面而来,何大感到丝丝凉意。突然,他觉得身后有"哗嚓哗嚓"的声响,他停下脚步,声音暂息,向前迈步,后面又传出"哗嚓哗嚓"的声音。不对!现在是清明时节,难道果真鬼要缠身?何大不禁打了冷战。他回头张望,雾夜中猛然间发现后面隐约有个黑影,想起白天的吊死鬼,何大全身顿时长起了鸡皮疙瘩。

"不要跟着我,我知道你死得冤,我、我给你吃的。"何大打开围兜,将一条鱼丢在路边。

何大加快了脚步,可他越是走快,身后的声音越响。"我没做坏事,就拿了点吃的。"何大头皮发麻,舌头都大了。他胆怯地往后看,隐隐约约那个黑影还在后面,他停,黑影也停,他走,黑影也跟着移动。

"饶了我吧,这鸡给你,还有……"何大上下摸索,"还有这工钱,我、我也给你……"什么都不要了,甚至连围兜包裹的厨具都一起扔到了路边。

风声鹤唳,何大一路狂奔。

"快开门,快开门!"何大到家敲门似擂鼓。

"咋的啦?这么风风火火的。"婆娘开门,见何大脸色煞白,吓了一跳。"你今晚怎么空手而归呀?"

"命捡回来已经不错了!"何大将路上的遭遇语无伦次地给婆娘叙述了一遍。

"还有这等事?"婆娘将信将疑地打量着失魂落魄的何大。忽然,她指着何大辫梢上扎住的两片笋壳,"这是什么?"

"这是……"看着两片硬乎乎的笋壳,联想起那个隐隐约约的身影,何大目瞪口呆,今晚碰到的不是"赤佬",而是活鬼。

第二天早上,忽见门口放着自己的围兜和厨具,还有一文不少的工钱,何大什么都明白了,什么是该得的?什么又是不该得的?

从此,到任何一个地方何大都谨记手脚干净,四邻八方都信任他,找他下厨的人家更多了。

小小说

评　审

　　一年一度的机关工作人员考核评审又拉开了帷幕，不用多议，主审官自然是连续两年负责这项工作的镇党委何副书记。

　　何副书记在这个岗位上干了已经八年多了。他这人用上级的话说是办事踏实、严谨，用下级的话说是八面玲珑、善解人意。要不是学历和背景欠了点火候，早就提了。

　　在前几次的评审中，考核小组在何副书记的带领下，工作比较顺畅，对每个被考核人都做出了称职的评定。用何副书记的话说，这叫皆大欢喜。根据全年工作实绩和下面各部门报送的评审材料，考核小组还评出了五位成绩较为突出的优秀等级人员。可就是这些被评为优秀等级的人员让何副书记着实犯难了。

　　这是第三个年头的评审了，按规定，如果谁能连续三届被评为优秀，那么工资单上将能增添一级工资，虽说数目不大，可这会影响到以后的工资调整，并且荣誉是无价的。而市里下拨的指标是，作为一个地方这样的典型名额只有一个。可偏偏在这五个优秀等级人员中就有两个已经是连续第三次评上了。为此，镇党委一把手袁书记也再三关照在未张榜公布前要"慎行"，何副书记心领神会。

　　在何副书记的记忆中，为了这个优秀等级的评定，考核小组这次是第五次会议了。张榜在即，时间不等人，这是何副书记决定为此召开的最后一次会议了。和前几次一样，案头上放着两位已经连续两年被评为优秀等级的人员的材料，一位是农业公司的经理，另一位则是土地所的所长。

　　按照会议的惯例，首先是何副书记作开场引言："同志们，这次评审工作的重要性相信大家都已领会了，主要是为了激励先进，鞭笞后进，从而激发起我们机关工作人员的工作热情。党委袁书记对这次评审工作非常重视，一再叮嘱我们在评审过程中，一定要以强烈的社会责任感和历史使命感，用实事求是的态度，慎重对待好这次评审工作。现在，我们要对前几次讨论过的前两年已经评上优秀的两位同志作最后复议，接下来请在座的推荐发言吧。"

室内一时沉寂，五个人的评审小组弥漫在烟雾里，只有不时传出有人被烟呛得咳嗽声。时间在一分一秒中流淌着。何副书记显得有点不耐烦了："大家说说吧，咋不做声呀？老许，你带个头，发表发表吧！"

"咳，咳！"看似年长的老许干咳两声，慢条斯理地开了腔，"要我说，这次优秀等级的名额就给土地所的所长吧，他在这个岗位上兢兢业业干了二十几年了，而且年年是先进，明年将要退休了，给他加一级工资也是他最后一次机会了。以后……"

"我看老许你的说法只合情不合理！"年轻一点的小张接过了话匣，"依我看，农业公司的经理虽然年轻，但这几年科研成果一项接一项，前不久在省里行业论文又得了一等奖，是全市挂了名的科技标兵，为镇里赢得了很多荣誉，给他冠以其名才最合适。"

"农业公司的经理是年轻有为，但以后机会多的是，总得先轮到老同志吧？"一向温和的老许这时倒也不甘示弱。

"优秀就得体现典型，而不是排辈论资！"

"年轻人应该发扬风格！"

"年长的应发挥表率，不能倚老卖老！"

"尊重老者，老同志总得照顾吧？"

"评优不是施舍！"

唇枪舌剑，各不相让。小会议室一时间热闹起来。

"你俩别争了，其他两位也说说吧。"关键时刻何副书记还是压得住阵脚的。

"太太平平，评什么评？皆大欢喜不好吗？"

"就是嘛，我们是不是应该把复杂的事情做简单喽？"

何副书记微微地点点头："我看我们还是民主投票吧，超过半数的，当选！"

五个人五张票，投票结果，三票弃权，农业公司经理和土地所所长各得一票，均未超过半数。

看着投票评选的结果，何副书记长长地舒了口气："谁当选都棘手啊！我看在座各位是识大体、顾大局的。"

　　一年一度的机关工作人员评审工作顺利结束了,宁缺毋滥,今年的等级评定就评出了三位优秀。在党委会上,一把手袁书记对何副书记的这次专项工作又给予了充分的肯定。

小小说

夕 阳

两个星期的远差,我带着成果和疲惫回到乡里。

和往常出差回来一样,我总得要往皮匠摊去逗留一会儿,让"小皮匠"检修一下我出差日行夜走的皮鞋,虽已成了大款,但这个习惯对我来说始终改变不了。

不知是什么时候人们开始称他为"小皮匠"。其实他八十多岁的高龄足以让我恭恭敬敬地叫他一声"大老爷"。只听上了年纪的人说,他在新中国成立前就操起了修钉鞋子这个行当,因为他身体长得瘦小且又有些佝偻,故而人家称其"小皮匠"。久而久之,人们已不知他姓啥叫啥,只不过年轻的则亲切地称他一声"皮匠公公"。

"小皮匠"人缘极好,从没听说过他跟谁吵过架。上他的鞋摊修理收费极低,只需花二三毛钱就能使你称心而归,有时人家零钱没有,他干脆说声:"算了,反正我这是小活计。"因而人家都愿意去促成他的"生意"。

我家离他的皮匠摊很近,故而接触的机会很多。记得小时候我经常到他的皮匠摊去转悠,那是因为除了跟他逗趣外,每次叫他一声"皮匠公公"他都会大方地塞给我一粒小糖吃。他爱开玩笑,你叫他一声"皮匠公公",他总是乐呵呵地回道:"嗳——,弟弟(妹妹)。啊呀,你拎的篮子底下有鸡屎。"然后你将篮子倒过来,东西洒了一地时,他会哈哈大笑,让你啼笑皆非。

……

走近我闭着眼也能摸到的皮匠摊,眼前只有熟悉的工具箱,却不见其人影。一打听,才知他病了,而且病得不轻。

我出差的前几天还听说他为吃上菜汁青团子,独自拄着拐杖往返二十里上城里去买,好好的咋病了? 也许是为小时候那几粒小糖的情分,驱使我得去看看他。

眼前的他,那纵横交错的"电车路",干枯的躯体使其更显苍老。"小皮匠"显得更小,更不起眼了。

"就差六十六元了,没想到,'杀千刀'真该死……"走近病榻,只听见他在喃喃自语,声音很微弱,看来生命对他来说已涉足边缘。

见到我的到来,他竟拉着我的手哑然痛哭,那惨样让人眼泪在眼珠里直打转。

"三千元就差六十六元了,这是我要为死去的老伴买墓地的钱啊!可现在……柜子空了,没机会了……'杀千刀',天打雷劈啊!"

捏着他颤抖不停的手,我心里真有一股说不出的苦涩。二千九百三十四元,那是他一分一毛一辈子积聚起来的血汗钱啊!三千元是他奋斗的目标,也是他生活的精神支柱,可世上竟有这样的坏种会去想那滴血的钱!

"这三千元你拿着吧。"不要说慷慨,三千元对如今的我来说的确是犹如小菜一碟。

"不!这不是我自己挣的钱。"那坚定的语调让人无可置疑。

望着他垂危苍老的脸,我骇然。

举头遥望,夕阳缓缓西下。虽然,夕阳的余晖没有似如日中天地让人耀眼,但此时在我看来,它仍是那样的绚丽多彩,光芒照人。

小小说

有阳光就会开满鲜花

豆豆茫然地环视着这座繁华喧嚣的城市,漫无目标地走在路边铺满鲜花的林荫道上。

在豆豆的记忆中,他随妈妈来到这个城市已有五年零三个月了。为了给爸爸治病和供他上学,妈妈除了每天为五六家做钟点工之外,闲来还要去捡破烂换成零钱补贴家用,可再怎么着,看着拮据的家境和病情不见好转的爸爸,妈妈时常会暗自流泪。

豆豆觉得自己很不幸,同样是在外来民工子弟学校读书,其他同学的穿着都很光鲜,唯有他身上穿的都是妈妈从外面拣回的,不是小就是大,更不要说时尚了,穿在身上一点都不得体。最让豆豆沮丧的是脚上的这双鞋,因为学校要开运动会,他几次提出要买运动鞋,妈妈不知从哪里弄回来一双,还说是名牌,既旧又不合脚,穿在脚上豆豆感觉实在太害臊丢人了,他隐约感到同学们在背后嘲笑他太囧了。

林荫道很僻静,蜿蜒曲折伸向远方,虽然鸟语花香,可豆豆一点都没心思去领略欣赏,他觉得周围一切的美好并不属于自己,内心充彻的是压抑和惆怅。豆豆瞒着母亲已经两天没上学了,他不想让同学们蔑视他。

"嗨,你好。"豆豆循声望去,见一位与他年龄相仿的少年坐在绿荫下的长椅上向他打招呼。"能过来坐坐和我说说话吗?"没等豆豆反应过来少年接着说。

豆豆矜持地上前靠近少年,让他不由自主向前挪动的原因是要看一看面前这位少年挺括的运动短装,尤其是穿在少年脚上的那双运动鞋,白色的鞋面上镶着紫色的线条,鞋底厚厚的,看似很柔软又富有弹性,就连那打着蝴蝶结的鞋带也格外显得炯炯有神,最醒目的要数鞋帮上那个带"√"形的图案了,这个豆豆也知道,是世界名牌"耐克"的标记。再看看自己脚上的鞋,灰头土脸,软波啦叽的,最显眼的鞋尖的裂缝如张开嘴的蛤蟆。两双鞋凑在一起犹如白天鹅和丑小鸭,天壤之别让豆豆自惭形秽,无地自容。

"这鞋穿在脚上一定很舒适吧? 能让我摸摸吗?"豆豆目不转睛地盯着少年的双脚,一脸的羡慕。

"你随便摸吧。"少年倒也坦然。豆豆俯下身去,小心轻柔地抚摸着少年的"耐克",似摸到一件稀世珍宝。"这鞋要多少钱呀?"

"便宜,也就一千多元吧。"有钱人就是说得轻巧。"你吃巧克力吗? 这是我爸从比利时带回的全世界最好的巧克力。"少年的语气中透着一丝炫耀。

"不! 我不吃,还是你自己吃吧。"豆豆不由自主地咽了一口口水。

"那我们来玩游戏机吧。喏,这个平板电脑里的游戏可多了,有接龙、大鱼吃小鱼、愤怒的小鸟,还有斗地主、侠盗飞车……"少年滔滔不绝,如数家珍。

豆豆端倪着少年,眼神中满是疑惑和嫉妒,他怎么也不觉得眼前的这位少年比自己长得特殊,他纳了闷了:同样生长在这片蓝天下,为什么老天赋予眼前这位陌生的同龄人这么多? 而自己却生在那么一个窘迫的家庭,老天为什么唯独这么不眷顾我呢?

"壮壮,时间不早了,妈妈来接你了。"远处奔来的中年妇女的喊声打断了豆豆的思绪。

"我要和这位小伙伴玩,再待会儿吧。"显然,少年很不愿离去。

"时间不早了,我们明天再来。"中年妇女拿出靠在长椅上的折叠手推轮椅,打开,然后小心翼翼地将少年抱入轮椅。

一旁的豆豆凝神注视着眼前两人的举动。刚才因为视线没离开过少年,没注意到靠在长椅边上的轮椅,"阿姨,他的腿……"

"十岁的时候,过马路让车压了,下肢瘫了。"

"瘫了?"豆豆一脸的惊愕,脑海中一片迷茫。

"我们回家了,明天你还能来这里陪我玩吗?"

"明天……我……"豆豆很木讷,目送轮椅消失在林荫道的尽头。

就在这一刻,豆豆似一下子长大了,懵懵懂懂了人生福祸相倚的道理。他觉得自己比刚才的那个少年要强大,拥有的更多,至少他可以活蹦乱跳。他顿感妈妈这么多年一路走来是多么的艰辛,现在虽然家境不好,但穷并不代表不幸福！

　　缕缕阳光透过树隙折射在林荫道上，也盈满了豆豆年少的脸庞。看着路边的花团锦簇，豆豆明白，只要有阳光，无论风吹雨打，心田总会开满鲜花！

04

歌 词

幸福太仓我的家

这里是天下粮仓，
这里稻花飘香，
这里蓝天碧水，
这里绚丽芬芳。
啊！民风淳朴富庶地，
鱼米之乡声名扬。
修身养心好地方，
幸福太仓,滋润心房。

这里是天下良港，
这里包容开放，
这里精致和谐，
这里昂扬向上。
啊！现代唯美田园城，
古韵今辉赛天堂。
创业宜居好地方，
智慧太仓,心驰神往。

城在田中,园在城中,
春光尽染,碧波映霞。
金仓湖畔荡轻舟,
滨河风光美如画。

莺歌燕舞唱戏文，
丝竹昆韵传天下。
美味佳肴江海鲜，
逛吃人生多潇洒。
老有所养人长寿，
幸福感城市乐开花。

啊！江海明珠，福满冬夏，
蓬勃生机，兴旺发达。
生活流蜜享人生，
幸福太仓我的家。

梦里家园

我有一个梦,一个美丽的梦,
弇山新语人传诵。
江南丝竹传妙音,
月季飘香分外红。
闻鸡起舞绽笑颜,
幸福家庭乐无穷。
好梦太仓,太仓好梦,
田园城市,春光融融,
梦里家园,人间天堂,
娄江人家点缀在画中。

我有一个梦,一个美丽的梦,
传奇神话人称颂。
湖水清澈碧连天,
水墨江南春潮涌。
富民兴邦扬风帆,
巨轮穿梭气如虹。
好梦太仓,太仓好梦,
前程似锦,繁花丛丛,
梦里家园,桃花源中,
江海明珠闪耀着光荣。

美丽金太仓

滔滔江海涌来潮汐，
悠悠娄东蓬勃翠绿。
千年古城描绘新画卷，
理想家园辉映在阳光里。
人间天堂芬芳绚丽，
娄江人家妩媚旖旎。
天下粮仓梦里水乡，
美丽金太仓日新月异。

田野和城市相映相依，
生活和生态相融相宜。
人与自然和谐新天地，
田园城市沐浴在春风里。
勤劳儿女同心协力，
水墨故乡文明富裕。
天下良港海纳百川，
美丽金太仓幸福甜蜜。

新征程上续辉煌

娄江畔,金太仓
生机勃发映春光
激情澎湃,改革前沿弄潮
峥嵘岁月,谱写奋斗华章
对德合作,德企之乡传天下
产城融合,田园城市装扮靓

智慧谷,产业园
高新区内滚热浪
创新驱动,科技引领风骚
开放带动,迎来万千气象
一区四核,描绘精彩新图卷
生态优先,满目绚丽美画廊

步伐坚定,一路歌唱
高质量发展乘风破浪
豪情满怀,筑就梦想
新征程上我们续辉煌

家风是一盏灯

家风是一盏灯，
照亮人生的旅程。
一粥一饭，当思艰辛，
勤俭持家，礼义遵循。
孝老爱幼好传统，
家庭和睦万事兴。

家风是一本经，
明白世间的真情。
本分做人，仁厚善行，
荣辱廉耻，诚实守信。
移风易俗育新风，
德惠邻里贵千金。

家风润心灵，
代代永传承。
道德种子植万家，
人间温馨沐浴春。

心 声

你是阳光我是苗，
一二三四你手把手地教，
寒来暑往苦心培育，
培育四有新人把心操。
我们好好学习天天向上，
决心德智体美全面提高，
啊，敬爱的老师，
无论何时何地我们牢记，
我们牢记你殷切的教导。

你是花圃我是苗，
ABCD 我们刻苦学好，
春来冬去奋力攀登，
攀登在知识的山峰上。
我们好好学习天天向上，
长大要把现代化建设重担挑，
啊，亲爱的母校，
无论走到哪里我们不忘，
我们不忘你温暖的怀抱。

我们好好学习天天向上，
长大要把现代化建设重担挑，
啊，亲爱的母校，
无论走到哪里我们不忘，
我们不忘你温暖的怀抱。

月季花开

你有天生丽质的容颜，
在春天里绽放笑脸。
红胜霞，白似雪，
金色的花瓣就像燃烧的火焰。

你有顽强不屈的短剑，
在风雨中昂首向前。
心无畏，情更坚，
泥泞的日子也能争奇斗艳。

啊，月季，不老的天仙，
蜂儿伴奏，蝶舞翩翩。
枝繁叶茂，青春焕发，
有你的四季精彩无限。

啊，月季，岁月的诗篇，
芬芳吐蕊，风流尽显。
美丽长新，怒放生命，
优雅的品格享誉人间。

爱你,在太仓

走过美丽金仓湖的旖旎,
循着江南丝竹的旋律,
在江海交融的港湾里,
在田园城市的意境里,
你月季花香飘逸,
我情思绵绵一心热恋着你。
走遍天涯我只爱你,
眼前浮现美好的回忆,
捧一束鲜花献给你,
我芬芳的情意。
爱你爱你,在太仓,
我无法把你忘记。

踏着沙溪古镇的足迹,
走进弇山园林的美丽,
在七下西洋的起锚地,
在娄东书画的水墨里,
你浩渺悠远绚丽,
我无怨无悔一生钟情着你。
走遍天涯我只爱你,
心中荡起幸福的涟漪,
唱一支心曲献给你,

我珍藏的甜蜜。

爱你爱你，在太仓，

你永远在我心里。

爱你爱你，在太仓，

你永远永远在我心里。

太仓,创业者的乐园

清清娄水滋润了美丽家园,
团结奋进铭记在我们心间,
一番番创业激情勃发升腾,
一个个创业故事精彩呈现。
啊——
太仓,创业者的乐园,
你携手无数勇士来创业。
从无到有,享受成功,
绽放张张和谐的笑脸。

悠悠文化孕育了千年文明,
务实创新描绘出新的天地,
一朵朵文明之花争芳吐艳,
一处处繁荣景象歌舞翩跹,
啊——
太仓,创业者的乐园,
你描绘美丽画卷来展现。
融入世界,实现梦想,
绣出幅幅崭新的春天。

电站村,我可爱的家园

杨林塘的清风,
吹绿了秀美的家乡,
挂满翠玉的葡萄架下,
丰收的欢歌荡漾。
乡村振兴催生了奋发的豪放,
三产融合的创业园里,
奔腾的旋律奏响。
啊,电站村,我可爱的家园
电站村,我可爱的家园,
生活在这里多么欢畅,
为你奋斗为你奉献,
用智慧托起希望。

新时代的和风,
吹拂了我们心房,
创意农业的现代田园,
到处是绚丽风光。
农旅文化谱写了崭新篇章,
融合发展的生态园里,
喜悦的笑脸绽放。

啊,电站村,我可爱的家园
电站村,我可爱的家园,
不忘初心去实现梦想,
牢记使命绘就蓝图,
创造辉煌。

月光交响

月光似水，洒落无垠的大地，
儿时的月色多么难忘。
父母月下嫦娥讲，
伙伴谷场捉迷藏，
忙收获身影朦胧，
泛渔舟捕鱼撒网。
萤火点点，水光溶溶，
蛙鼓虫鸣鸡啼唱，
人与自然相融合，
好一首月下交响。

月光如歌，舒展欢跃的旋律，
家乡的月色心间流淌。
月下公寓披银纱，
车水人流行匆忙，
舞黄昏树影婆娑，
抒豪情粉墨登场。
灯火盏盏，高楼栋栋，
霓虹闪烁月光芒。
人与城市相辉映，
又一首月下交响。

哦,家乡的月光,
守护着我们最初的梦想。
哦,家乡的月光,
陪伴着我们走进时代的篇章!

东方之仓

长江在这里留下万里芬芳，
大海在这里找到梦的天堂，
春深渔汛长，
秋满稻谷黄，
鱼米丰饶铸就我的东方之仓。
啊，你是我的东方之仓，
你的崛起是国富民强。
这里有我爱的珍藏，
画卷里飘出今天的时光。
这里有我爱的珍藏，
画卷里飘出今天的时光。

船下西洋牵出你丝绸万丈，
大海在这里找到天下良港。
月光涨潮急，
阳光涌浪忙，
日月争辉融入我的金色之仓。
啊，你是我的东方之仓，
你的美丽让世界分享。

这里有我情的奔放，
歌声里开启明天的远航。
这里有我情的奔放，
歌声里开启明天的远航。

陈永明　周祖良词

托起梦想

你汇聚在充满生机的大地上，
把万家灯火点亮。
你舒展着隐形的翅膀，
带着花朵的芳香。
你让大地变得如诗如画，
绿草如茵荡漾无边的春光。
啊,五月风,
清新又悠扬,
心灵在你的吹拂下涤荡,
洋溢笑脸,绽放灿烂,
把真情播撒七彩的希望。

我们相聚在充满诗意的季节里,
将美妙音符奏响。
我们徜徉在五月的风中,
传颂劳动者的风尚。
田园城市处处莺歌燕舞,
娄东大地铺满和煦的阳光。

啊,五月风,
温馨又舒爽,
人们在你的感召下昂扬,
愉悦身心,展现魅力,
用歌声托起美丽的梦想。

后 记

时光在不经意中静静地流逝,打开记事的五味瓶,个中滋味在心中不断涌动,往事如烟,却又历历在目。参加文化工作四十二个年头,从学戏唱戏到编戏导戏;从搞"多业助文"到策划大型文化活动;从一名文化学员到群文管理者。风风雨雨,坎坎坷坷,一路摸爬,一路前行,其中有艰辛、有困惑,但更多的是收获与欣慰。

作为一名合格的群众文化工作者,应该是万金油,具备杂家的本领,这就需要在实践中去不断地学习,学习,再学习。我于上世纪七十年代进太仓县艺训班就学,八十年代初入苏州地区戏校进修,再于一九八六年考入江苏省文化干部学校,使我对各个艺术门类都得到了较为全面的学习,造就了我的兴趣除了戏剧之外,对曲艺、小说、歌赋,还有美术、书法、摄影等艺术创作也都能略展身手。有人要问什么是幸福?我的回答是:如果能将自己的喜爱同工作结合起来,这就是幸福!爱好成就事业,就凭这一点我想我是幸运的。

在我创作的作品中,一部分是描绘美丽家乡的片片花絮,这完全缘于我对这一方水土挚深的眷恋和情愫,而其他的大部分文艺作品基本上都没有离开对人与社会起码应具备的良心与良知的呼唤,以及如何知恩感恩的心路描述。因为我觉得人心向善,每个人都应该懂得感恩,一个不懂得感恩的人即使腰缠万贯,也是贫穷的。我崇尚"真善美",希望人与人之间能和睦、友善;我热爱火热的生活,希望大地铺满阳光。愿我的这些作品能让您内心如大雪覆盖下的细小春芽,孕育萌动;又如大雪化作的春水,润物无声。

一路走来,我得到了很多贵人的相助。感谢唐彦老师,他与我亦师亦友,是他让我从理论到实践,启迪了我的戏剧创作;感谢陆伦章、陈明、孙智宏等专家老师长期以来的不吝指点;感谢所有在风雨中为我打伞、鼓劲的领导和同仁。

我不是专业作家,结集出版也谈不上以飨读者,只看作是一次回眸,一个节点。由于自己水平有限,许多作品中难免有不少的瑕疵,敬请大家批评指正!

好男儿涛头立,手把红旗旗不湿。今后我将继续加强学习,深入生活,笔耕不辍,创作出更多有灵气、接地气的作品。

陈旭明

2022 年 3 月 16 日于太仓